京極夏彦講演集

「おばけ」と「ことば」のあやしいはなし

京極夏彦

文藝春秋

京極夏彦講演集

「おばけ」と「ことば」のあやしいはなし

はじめに

この本は、各地で行われた僕の拙《つたな》い講演のいくつかを文字に起こしたものです。僕は小説家です。独《ひと》り黙々と文章を書くのが仕事です。平素より口を利く機会は極めて少ないわけで、喋ること——まして人前でお話しすることなど、得手であろうはずもありません。ですから、長い間講演のご依頼などはお断りするようにしていました。

ところが折りに触れ講演の要請が舞い込むんですね。僕はデビューして間もなく水木《みずき》しげるさんに召喚《しょうかん》され、年に一度「世界妖怪会議」のパネラーとして壇上に並んでいました し、日本推理作家協会のパーティの司会なども務めていました。また、小松和彦《こまつかずひこ》さんの研究会に参加させていただいたご縁から、大学のシンポジウムなどにお呼びいただく機会も何度かありました。そのせいで講演もやるのだろうと思われたのかもしれません。

しかしコメンテーターや司会、研究発表などと講演はまるで違います。まず、話すことがありません。僕には殊更《ことさら》人に伝えたい主張などありませんし、他者に何かを教示するほどの知見もありません。質問されれば答えますし、求められれば意見も言いますが、壇上で、一人で語る話題などないのです。ならば講演する意味もなかろうと思いました。

ただ、あまり意地を張るのも大人げないので、ぼちぼちお受けするようにしました。

そんなある時、親交のある作家の方から「講演は研究発表や授業ではないのですから結論を出す必要はありません。話のところどころに聴衆が納得できるフレーズがあれば十分だと思います」と、言われました。また別の先輩からは「来てくれた人の年齢や性別などの属性によって話の内容を変えなくちゃ面白くありませんよ」とも言われました。

なるほど、と思いました。それ以降、一応演題は決めるものの（告知のために決めてくれと言われます）、話す内容は壇上で決めることにしました。付け焼き刃の知識など聞きたい人はいないでしょうし、原稿を読むだけなら話す必要はありません。自分の言葉で語らなければ伝わりにくいですし、その場で決めるのですから事前の仕込みもできません。

そんな僕の講演を、担当というわけでもないのに毎度聞きに来てくれる文藝春秋の編集者Mさんが、書籍化の企画を持ちかけてきました。〝講演の恥はかき捨て〟的にしてきた講演ですから、文章化などしたら大変なことになると言ったのですが、押し切られました。

と――いうわけで、この本には大したことは書かれていません。話すたびに内容は違うのですが、お化けについての講演を頼まれることが多いので同じ話題がくり返されているところもあります。喩《たと》えが古い場合は、お客さんに年配の人が多い時の講演です。もしかすると誤認や記憶違いもあるかもしれません。そこをお含みおきの上、お読みください。

お読みになったら、お忘れください。

目次

装画　暁斎筆『とう尽くし画帖』より「五道」
装幀　野中深雪

東京国際ブックフェア
京極 夏彦氏
読書推進セミナー
会場
12:15
受付開始予定
混雑状況により受付を
早める可能性があります
22
25

東京国際ブックフェア・読書推進セミナー
「世界の半分は書物の中にある」
於・東京ビッグサイト

第一談
世界の半分は書物の中にある

未来も過去も存在しない

私たちはどんどん年をとっていきます。刻一刻、一秒一秒、必ず老《ふ》けていきます。若くなる人はいません。最近ではアンチ・エイジングなどといって、実際の年齢よりも若く見せようとする人が増えているようですが、いかがなものでしょう。シワをなくしたり、毛を増やしてみたり、着飾って若づくりをしてみたり――人には年齢を重ねたなりの良さというものがあるわけで、私は年相応が一番美しいあり方だと思うのですが。年寄りの冷や水――これは少し違いますが、いずれ失《な》くなったものは失くなったものとして受け入れる姿勢が大事だと、私は思います。

未練がましく「時間を巻き戻そう」などと考えるのは、あまりよろしくない。

私たちが存在する世界では、時間は一方通行に進み、絶対に逆行しません。昨今いろいろな発見がありまして、「もしかしたらタイム・マシンができるのではないか」というニュースが流れたこともありましたが、あれは計測間違いだったようです。将来的にタイム・マシンの製造が実現したとしても、いまこの瞬間を生きている私たちは、時間を逆行することはできないですね。私たちは昨日を見ることはできないんです。それどころか、「ついさっき」も二度と見ることはできません。この大展示会場に入ったみなさんも、会場に入る前の状況を見ることは絶対にできません。

いや、ほとんどの人がそんなことは考えないと思いますが。歩いている時に、「左足を出したら、もうこの左足を出す前の自分じゃないんだぞ」なんて思いながら歩いている人はいないでしょう。

私たちはインターネットを使うことで、日本中のこと、世界中のことを瞬時に知ることができるようになりました。そのため、一瞬でいろいろなことが体験できるような――錯覚に陥《おちい》っています。

しかし実際には、目の前にあるものしか見えませんし、空気の振動によって伝わってくる音しか聞こえませんし、手が届く場所にあるものしかさわれません。

つまり、手を伸ばせば届く場所より離れた距離にあるものにはさわれない、ということです。私たちは『怪物くん』の怪物太郎や、『ＯＮＥ ＰＩＥＣＥ』のルフィではないのですから、手足を伸ばすことはできないんです。

私たちは、体感としては非常に狭い範囲のものごとしか知ることができません。そのうえ後戻りもできないのです。つまり、「いま」しかないということですね。

しかし、未来は、まだありません。ないものは知ることができませんよね。よく「未来を作る」という表現を耳にします。まあ、いまがなければ明日もないので、言いたいことはわかります。しかし、作るといっても、正直明日のことなんてわかりません。

今日は微妙な天候ですが、実際、こうして窓のない建物の中にいる私たちには現在の天気が晴れなのか雨なのか、それすらもわからないんですね。見えないし聞こえないんですから、外がどうなっているのかわかりません。わからないんですから、一歩外に出たら密林のように木が生《は》えていてるかもしれないんですよ。あるいは、建物も何もかもなくなって砂漠になっているかもしれない。

もちろん、そんなことはないだろうと普通は思うはずです。まあ、ありませんね、そんなことは。しかし、何故あり得ないとわかるのでしょうか。

それは、誰もがこの会場に入るまでの間に、外の景色——東京の街並を確認しているからです。建造物に入って出ただけで都会がジャングルになったり砂漠になったりすることは常識では考えられないと、私たちは知っています。SF小説でもない限りそんなことはあり得ません。そして、それは正しい認識ですね。でも、そう判断した根拠となっているのは、「さっき」という過去です。

過去の経験を元にして、私たちは現在を知り、未来を予測しているということがよくわかります。ただぼおっと生きているだけでも、過去と現在と未来は必要なんですね。未来の話というと、ハイテクな車両や鉄腕アトムのようなロボットが空を飛んでいたり、宇宙ステーションで逆さまにご飯を食べていたりするような場面を考えがちなんですが、でも一秒後だって未来ですし、一秒前はもう過去なんです。私たちは過去、現在、未来という仕組みを持っていないと、生きていけないんです。

ところが、先ほど述べたように未来は存在しませんし、過去もすでにありません。戻ることも早送りすることもできないんですね。あるのは現在だけです。それなのに、私たちは過去と未来という存在しないものを前後にくっつけることでしか、この世の中を理解できないし、生きてもいけないわけです。

時間は説明できない

未来も過去も、時間という概念なくしては得られないものです。しかし、そもそも時間とは何なのでしょう。時間について納得のいく説明ができる人はいるのでしょうか。私は上手に説明ができなかったので、それらしい本や小難しい本をたくさん読んでみたことがあります。実にいろいろなことが書いてあり、逐一納得もしましたが、結局よくわかりませんでした。「簡単だ、時間とは時計の針が進むことじゃないか、いや朝が夜になることじゃないか――」と言われそうですが、それは時間が経つからそうなるというだけの話なのであって、時間自体の説明ではありません。私たちは時間というものを説明できないのです。何故なのでしょう。

何だか小難しい話を始めそうだと思われた方は、ご安心ください。私は誰でも考えつくようなことしかお話しできません。

私たちは、一般的には三次元に存在しているとされています。三次元とは幅、高さ、奥行きの三つの座標軸で表すことができる空間です。線が一次元、面が二次元、立体が三次元、というふうに受け取る人が多いのではないかと思います。そして、三つの次元に時間軸を加えると、私たちは四次元で生きていると考えることもできます。

四次元というと、ドラえもんの「四次元ポケット」なんかを思い出す方も多いかと思います。あれがどういう仕組みなのか私は知りませんが、ともあれ、四次元目である時間軸については三次元の空間モデルでは表現できないので、私たちは説明するために次元を減らすしかなくなります。その場合、時間は線で表されます。

一般的な時計は二本の針がグルっと回ることで時間を教えてくれる仕組みですね。これは針の運動こそが時間を表すわけですが、それだとよくわからないので一から十二までの数字がついています。時計の針はぐるぐる回り続けますが、時間が戻るわけではないですね。十二時のところでリセットされる仕組みです。針を回転させるため数字は円状に記されていますが、十二のところで切って円を開き、数字だけ横に並べれば線になります。数字と数字の間に目盛りが刻まれているものもあります。一列にすると見た目は定規《じょうぎ》と同じようなものですね。定規は長さを測るためにあります。だから時計も、時間を長さ——線に見立てる道具なんですね。タイムスケジュールなんかの表も、縦軸は時間です。

でも、三次元モデルにただ時間軸をつけ足しただけでは四次元モデルは作れないんですね。動かすか、図で表すならAという図と、時間が経過したBという図を重ね合わせるようなことをしなくてはならないんですね。パラパラ漫画のように紙を一枚、二枚、三枚と重ねていくわけですね。

でも、一枚目と二枚目の間にも、実は時間は流れています。時計だって、目盛りと目盛りの間がありますね。一分ごとにカチッと針が動くタイプもありますが、なめらかにニューッと動く時計もあります。そのニューの途中はあるんですね。でも、刻まないと表現できないだけでなく、理解もできないんです。「なんとなく前」とか、「微妙に後」では、正確に伝わりません。一時間前、一分前、一秒前と、正確にしようとすればするほど切り刻まなくてはならなくなる。時間が金太郎飴《あめ》だとすると、私たちの知る時間はその断面、金太郎の顔に過ぎません。どんなに細かく刻んでも、飴を横から見ることができない。デジタル時計だと、数字と数字の間はないので、もう完全に「切れて」ます。

この「切れている」というのが、デジタルです。デジタルとは電子機器のことを指すのではなく、連続的な量を段階的に区切って数字で表すこと、細かく刻んで理解することです。非連続なんですね。そして、アナログとは刻まずに連続的に変化していくさまです。

私たちは昔から、知らないうちにデジタル的な考え方をしていたのです。デジタル機器がない時代でも、考え方はデジタル的な側面を持っていました。

では、人間以外の動物は、時間をどう受け止めているのでしょうか。動物は人間と違って、昨日だの今日だの明日だのという感覚はないようです。

私たちが飼っているイヌやネコは、人間のように「切れた」時間を感じて生きているわけではないのです。動物は学習しますから、パターンは認識します。しかし、私たちが一分二分と積み重ねる、質量化した時間の概念はありません。ゼロはいくら重なってもゼロです。もちろんパターンは認識するので、昨日と今日の「違うところ」はわかります。昨日と今日の違いだけで時間の経過を測っていくような感覚でしょうか。

人間は、前日とまったく変わらない日常を送っていても、昨日という概念があるので一日経ったということがわかります。でも、動物にとって昨日はありません。そして昨日がない動物には明日もありません。明日を考えるのは人間だけです。人間以外の動物は、いまこの瞬間をどうやって生きるか、しか考えません。そのために必要なことは学習しますが、それは私たちが考えるような学習ではありません。

人間は、時を切り刻み、刻んだ時間をカウントすることによって、不可知な時間を数量化することに成功しました。1、2、3と名前をつけることで目に見えない、説明もできないものをイモでも勘定するように扱えるようになったんですね。その結果、人間だけが昨日、今日、明日を手に入れた。それこそが、動物と人間を分かつ、最初のきっかけだったようにも思えます。私たちはそれによってより世界を認識しやすくなったのです。そして、それを他のものにも応用しました。

言葉という発明

人間が、数字の次に手に入れたデジタルな技術は言葉です。

「いやいや言葉なんて全然デジタルじゃないじゃん」と思う人がいると思います。「デジタルって、なんかもっと電子っぽいものじゃない?」とか、「なんか電気が流れているものでしょう?」とか、そういう認識の人も少なくないと思います。

しかし、言葉は非常にデジタルなものです。僕と僕以外、私と私以外、あなたとあなた以外、男の人と女の人、自分と他人というように分割されています。全部切り分けられていますね。言葉がなかったら、「あれとそれ」というような、ぼんやりしたことしか言えないわけです。これは「切り分けることで認識しやすくする」という意味で、時間の捉え方と同じです。言葉は概念でもあります。この会場にも男の人はたくさんいますが、男というモノがあるわけではないですね。男というのは概念です。つまり私たちは、可能な限り細分化した概念を生み出すことで、言葉で世界を分割し、理解しているわけです。

一方、禅宗には、「不立文字《ふりゅうもんじ》」という言葉があります。これは禅宗の根本的な立場を示した言葉のひとつです。悟りの内容は文字や言葉で伝えられるものではないから、言葉や文字にとらわれてはいけないという意味です。たしかにそうです。

「月」という言葉があります。しかし、「月」という名称と地球の衛星は、何も関係がありません。別に衛星自身が「私は月です」と名乗ったわけではありませんし、星に「月」と書いてあったわけでもありません。日本人が勝手にそう呼んでいるだけです。

しかも「月」で通じるのは日本語を解する人だけで、他の国では違う言葉で呼ばれています。「いやー、今日はいい月だね」と言った時に、「え、それ何?」と返すのは、月を知らない人ではなく、月という言葉を知らない人ですね。視覚に障碍《しょうがい》がある方を別として地球に住む人で月を見たことのない人はほとんどいらっしゃらないでしょう。

ともあれ、私たちは月という言葉がある限り、月という名称とあの天体を同じものとして認識します。でも、勝手に同じものだとしているだけで、言葉と月自体は何も関係ありません。もし月に人間と同じような意識があったら、「そんな名前で呼ばないでほしいんですけど」と思っているかもしれないのです。

私たちが日常的に話している言葉は、まったく現実とはリンクしていないということです。でも、頭の中では、現実とリンクしているどころか、現実そのものとして受け取られていたりします。

言葉のマジックは恐ろしいものです。先ほどの昨日、今日、明日を例にして考えてみると、もっとわかりやすいでしょう。

「生」と「死」という言葉があります。当たり前のことですが、「生」は生きるという意味で、「死」は死ぬという意味です。そして、たぶん多くの方が、「生」と「死」は対になる概念だと考えておられるのではないかと思います。「いや、それは違うよ」という人にお目にかかったことがありません。

「生」の反対は「死」なんです。これは日本だけのことではなくて、だいたいどこの国でも「生」の反対は「死」なのですね。世界中の誰もが「生」と「死」を相反する言葉として使い、相反する概念として理解しています。

でも――よく考えてみてください。まず、人の一生を時間軸――線に置き換えてみることにしましょう。そうですね、一本の三〇センチ定規を私たちの人生とします。〇のところが「誕生」です。三〇のところが「死」ですね。そして、〇から三〇センチまでが私たちの「生」です。つまり、定規自体が「生」なのであり、「死」は、三〇センチの端っこにしか過ぎないということになるわけです。

ということは、「生」には三〇センチの質量がありますが、「死」には質量がないということになりますね。そうすると「死」の対義語は「生」ではなくて、「死」と同じく質量のない「誕生」になるのではないでしょうか。

ところが私たちは、そうは思いません。

どうも、私たちは、「生」と「死」を対義語と考えることによって、三〇センチ定規の後に、もう三〇センチほど見えない定規をくっつけてしまっているようです。つまり、死後の世界というものを創ってしまっているんですね。

実際には、そんなものはありません。と——いうか、あるかどうか決してわからないものですね。少なくとも私たちの存在する世界にはありません。ありませんが、頭の中にはしっかりあるんです。「人は死んでしまえばそれまでだ」と考えているニヒルな人の頭の中にも、それはあるんですね。何故なら「自分が死んだ後も世界は続く」と予測できるからです。「人類が滅亡したって明日は来る」と、経験的に知っているからです。

もちろん、死んだ後に何もないのは寂《さび》しいとか、亡くなった人にもう会えないのはつらいとか、完全に無になってしまうのは怖いとか、死に対して人が抱くさまざまな想いが死後の世界を創り出す動機ではあるのでしょう。そういう想いを満たすために、私たちは質量のない「死」に、「生」と同じぐらいか、それ以上の質量を与えたかったんです。

しかし、時間を数量化し、法則性を見つけ、過去と未来という概念を創り出すことができていなければ、そしてその概念に名づけること——つまり、言葉が発明されていなければ、その想いを満たすことはできなかったでしょう。私たちはほとんど言葉の中で生きているようなものなんです。言葉なくして私たちの生活は成り立ちません。

文字という発明

私たちは本を読みます。正確にいうと本に書かれている文章を読みます。文章というのは実にシステマチックにできています。

そもそも「言葉」は耳で聞く「音」です。文字は、もともとは「絵」ですよね。記号です。音を記号に置き換えているのです。その記号の並び方で音を知る。それによって言葉として理解する。これ、すごい技です。当たり前のようですが、なかなかできないことですよ。みんな普通にできていますけれども。人類の大発明です。もしかしたら、言葉と文字は、人間が発明したものの中でも一番すごいものではないかと思います。

本当のところはわかりませんが、絵って、最初は二度と戻れない過去を描きとめておこうとして描かれたのかもしれませんね。まあ、すごいことがあったとして、「うーん、忘れるかも。絵に描いておこう」みたいな。消えてしまう過去を「記録」する。

二万年前——後期旧石器時代のクロマニョン人によって描かれたフランス南西部のラスコー洞窟の牛だって、きっとそうやって描かれたのだと思いますよ。まさか後世で芸術作品になると思って描いたわけではないでしょう。「えーっと、こんな感じだっけ」「この辺に角があったな」というように、忘れないために絵を描いておいたのかも。

上手に描ければ、他の人にも伝わりますね。消えてしまったもうない過去を反復することができる。個人の記憶も大勢で共有できます。こりゃいいや、という。

でも、一枚の絵から汲《く》み取れる情報量はそんなに多くないです。絵は瞬間を「切り出した」ものです。金太郎飴の断面ですから、完全に伝えることはできないし、何かを汲み出したとしてもそれは見た人の想像、ということになります。これは、ハズレてることのほうが多いですね。

そうなると、複数の絵を組み合わせてもっと複雑な情報伝達はできないかと考えますよね。前後の状況なんかを描き足してみる。つまり「刻み」を細かくしてみるわけです。でも、まだダメですね。どんどん足していくしかない。時間を細かく刻んだほうが正確性が増していくのと同じことです。とはいえ、これは昔のアニメのセル画みたいに、同じような絵をたくさん描かなくちゃいけなくなるんですね。そうなると「個々の絵は簡単なほうがいいんじゃないのか」と思いますよね、普通。寝ていました、牛が来ました、やっつけました、また寝ました——という場合、最初と最後の絵は同じでいいわけですし。簡単なほうが描きやすいし、たくさん描けます。そして、「寝ていた」という過去の記録が「寝る」という意味記号へと進化します。

絵が、文字になったわけです。

象形文字《しょうけいもじ》になる前の絵がそのまま文字として使われていたら、私の下手な小説なんて何万ページあっても終わりませんね。

人は、絵を簡単にしてみよう、小さくてもわかるようにしてみよう、もっと簡略化してみようと、工夫していきました。それはやがて音声である言葉とリンクしていきます。アルファベットなどは絵が本来持っていた意味を捨てて、表音文字として言葉を表す方向に進化したものですね。漢字は、意味を温存したまま、組み合わせることで多くのものごとを表す、表意文字としてでき上がった文字です。日本語表記は、漢字をベースにしてひらがなカタカナという表音文字を組み合わせたハイブリッドですね。そうやって次々に概念を操作していくことで、私たちは世界を見る目の解像度を上げ、世界を享受《きょうじゅ》し、新しい世界を生み出すという、非常に高度なテクニックを獲得してきたわけです。

これはすごいことです。字が読める、言葉が理解できるということは何よりありがたいことですね。この年齢になるまで生きてきて、何に一番感謝しているかと問われれば、私は文字や言葉に一番感謝していると答えます。普通はお父さん、お母さんなどと答えるのがいいのでしょうけれども。でも、「お父さん」「お母さん」という言葉がなければ、お父さん、お母さんにありがとうも言えませんからね。本当に、すごいことです。

語彙《ごい》は解像度である

「言葉は文化だ」とよく言いますよね。どういう意味なのでしょうか。たとえば、人間の身体の造りは、性別の違いこそありますが、基本的にはみんな同じです。少なくとも魚やカエルよりは、人間同士のほうが構造は近いでしょう。目に見えるものに関しても、そう変わりはありません。

虹《にじ》は、日本では七色というのが一般的です。しかし、国によっては五色にしか見えないようです。同じようなものを見ているはずなのに不思議ですね。おそらく中間色をカットしてしまうのでしょう。先ほど説明した、デジタル化した時の「刻み方」が違うわけですね。本来、目盛りを七つつけられるところを五つぐらいで切ってるんです。「オレンジと黄色は似てるし一緒の扱いでいいか」という具合で、二色を一つにまとめちゃったんでしょう。でもその場合、オレンジと黄色を別個にとらえる概念自体がないので、そういう認識が一般的な国では、虹は五つの色にしか見えないし、そう表現されてしまうようです。いや、実際には七分割だって不完全で、その中間色を無視してるわけですけども。

もちろん、七分割だろうが五分割だろうが、その中間色が見えていないわけではありません。目の構造は同じなんですから、見えてはいるんです。

虹を見る際の、表現する際の文化が違うというだけです。

虹の区分けこそ七色でまとめられていますが、日本には古来、実に多くの「色」があります。正確には色の名前が数多くあります、というべきでしょうか。デザインなどに使う色見本帳で日本独特の色を見ると、実に細やかな違いのさまざまな色があって、それぞれにさまざまな名前がついています。パッと見ただけでは「これ、微妙《びみょう》に色が変わっただけの紫じゃん」みたいなものが一〇種類も二〇種類もあるわけです。細かく区切って名づけをすることによって、その微細《びさい》な違いが理解できるようになります。

知らない人には違いがまったくわかりません。パッと見て「これは江戸《えど》紫《むらさき》だねえ」などと言っても、「江戸紫って海苔《のり》の佃煮《つくだに》ですよね?」的な話になってしまいます。名前がなければ色もないんです。でも実際には同じものを見ているんですから、色覚特性の差こそあれ、本当はどの色も誰にでも見えているんです。でも名前がついていないと、ないものとして扱われてしまうんですね。実際にはあるのに、なくなってしまうわけです。どんなマジックよりも不思議です。

色の数は言語圏ごとに異なります。つまり、文化です。だから言葉は文化なんですね。

そうした日本の伝統色は現在ではほとんど知られていません。どんどん色数が減ってしまっています。今後は青と緑の差もなくなっていくのかもしれません。

言葉がなくなっていくと、「赤っぽい」「青っぽい」しか存在しなくなる可能性もあります。寂しいことです。それは文化が枯れていくということだと私は思います。言葉の数だけ人間は世界を手に入れることができる。語彙は多ければ多いほどいいのです。

たいていの人は、普段の生活の中で笑うことがあると思います。その「笑う」という行為ひとつとっても、日本の言葉のバリエーションは非常に豊富です。微笑《ほほえ》むとか、あざけり笑うとか、呵々大笑《かかたいしょう》するだとか、いろいろあります。

でも文化によっては、笑いを表現する言葉の種類が二つくらいしかないところがあります。そういう国では、日本でいう微笑みなどの微妙な表情は「ない」わけですね。そうなると、「なんとなくここは笑っておいたほうがいいのだけれども、気持ち的には怒りたいところだよな」という気持ちを含んだ、微妙な表情は表現できません。

人間関係は微妙なものですから、いろいろな局面があります。腹が立っていても悲しくても笑顔でいなければいけない状況もありますし、笑いたくなるような場合でも我慢しなければいけないこともあります。そういう時に私たちはいろいろな顔をします。たとえばお葬式で、気持ち的には悲しいのに、どうもあの和尚《おしょう》さんの顔を見ると笑ってしまう、などという状況もあるわけです。そういう時は、少し微妙な表情をします。そういう顔つきの名称もあるし、そういう時の笑い方も、あるかもしれません。

でも、私たちはどうやら、どんどんそういうものを捨てています。

若い人に何かを質問した際、「ビミョー」という答えが返ってくることがあります。まあ良いような、悪いような、そうでもないような、ということなのでしょうけれど、結局よくわからないですね。質問を受けた本人も、よくわからないんでしょう。でも、自分のことですからね、全然わからないってこともないように思うんですが。

もしかすると、わからないのではなくて、他に当てはまる言葉を知らないからそう答えることが多いのではなかろうか——と考えてしまいます。実はもっと別の状態を言い表したいのだけれど、それにぴったりくる言葉を知らないのではないでしょうか。

だから結局「ビミョー」になってしまうんですね。言葉のバリエーションが豊富であれば、より気持ちを細かく表現できます。語彙が多ければ、自分の気持ちを相手にもっと正確に伝えられる可能性が高くなります。問題なのは、聞くほうもその言葉を知らなければ理解できないということですが。当たり前なんですけれども。

語彙は多ければ多いほど人間関係も潤滑《じゅんかつ》になるし、自分の視野も広がるし、世界も広がるんです。そのためには何をするのが一番いいのでしょうか。

それはもちろん本を読むことです。

小説は誰にでも書ける

私はもう四半世紀にわたって小説家を商売としてきましたが、実は小説の書き方を勉強したことがありません。デビューするまで小説なんて書いたこともありませんでした。こんなふうに言うと「自慢かよ」などと言われるのですが、そんなことはありません。私は自分で文章がうまいとは思いませんし、いまだに小説の書き方がわかりません。いまも仕事だから書いているだけで、別に書かなくて良いなら書きません。

小説の書き方の勉強なんて、できないですよ。勉強できるのは文法、国語ですね。小説は文が書ければ誰にでも書けるんです。私にも書けたんですから。他の文芸ジャンルと違って厳密なルールなんかありませんし、だからマニュアルなんかもない。あっても意味ないですね。文章だって、悪文といわれているにもかかわらず優れた小説はたくさんありますし、美文だから良いとも限らない。要は伝わればいいわけです。

それでも、私は著述業に長く携《たずさ》わっているせいで、文学賞の選考など、いろいろなことをやらされます。たとえば新人賞の応募作を読んで、ここはこうしたらいいのに、あそこはああしたらいいのにと思うことはあります。添削《てんさく》したくなるような文章はたしかにあるのですが、実はそれは文章が悪いのではないんです。考えが整理されてないだけです。

頭の中で考えたものを文章として出力しているわけですから、頭の中が整理されていなければ、文章もガチャガチャになってしまう——それだけです。「言いたいことは何となくわかるけれども、おまえそれはないだろう」と言いたくなるような文章は、だいたいは言いたいことをどのように書き表せばいいのかわからない状態で書かれたものです。

つまり文章の添削とは、書いた人の頭の中を整理してやるという行為なのです。頭の中が整理されていれば、伝わらない文章になることはありません。もっとも、整理されていても書けないことはあります。その場合は、内容を表現するのに相応《ふさわ》しい語彙がないということです。たくさんの言葉を知り、どういう局面でどのように使うのかという語彙力を持ち、頭の中の情報をできるだけ整理しておけば、ビジネス文書であろうが小説であろうが、他人に伝える文章は書けるはずです。

「ビジネス文書と小説の書き方は違うだろう」と思われる方もいると思いますが、私に言わせればまったく同じです。伝える内容が違うだけです。ビジネス文書で感動させようという人はいません。「おまえの企画書、泣けるなあ。不採用なのに」とか、「君の企画書は何度読んでも感動するので、僕は十六回も読んじゃったよ。ボツだけど」とか、それでは仕事になりません。ビジネス文書は簡潔かつ正確に趣旨を伝えることのみが重要になるわけで、笑わせたり泣かせたりするような要素は必要ないですね。

一方で小説は、なるべくグレーゾーンを広くとって書かなければいけません。

これは、大事なポイントです。どうとでも受け取れるように書くのです。そこが大事です。よく「この作品のテーマは？」と聞かれることがあるんですが、ありません。いえ、正確に言うと何かはあるのかもしれませんが、そんなものはあっても一〇〇パーセント読者に伝わりません。小説の書き手がこう読んでほしいと思って、その通りに読まれることなんてありません。これは断言していいです。小説はすべて誤読です。そしてどんな誤読も、それは正解です。だから、できるだけ解釈の幅を拡げられるように書いておいたほうがいい。

ビジネス文書の場合は誤読されたらまずいんですね。それから法律の文章や公文書、約《やっ》款《かん》など。ああいうものに関しては、できるかぎり解釈の幅を狭くして書かなければならないですね。だから、読みたくなくなってしまうくらいに細かく書いてある。あれは、意地悪でもくどいのでもなく、解釈に幅があると大変なことになってしまいかねないからわざとそう書いてるんです。「こういう意味にもとらえられる」と思われないように、できるだけ文意を絞って書かなければいけない。それでも曲解する人はいるんですけど。

私はけっこう好きなんですけどね、ああいうの読むの。

言葉は通じない

たとえば、仲がいい友だちを笑わせようと思ったとします。これ、比較的簡単に笑わせられます。どういう人なのかよく知っていますから、「こいつはあのネタでまず笑うな」とツボがわかっている。人によっては耳元でささやくだけで腹をよじって笑っちゃうようなネタがあるかもしれません。でも、その友人にウケるからといって他の人に同じネタが通じるとは限りません。クスリとも笑ってくれないかもしれない。つまり相手が二人になると、ウケるネタを探すのは少し難しくなるということですね。二人より三人、三人より一〇人、一〇人より一〇〇人、一〇〇人より一〇〇〇人——一〇〇〇人の笑いをとるとなると難易度はかなり高くなります。というか、一〇〇〇人に共通する笑いのツボなどわかりません。これは絶対に無理です。

ところが小説は、一応は商売として書かれるものですから、ある程度は売れてくれないと出版社の方も困りますし、私もご飯が食べられなくなります。そうすると、最低でも何千、何万という単位で本を買っていただかなければならないわけですね。

一万、一〇万、一〇〇万と読者を増やしていく必要があります。増えれば増えるほどありがたいのですが、それだけ「面白くない」と思う人も増えることになります。

一〇〇万部売れた本があったとして、だいたい読んで喜んでくれる人は――その一〇分の一くらいでしょうかね。残りの人は――読みませんね。「売れてるようだからとりあえず買っておくか」という感じですかね。購入してくださっても、読まずに積んでおく。

また、仮に一〇万人の読者がいたとしても――その中には「何だよ、これ」と肚《はら》を立てる人も少なからずいることでしょう。肚は立てないまでも、愉《たの》しめなかったという読者もかなりいるはずです。愉しんでいただけた人は半分。その愉しみ方も、千差万別でしょうね。笑う人、感心する人、泣く人、怖がる人――同じように怖がった人でも、怖いから好きという人もいれば、怖いから嫌いだ、読みたくないという人もいるはずです。そこまで見越していないと、この仕事はできません。「自分が書いたものは、世界中の人に受け入れられるだろう」なんて気持ちでいては絶対できません。

さっきも言いましたが、小説の読み方に正解はありません。すべてが誤読で、すべてが正解でもあります。私の書いた本を読んで笑おうが泣こうが、それは読む人の自由なんですね。お金を払って本を買っているのですから、後は好きなように愉しんでいただければいいのです。世評を気にする必要もありませんし、作者の気持ちを考える必要もありません。面白くなければ読まなければいいだけです。そして、できるだけ多くの読者が自分勝手に愉しめるようなテキストを書くのが、私の仕事です。

くり返しますが同じテキストを読んでも、汲み取るものは読む人によってすべて違います。同じような解釈はあっても、完全に同じということはありません。何故なら、人はそれぞれ持っている語彙が違うからです。全員が同じ語彙を持っていて、全員が同じように理解しているなんてことはありません。

たとえば、私が「ばか」と書いたとします。その「ばか」は、人によって受け取り方はさまざまです。文字でしか書かれてないわけですから。朗読ではありませんし、テレビドラマでも映画でもアニメでもなく小説です。「ばか」と書く時は、ひらがなか、カタカナか、漢字の「馬」と「鹿」、「莫」と「迦」くらいしかありません。それを読んだ時、頭の中でどんなふうに声が聞こえるのか、もう一度考えてみてください。

文字は頭の中で音に変換しないと、言葉として理解できません。もちろん、漢字は表意文字ですからある程度の意味はわかるのだとして、「馬鹿」を「うましか」と変換されたのではまったく意味は通じませんね。

音に変換した時、「ばーか」なのか、「ばかっ」なのか、「ばかぁ」なのかで、まったく受け取るイメージが違います。小説はそこまで書けません。書くとするなら「甘ったるい声でねだるように『ばか』と言った」と説明するしかない。そう書いてあれば「ばーか」のような音には聞こえないと思いますが、実はそれでも「そう読まない」人はいます。

中には説明っぽいところは一切読まない、という人もいますからね。それに、説明せずに前後の脈絡で察してもらおうというケースもあるでしょうし、会話文の場合はそこまで説明しない場合のほうが圧倒的に多いように思います。どう受け止められようとストーリー進行や全体の構成なんかに影響しないならいいかと、まあ流すこともあるでしょう。そういうわかりやすい例だけでなく、それはあらゆる局面においていえることなんです。読んだ人のパーソナリティーによって、それぞれの形で解釈されてしまうものなんです。

私も一応小説家なので、読者の方から実にさまざまな感想をいただきます。実にありがたいことです。悲愴《ひそう》なシーンに対して「あそこ、腹を抱えて笑いました。超面白かったです」という感想をいただいたこともあります。多少驚きや戸惑いを感じますが——「それは間違ってるよ」とは言えませんし、言いません。その人にはそう読めたのでしょう。

で、別に何でもないシーンなのに、「あそこ、超怖かったです」などと言われてしまうこともあります。怖さのツボというのは個人個人でカスタマイズされていますから、千変万化です。参考までにどの辺が怖かったのか尋ねたいところですが、たぶん読んだ方も、怖いと感じる理由は言語化されていないのでしょう。個人的な体験とすり合わせたり、読んだ人の持っている語彙とすり合わせることで、何かが湧《わ》いてきたのだと思います。なるほどこういう書き方も「怖さ」に繋《つな》がるのかと、大変勉強になりましたね。

そうした感想に対して、たまに釈明する小説家もいるんですけどね。「あれは、こういうつもりで書いたので、こんなふうに読んでもらえないかな」と。あるいは、もっと声高《こわだか》に読み方を提示する小説家もいらっしゃいます。「僕の作品はこう読んでもらわなくちゃ困る」と。まあ、いま生きている小説家の方は抗弁ができます。でも、死んだ人は言いわけできません。私たちは昔の作品を読んで自由に感想を述べることができます。しかし、物故《ぶっこ》されている作家は「いや、そんなふうに読まないでくれないかな」とは言えません。

昔の作品の評論はたくさん出ています。でもそれは、その論者の意見なんです。読み方の一つを提示するものであっても、作品の真の解釈ではありません。あれは、文芸評論家なり文学者なりが、「自分はこう読み解いた」という読解力や読み方を世に問うているものです。文芸評論というのは、文芸評論家の作品なんです。

もちろん、すばらしい論評もあります。「この文章からそんなことを汲み取ったのか」と感心するものも少なくありません。でも、その人が書いているからといって、それとは違う読み方をしてはいけないという決まりなんかないんです。小説はどんなふうに読んでもいいのです。もしかしたら、新しい、違った読み方のほうが、作者の意図に近いかもしれないわけですから。

作者の意図を正確に読み取るという作業は、実は大変難儀なものなんですね。歴史学者の方は古文書や古記録を読み解かなければいけないわけですが、これ、簡単なことではないんですね。その証拠に、いまだにずっと歴史的事実とされていた事柄が訂正されたりしますね。あれは好き勝手に改変しているわけではないんです。何十年も、時に百年以上の時間をかけて、何人もの専門家が頭を悩ませて、その結果間違いが見つかるわけです。偉い研究家が認めているんだからホントだろうとか、自分はこう思うからきっとそうだろうとか、そういうあやふやな理屈は通用しないんですね。いわゆる「テキスト・クリティーク」に徹しようとするなら、決して思い込みをもって読んではいけないんです。原典に忠実に、諸本を比較考証し、徹底的に検証しなければいけません。

でも、小説はそんなふうに読む必要はありません。他の人の意見に左右されるような読書の仕方は、あまり面白くないですよね。作者だって他人ですから、気にすることはありません。小説は自分の読みたいように読めばいいのです。それで何かが湧いてきたら、それは作者が偉いのではなく読んだ人が偉いのです。小説は、読まれて初めて完成するものなんです。書かれただけでは未完成なんですね。小説は読者の中で完成するんです。つまり作者なんてどうでもいいのです。書いた人の気持ちなんて汲む必要はまったくありません。作者なんて、道に落ちていたら踏んでもいいくらいのものです。

世界の半分を愉しむ

話を戻しましょう。私たち人間は、言葉と文字という驚くべき発明によって、自分の頭の中に世界を取り込み、取り込んだ世界を概念に置き換えることで編集し、世界を再構成する能力を獲得したんですね。語彙を増やすということは、取り込む際の、また出力する際の解像度を上げるということです。

再構成されたもうひとつの世界は私たちにとって現実世界を凌駕《りょうが》するほどの質量を持っています。あたかも、死後の世界が現実の世界より広大かつ長大であるように、です。

そして私たちは、そのもうひとつの世界なくしては生きていくことができません。過去も未来も、そのもうひとつの世界にしかないからですね。その、実際にはないのだけれどなくてはならないもうひとつの世界をパッケージ化したものが、書物です。

世界の半分は、書物の中にあるんです。

これを愉しまない手はありませんね。私たちはすでに言葉を知っているわけです。しかも日本語という面倒くさい言語を習得しているんですね。どんな言語にも長短はありますが、日本語というのは概念操作に長《た》けた言語だと私は思っています。別に「日本偉い、すごい」的な発言ではありません。そういう特性がある、という話です。

先にも述べましたが、海外にはさまざまな言語があります。表音文字だけで書き表す言葉もたくさんあるでしょう。

英語は、すべてアルファベットですね。中国語は漢字だけで書き表されます。現在は簡《かん》体字《たいじ》が使われますが、まあ漢字ばっかりですね。

一方、日本語は、ひらがな、カタカナ、漢字、アルファベット、記号、顔文字、すでに廃《すた》れてしまいましたがギャル文字なんてのもありました。何でもありです。すべて織り交ぜることができます。縦書きができて、横書きができる。ルビをふることも、割注《わりちゅう》を入れることもできます。今後も、新しい表現の仕方が考案されることでしょう。

こんないい加減で、それでいてすごい威力を持ったスーパーテキストはないんじゃないでしょうか。だからこそ解釈の幅も広がっちゃうわけで、同じテキストを読んでも、いろいろな感想が持たれてしまうわけですが、それは同時に表現の幅が広がるということでもあります。この特性はもっと生かされるべきですね。

オヤジの駄洒落《だじゃれ》も、若者のラップも、俳句やなんかもそうなんですが、日本語は、さまざまなレベルで非常にテクニカルに、複雑な概念を生み出せる仕組みを持っています。そういう文化の中で生きていることに、もっと感謝しなければいけません。

日本語の読み書きができるということは幸せなことなのです。

九九はいまも小学校で教えていますよね。九九は、一般的には一桁の自然数掛け算の暗記法ですね。「二二が四」というやつです。あれ、要は語呂合わせというか、韻《いん》を踏んだりリズムを整えたりして暗記させるだけなわけで、とりわけ数学的思考を育《はぐく》むものではないんですが、それでも大変に役立ちます。そして、他の言語ではここまで覚えやすくは作れないようですね。語呂が悪いと覚えにくいだけでなく計算が遅くなってしまいます。九九があるだけで、日本人は掛け算が速い。

これ、どうでもいいことのようですが、言葉は概念であり、それはもうひとつの世界でもあるんですから、世界認識全般に言えることではあるんです。お化けなんかを調べていると身につまされることが多いです。

お化けというのは、きわめてどうでもいいものですから、書き間違いや勘違いなんかで生まれちゃったり、変化したりするいい加減なものなんですが、それが「良い具合」だと、定着するし、そこから新しい文化や習俗なんかが生まれたりもするんですね。適当なんだけれどもダイナミックで、興味深いものです。言葉で概念が作られ、概念が現実に反映する。どんどん更新されていくんです。よく近頃は日本語が乱れているとか、「最近の若いやつは変な言葉使いやがって」などと言う方もいるんですけど、そんなのは昔からそうなんです。言葉は常に変化していくものです。

「ら抜き言葉」が耳障《みみざわ》りだと思われる方もいらっしゃいますが、実は文献を見ると明治の頃から話し言葉としては使われていたようです。にもかかわらず、「ら抜き言葉」は最近の言葉遣いとして頻繁《ひんぱん》に取り上げられます、話し言葉だけではなく文章でも使うようになったので目につくようになったのかもしれません。

まあ、書き言葉と話し言葉に差がなくなったのも、長い歴史の中で見れば最近のことですからね。明治時代に言文一致という文体の改革運動が起きるまで、文語体と口語体は違うものでした。「日常使っている話し言葉をそのまま文章で書いたほうが読みやすいんじゃないか」と考えた人たちがいたわけですね。でも、標準語だとか文法だとかが整えられたのだってその時代なんですから、古い新しい、正しい正しくないという問題でもないとは思います。言葉が時代に合わせる形で変わっていくのは当然のことなんです。

ただ先人の工夫と研鑽《けんさん》で、文章がより理解しやすくなったことは間違いないです。先人が変えてくれたおかげで、私たちはより良い環境を手に入れることができたんです。

だからといって、古い言葉なんか捨ててしまえばいいということではないんですね。

いまも学校では古文の授業がありますね。昔の言葉は、その時代に生きた人にしかわからないものを私たちに教えてくれます。いまはなくなってしまったものごとでも、当時の言葉で表現されています。それがどんなものかわからなくても、言葉が教えてくれます。

学生時代は古文に対して『ありおり』とか『はべり』とかわからないよ」とうんざりしている人が多かったように思います。でも大和言葉《やまとことば》は、声に出してみるとたいへん美しいものです。音読してみるとわかりますが、現代文よりも、はるかに読みやすいです。発音の仕方が東洋人に向いているのかもしれません。もっとも、昔の日本語はもっと発音の仕方が幅広かったようですが。たとえば鼻音化した濁音《だくおん》、鼻濁音なんかは、いまではあまり意識されないみたいですが、美しく使われていたんですね。

美しいといえば、私たちはすっかり西洋音階に慣らされてしまっていますが、雅楽などの日本音楽の音階はドレミファソラシドでは割り切れないんですね。かなり微妙に、それこそアナログに変化します。音符に表せない音階がたくさんあります。これは聞かないとわかりません。

言葉も同じです。だからたくさん知っておくに越したことはありません。古い言葉も大事にしなければいけませんが、日常使う言葉がどんどん新しくなったからといって、ガッカリする必要も怒る必要もありません。日本語は緩急自在、悪くいえば無節操な、便利な言葉ではあるんです。私たちは、自ずとそういう便利な言語を操る力を身につけているわけですから、これを使わない手はないでしょう。そして、そのツールを使って書かれた書物が、面白くないわけがない——と、私は考えます。

面白くない本はない

私は「この世に面白くない本はない」と、ことあるごとに言います。座右《ざゆう》の銘《めい》——というほど仰々《ぎょうぎょう》しいものではないのですが、周りの人にもずっと言い続けてきました。

いや、面白くない本は、本当にないのです。

私は食べ物の好き嫌いがありません。友だちには生魚が嫌いな人やピーマンが嫌いな人がいますが、彼らの食わず嫌いぶりを目にするにつけ「あの、おいしいお刺身が食べられないなんて」と可哀想になります。ピーマンを食べない人からは「ピーマンのうまさたるや何とも表現しがたいわい」というような感想は出てこないわけです。好き嫌いがあるのは仕方のないことですが、何でも食べられたほうがいいに決まっています。

私は何でも食べます。第一印象で苦手かなと思っても勧められたら食べます。思い切って食べてみると案外おいしかったりします。虫を出された時も、食べました。おいしかったです。そういうものなのです。食べられるものが多ければ多いほど、おいしさの幅が広がり、つまりは幸せの幅が広がるんですね。おいしさを感じられるのは幸せなことです。

文章や小説も同じです。苦手な分野があるというのは損なことです。「そんなことをいったって面白くないものは読みたくない」とお考えの人も多いでしょう。

「何冊も読めるわけじゃないし、値段も高いから効率的に面白い本だけ読みたい」という方もいらっしゃるかもしれません。

残念ですがそれは心得違いですね。効率を考えているうちは愉しい読書はできないと思います。面白くないのは、本のせいではありません。

現在は個人の感想をブログやツイッターなどを通して、簡単にネット上にあげることができるようになりました。プロの書評家なり文芸評論家は、あからさまに作品を貶《けな》したりするようなことはしないものですが、一般読者はそうではありません。「この作品は神」とか、逆に「クソ」とか「読む必要なし」などという感想を目にする機会が増えました。

それはその人の意見なので、否定すべきではありません。わざわざ公の場で発言するのも、それなりの理由があるのでしょう。ですからそういう感想も当然ありなのですが、「クソ」と評されている作品でも、面白いと思っている人は世の中に必ずいるんですね。

書いた人と、売れるのではないかと思って企画を採用した出版社の編集者、最低二人はいます。読んで面白くないのは、この二人の感性が読んだ人に備わっていなかった、というだけのことです。誰かが面白いと思えるものが、自分には理解できない――と考えてみると、なんだか口惜《くや》しくはありませんか。読書は勝ち負けではありませんが、負けたような気にならないでしょうか。

私は昔から、本を読んで面白いと感じられなかった時は、もう一度読むという癖があります。面白く感じられるまで何度も読むんですね。

映像作品でも同じです。これはよくお話しすることなんですが、テレビ番組『金曜ロードショー』の解説でおなじみだった水野《みずの》晴郎《はるお》先生がマイク・ミズノ名義で製作した『シベリア超特急』という映画があります。このシリーズは映画が五本、舞台が二本作られています。これは——まあなんとも表現しにくい作品なんですが——カルト的な人気があるんですね。上映会を開催すると、コアなファンが集まってワーッと盛り上がります。

最初に観た時は期待値が高かったこともあって、ついていけませんでした。そこで、何度もくり返し観ました。するとある時スッと目が開いた。面白がっている自分がいたんです。そうなったら二作目、三作目もドンとこいですね。実に愉しく観られました。舞台作品では笑いました。ああ、ツボがわかるってこういうことなのだなと思いました。面白く感じることができなかったのは、単に作品の見方がわかっていなかっただけなのです。

文章で書かれた作品は、たぶん映像作品よりもずっと解釈に余裕があるはずです。文字しか書かれていないのですから、行間を埋めるのは読者ですし、その文字からして、いかようにも恣《し》意的解釈ができるんですね。ですから、そんなに何度も読まなくても楽しめるはずです。これは、読まないと損です。

苦手なものがあるとか、嫌いな分野があるとか、漢字が並んでいると眠くなるとか、いろいろな理由をつけて読まない方はいらっしゃいますが。漢字が並んでいると眠くなる方は中国語文化圏では暮らせないですよ。ずっと寝ていなければならなくなります。

そんなわけで、本は読めば読むだけ面白くなるんです。効率なんか考えてはダメなんですね。そもそも小説なんて無駄のかたまりなんですから。

先述の通り、私たちはすばらしい日本語をすでに習得しているんです。後はどうやって自分の世界を広げていくかですね。普段使わない言葉、知らない言葉、目新しい表現、聞きなれない言い回し、そうしたものと出合うたび、世界は広がります。出合いの多くは書物の中ですね。

読み方によっては時刻表だって面白く読めます。記号の意味がわからないと眺《なが》めているだけになっちゃいますが、仕組みがわかれば興味津々です。電話帳だって名前の連なりを眺めているだけで発見がある。語彙を増やしたいなら辞書を読むという手もあります。辞書は普通に面白いですよね。使い慣れた言葉の新しい意味を知ったり、それまで意味を間違えて使っていることに気づいたり、言葉の派生の仕方を知ったりと、盛りだくさんです。

読むたびに面白さを感じます。

読み方は何通りもあります。どんな本も、面白く読めるんです。

本は高価なものである

ただ、それでも本にはいろいろな問題があります。値段が高い。サイズがデカい。それは昔からそうだったのです。本は昔から高額でした。昔は部数がもっと少なくて貴重品だったんです。庶民に手が出るものではなかったんです。

現在のような形で書物が流通するようになったのは、明治の終わりぐらいからです。それまで日本では版元といえば、出版社であり書店でもありました。書店は基本的に自分のところで刷っている本を売っていたわけです。でも、高いのでそれを貸本屋さんが担《かつ》いで貸して歩いたりしていたんですね。回し読みです。ですから、江戸時代の大ベストセラーは、いまのベストセラーに比べたら小指の先ぐらいの部数しかありませんでした。それほど貴重品だったにもかかわらず、欲《ほ》しがる人はいたんですね。やがて、他の書店の本も買いたいという顧客の要望を受け、本屋さんの丁稚《でっち》小僧が「じゃあ、ちょっとあっち行って買ってきやす!」なんて感じで、本を仕入れてくるようになったわけですね。他の書店で刷った本も扱うようになった。それが出版取次の出発点です。それからは出版社、印刷屋さん、製本屋さんなどに分かれ、小売店に分かれ、取次が独立し、いまに至ります。

出版流通が現在のような形になったのは、それほど昔のことではないんですね。
そうやってワークフローが整備されることによって、本はとても手に入れやすくなりました。でも、全国津々浦々に行き渡ったわけではありませんから、部数はそれほど多くはなかったんです。

大正時代になると文学全集が人気になりました。お金持ちは全巻そろえることができましたが、そうでない人はやっぱり買えません。仮に苦労して買ったところで、いまよりも住宅事情が悪かったので家に置けないんですね。会場のみなさんもご自分の住宅事情についていろいろ思うところがあるかもしれませんが——その当時の貧しい家庭は、現在よりもずっと狭く、ずっと粗末だったんです。そんな家にドカドカ本なんか置けやしません。

ちなみに子ども時分の私の家もボロくって、本の重みで床がたわんで危なかったです。

その昔、学生さんは下宿や寮で生活していましたから、大量の本は置けませんね。値段も高いですから、学生は気軽に本を買うことはできませんでした。全集なんて夢のまた夢ですね。でも文学全集に収録されている作品を読みたいという学生さんは多かったようです。全部は要らない、一部分でもいいと、そういう切なる声に応える形で、文庫本が造られました。文庫はハードカバーの廉価版《れんかばん》だと思っておられる方もいるでしょうし、それはまあ間違いではないんでしょうが、そもそもは全集の切り売りだったようです。

後に文庫書きおろしなんていう作品も登場しますが、これは贅沢《ぜいたく》なことなんですね。本来、高価である本が、しかも書きおろしの小説が安価に手に入るんですから。考えてみれば大変なサービスです。

本は、高いものなんです。それだけの価値が本にはあるんですね。いえ、もちろん値段の安い文庫で読んでいただいても何の不都合もないんですけど。

でも、人の嗜好《しこう》はさまざまなので、世の中にはハードカバーでないと読んだ気がしないという人もいるようですね。これはある人から聞いた実話です。極道の親分的な方が収監されてしまったんだそうですね。それで、若いもんが組長の慰問《いもん》に行った。すると、「どうも今回は刑務所暮《ムショ》らしが長引きそうだから、長《なげ》え本でも読みてえぜ」とおっしゃったそうです。「わかりやした」というわけで、若いもんは山岡荘八《やまおかそうはち》さんの歴史文庫『徳川家康《とくがわいえやす》』全二十六巻という、塀の中でもかなり時間がつぶせそうな大作を買って差し入れたんだそうです。そうしたら組長は非常にご立腹になった。「てめえら、俺を誰だと思ってるんだ、こんなやわらけえ表紙の安っぽい本が読めるか」と、猛烈に怒ったそうで。慌てた若いもんは、急いで引き返して同じ本をハードカバーで買い直したそうです。まあ、そういう方もいらっしゃるわけです。需要は人によって違うものなんです。

それもそのはずで、本は、内容を楽しむだけのものではないのですね。

書かれている情報だけが欲しいなら、本など買う必要はないんです。電子書籍だとしても、購入することはないですね。情報だけが必要だとしたら、借りて読む必要さえないんです。小説にしろ何にしろ、テキストはただの文字の羅列ですから、それを商品にするためにはそれはたくさんの技術と工夫が必要になります。

リアルな書籍はモノですから、手触《てざわ》りというものがあります。紙の触り心地です。文字はインクで刷りますから、インクの匂いもします。表紙があってカバーもあります。ハードカバーの場合は、花ぎれやスピンがついています。スピンはしおりに使う紐《ひも》ですね。造本、装幀にたずさわるデザイナーの方は、読者が気にとめないような部分まで一所懸命に考えて造ってるんです。本文用紙の紙質を気にする方はあまりいないようですが、それは手触りやページのめくり具合など、気にならないように選ばれているからですね。それから刷るインクの色や紙の色。「紙の色なんてみんな白でしょうに」なんて思われる方もいるかもしれませんが、これが難しいんです。白過ぎると目が痛くなりますし、黄色が濃過ぎると最初から日焼けしてるみたいですし。

もちろん、組版も大事ですね。ただ字が印刷されていればいいというものではありません。それからフォント——書体ですね。非常にたくさんの種類があります。

活版印刷の時代は活字ですから、書体の種類は限られていました。

いまはDTPが主流です。パソコンを用いて原稿の入力から編集、レイアウト、印刷などの作業を行うわけですから、豊富な書体が使えます。本文書体を少し変えただけでリーダビリティ、つまり可読性がすごく向上することもあります。電子書籍の場合も、デザインワークのみならず読みやすい版面やフォントの選定は大事ですね。そこを工夫するのとしないのとでは、読んだ時に内容さえ違って感じられます。

そういう努力や苦労を重ね、売り手側は一丸となって読者に届けているんです。極端なことを言えば、もう内容なんてどうでもいいんです。細かい部分に着目する楽しみ方もあるんです。何度読んでも内容は面白くないのだけれども、この花ぎれは好きだとか、このインクの匂いがたまらないとか、最終的にはそれでもいいのです。書籍は、さまざまな技術を持った専門家たちが力を合わせて作りあげるものです。イラストレーターの方も、校閲さんも製本屋さんも、流通にかかわる人も、そして売ってくださる本屋さんも、みんな本の作者です。その人たちがいなければどんなにいい作品を書いても誰も読んでくれないのですから。著者名の横にかかわった人たちの名前をすべて書き出したいぐらいです。でもそれをすると、それだけで一冊が埋まってしまうほど人数が多いので、やむなく代表して一人に絞っているだけです。代表するといっても私などはテキストを書いただけですから、大したことはしてないんですけど。

それでも本は高くない

それに、先ほどもお話ししましたように最終的に作品を完成させるのはエンドユーザーである読者のみなさんですね。本を買ってくださった方に読んでいただかないと、小説は完成しません。最後に本作りに参加するのは読者のみなさんなのです。

読書というのは、読んだ人が、その人だけの物語を生み出す行為です。立ち上がるのはその人にしか作れない物語です。書籍はそのためにある装置なんです。みなさんは、「面白いのは作者が面白く書いてくれたからだ」と思うかもしれませんが、大間違いです。それは読んだあなたが作った物語であり、カスタマイズされた、あなただけの世界です。

読書は、現実を凌駕する「もう半分の世界」を豊かにしてくれるんです。タイムトラベルも宇宙旅行も秘境探検も自由です。他人の人生をなぞることもできます。スペースシャトルに乗ろうと思ったら何億円もかかりますが、たかだか数千円で宇宙だろうがあの世だろうが行き放題です。しかも危険はなく、必ず帰ってこられます。さらに、何度でも楽しめます。一読目と二読目、三読目で、まったく違う世界が立ち上がることもあります。

それを考えると、本は全然高くありません。それだけの価値があるからこその値段なのです。そこのところは間違えないでいただきたいと思います。

「高いから買わない、もっと安くしろ」と要求する人たちは、「おまえの商品にはその値段に見合う価値がない」と言っているわけですね。「価値がない」と言われて、そのまま受け入れてしまっていいのでしょうか。むしろ出版社はもっと自信を持って「うちが出している本は、もっと高くてもいいぐらいだ。それをこの値段で販売しているのだから心して読め」くらいのことを言ってもいいように思いますが。

私などは本でだいぶ散財《さんざい》しています。若い頃は食事を抜いてもお金を貯めて買っていました。かなり苦しかったわけですが、書籍が高いと思ったことはありません。

書籍は、一度ハマったら逃げられません。無間《むげん》地獄です。ただ、本の地獄は逃げられないのではなく、逃げたくなくなるすばらしい地獄なんです。ですから、素敵な世界の半分を手に入れるために、読者のみなさんは今後も望んで、この無間の書物地獄に落ちていただきたいと思います。

（二〇一二年七月七日）

追悼 水木しげる
ゲゲゲの人生展
2018年12月1日(土)
▶2019年1月28日(月)
島根県立石見美術館

第二談
水木〝妖怪〟は何でできているか

追悼水木しげる・ゲゲゲの人生展
開幕記念スペシャルイベント
「水木さんの素・妖怪の元」
於・島根県芸術文化センター　グラントワ小ホール

紙芝居からアニメへ

一一月三〇日は水木《みずき》しげるさんのご命日です。ご自宅のある調布では「ゲゲゲ忌《き》」という催しが開かれ、ふるさとの鳥取県境港《さかいみなと》では、水木しげるロードや水木しげる記念館で献花が行われます。水木さんの人気はまったく衰《おとろ》えることがないようです。

私は小説家であって漫画家ではありませんが、水木さんの弟子ということになっています。とはいえ、水木さんと交流があったのは晩年の二十数年ほどです。ただファン歴は長く、一部では「生まれた時からファンだったのでは」と疑われています。実際は四〜五歳くらいからですから、それでも半世紀もファンを続けていることになります。

そうしてみると人生のほぼ全部なので「生まれた時からだろう」と言われても、「違いますよ」と強く否定できません。それだけ長いことファンを続けているおかげで、一一三巻ある『水木しげる漫画大全集』の監修も担当させていただきました。六年間、目を醒《さ》ましてから眠るまで水木作品を読み、夢でも読み、さすがに少し飽《あ》きたかなと思ったぐらいです。飽きませんでしたが。

さて水木漫画の魅力を語り出せばきりがないわけですが、まずはアニメーションのお話から始めます。水木さんの代表作『ゲゲゲの鬼太郎』はこれまで六回、テレビでアニメ化されています。みなさんご存じですね。

六期のキャラクターでは「ネコ娘」が大人気のようです。六期のネコ娘は鬼太郎よりも背が高く、スタイルも他のお化けと違ってスラリとした八頭身です。でもキャラクターデザインが発表された時点では「あんなのネコ娘じゃない！」という声がたくさん聞かれました。ファンの人たちが「俺の知ってるネコちゃんじゃない！」と思ったようです。

二〇〇〇年代に放送された第五期のネコ娘は活発かつ健気《けなげ》なタイプでした。人間社会で一所懸命アルバイトに励《はげ》む少女で、毎回さまざまなコスチュームを身に着けるのも話題でした。当時盛んだった「萌《も》え」キャラとして受け入れられたようで、こちらも大人気でした。ただ、その頃も「あんなの俺たちのネコちゃんじゃない！」と言われました。

九〇年代に放送されていた第四期のネコ娘は、六期とは正反対で、どちらかといえば幼さが残るいもうと属性のキャラクターでした。可愛かったのです。鬼太郎に恋心を抱くようなタイプではありません。このネコ娘も人気がありました。ですから四期ネコ娘のファンたちは、五期のネコ娘を見て、「あんな萌えキャラじゃねえよ！」と怒ったんですね。

ところが第四期のネコ娘を見た第三期のファンは「なんかちょっと違う」と言っていたんですね。第三期は八〇年代に放送された作品です。バブル絶頂期です。三期のネコ娘は勝ち気な性格で、鬼太郎にちょっと気があるという設定を持った最初のネコ娘でした。人間の女の子であるユメコちゃんがレギュラーとして登場するシリーズで、ネコ娘とユメコちゃんは鬼太郎をめぐるライバル関係です。この第三期には根強いファンがいます。いまの第六期もこの第三期へのオマージュを強く感じます。しかしこの鬼太郎をめぐる三角関係はそれまでの『鬼太郎』ファンの強い反発を招きました。二期や一期の支持者の方は「あんなの『鬼太郎』じゃない！」といまだにおっしゃるようです。

さらに前、七〇年代に放送されていた第二期は、鬼太郎作品以外の水木漫画からも材を取った怪奇色の強いシリーズで、高い評価を得ています。ネコ娘がレギュラーになったのもこの作品が最初です。実は、原作のネコ娘は単なるゲストキャラだったんですね。原作でレギュラーとして登場するようになるのは三期以降に描かれたものです。

この二期は、鬼太郎初のカラー作品でもあります。カラー化するにあたり、鬼太郎、ねずみ男、いったんもめんにぬりかべ、子なき爺に砂かけ婆では、「色」がなさ過ぎたんですね。ネコ娘の衣装は赤に黄色の水玉模様、後に定番化する赤いリボンもこの二期が元祖です。つまり二期のネコ娘はアニメオリジナルに近かったんですね。当時はアニメも「テレビまんが」と呼ばれていた時代ですし、原作にも恋愛要素はないわけで、二期のネコ娘は少し成長したワカメちゃんという感じの、単なる仲間の一人でした。

第一期と第二期は声優さんも同じで、放送した時期もそれほど離れていません。それなら文句も出ないだろうと思ったら——違うんですね。私は時代の生き証人です。いま申し上げた通り、第二期は、いまなお大傑作と評価が高く、ファンもたくさんいます。しかしモノクロの第一期で育った世代は、「お化けに色がつくなんて信じらんねえ。何これ。なんで水玉の服の女の子が出てんの？　全然ダメ！」と言っていたんです。すごいですね。

その第一期はモノクロ作品ということもあり、いまは見る機会はほとんどないかもしれません。しかし水木作品初のアニメ化ですし、不朽《ふきゅう》の名作とまで言われています。「原作の味を生かすのに白黒画面は最適だ」という人も多くいます。

ところが、ところがです。第一期放映時、原作のファンは「鬼太郎はああいう絵じゃないでしょ。水木さんの味がまったく出せてない」と言っていたんです。

何故、次々と文句が出るのでしょう。

その理由は、それぞれの時代に作られた、それぞれの『鬼太郎』が「ウケた」――からです。作品がウケなければ、リメイクはむしろ歓迎されます。その作品が良くできていると思ったなら、「作り直す必要なんかないじゃん」と思うでしょう。そして作り直された新しい作品に人気が出たなら、以前の作品に親しんだ世代は「俺たちの感覚は古いの？　もうダメなの？」と思うでしょう。そして「いや、そんなことはない。俺たちのほうが正しいんだ」と思い直すわけですね。だから、文句を言うのです。新旧ともにウケていなかったら誰も文句は言いません。五〇年間にわたってアニメーションがウケ続けているからこそ、文句が出るのです。これは、大変なことです。

最近はウケた作品がいつまでも完結しない傾向があります。漫画のヒット作なら、ずっと連載が続きます。『名探偵コナン』は大人気です。一度子どもに戻ったのに、もう大人になるくらい続いています。もう一回子どもに戻らければいけないのではないかと思うくらいです。『ONE PIECE』も、このまま無限に出続けるんじゃないかと思えちゃいます。どちらも二〇年を超すロングラン作品ですが、『鬼太郎』は断続的とはいえ、アニメだけでも五〇年ですからね。六回もアニメ化されたことも驚きです。

もちろん、他にもくり返しアニメ化された作品はあります。

たとえば赤塚不二夫《あかつかふじお》先生の『天才バカボン』。「天才バカボン」「元祖天才バカボン」「平成天才バカボン」「レレレの天才バカボン」「深夜！天才バカボン」と五回もアニメ化されています。同じ赤塚先生の『ひみつのアッコちゃん』も何度もアニメ化されています。石《いし》ノ森章太郎《もりしょうたろう》先生の『サイボーグ009』や永井豪《ながいごう》先生の『キューティーハニー』なんかも複数回リメイクされています。そうした人気コンテンツの中でも『鬼太郎』のあり方は独特です。アニメ『ゲゲゲの鬼太郎』は、一期と、その続編的位置づけの二期をまとめて考えると、一シーズンに平均一〇〇回くらい放送されます。一〇〇回ということは、二年は続いているということですね。そして間を空けて一〇年ぐらい経つとまた新作がスタートします。続きではなくリブートですね。こういう作品はなかなかありません。

さて、原作の『鬼太郎』は、最初は「少年マガジン」に掲載されました。当初は『墓場の鬼太郎』というタイトルでした。やがてアニメ化に合わせて「ゲゲゲ」になり、週刊連載となるわけですが——実は少年漫画誌で活躍する鬼太郎を読んだ一部の水木ファンは「ゲゲゲなんて『鬼太郎』じゃない！」と言ってたんですね。

もともと『墓場鬼太郎』は貸本漫画として描かれた作品です。貸本漫画を読んでいた人にとっては、「これは俺の知っているのと違う」というわけです。その頃の鬼太郎はもっと怪奇色が強く、ダンディでシニカルなキャラだったんです。

のみならず『鬼太郎』は貸本漫画になる前は紙芝居だったんです。因果ものとして人気があった『ハカバキタロー』――こちらはカタカナですが、その先行する別作品を下敷きに、水木さんが創り上げたのが『墓場鬼太郎』です。紙芝居というのは、ウケるネタは大勢が共有して勝手に描いてもいいものだったんですね。でも水木さんの創った鬼太郎は個性が強過ぎたのか、真似されなかったようですが。

紙芝居からアニメになった作品は、『鬼太郎』の他には『黄金バット』くらいしか思いつきません。こちらは、いまや知らない人も多いかもしれません。

『黄金バット』も、アニメーションの他に実写映画化されていますし、それ以前に絵物語にもなっています。私が子どもの頃は人気があったんです。でも、元をたどれば人気紙芝居作品『黒バット』の続編として発表されたものなんですね。黒バットは黒いマントに骸《がい》骨《こつ》のお面をかぶった怪盗です。黄金バットはそれを倒す正義の味方で、こちらは金色の骸骨ですね。どっちも骸骨なんですが、名前にドクロ要素は一切含まれていません。アニメでは金色のコウモリに呼び掛けると特有の高笑いとともに現れる設定で、バット要素はそこにあるんですが。戦前から大変に人気があった作品ですが、紙芝居の段階で作者は複数いましたし――ウケたのでみんなが描いたんですね。それから絵物語、アニメと、それぞれ別の人が書いたり作ったりしていることもあってか、リメイクはされませんでした。

変わるから変わらない

『ゲゲゲの鬼太郎』は紙芝居からスタートしたにもかかわらず、媒体《ばいたい》を越えて、少年漫画誌、幼年誌や一般誌、アダルトな雑誌にまで掲載されました。劇場用アニメ映画は再編集したものも含めると十数本あり、実写も四作品あります。これは快挙です。

何故それほどまでにウケるのでしょう。それ以前に、さまざまな『鬼太郎』は内容も外見も変わり続けているのに、何故『鬼太郎』として受け入れられているのでしょうか。

時間を空けてリメイクされた作品は、キャラクターや雰囲気がガラッと変わってしまうものです。『鬼太郎』も時代ごとに全然違います。装いもコンセプトも時代に合わせた内容になっています。それだけ変われば、「もう『鬼太郎』である必要はない」という話になってもおかしくありません。でも、『鬼太郎』は『鬼太郎』だから不思議です。

『鬼太郎』より少し遅れてテレビシリーズが始まった『仮面ライダー』も、いまだに人気です。ただ、こちらはリメイクや続編ではなく、「仮面ライダー」ブランドの別作品と考えたほうがいいかもしれません。仮面をかぶってバイクに乗ってるからこそのタイトルだったのでしょうが――免許のないライダーや電車に乗っているライダーも登場し、「君たちは何故ライダーを名乗るのだ？」と聞きたくなります。

『ウルトラマン』もいまだ健在です。こちらは一部設定の異なるシリーズを除けば同族の異星人という設定なのでライダーほど混乱はしないのですが、主役は常に別人です。メビウスとオーブは違うウルトラマンなんです。つまりある程度世界観を共有する新作、または続編という位置づけになるでしょうか。

他にも『宇宙戦艦ヤマト』や『機動戦士ガンダム』など、長い間受け入れられているコンテンツはあります。ヤマトは一度設定精度を上げる形でリメイクされましたが、ガンダムはほとんどが続編新作です。「ファーストガンダム以外、ストーリーはわからない」というオールドファンも多いようですし、同じエピソードが何度も作り直されているわけではありません。

ところが、鬼太郎はずっと鬼太郎です。何度でも鬼太郎です。

リブートするたびに同じ原作を使用するんですね。続編ではなく、同じ話をリメイクするんです。時代に合わせて細部が変えられていても同じ『鬼太郎』のお話なのです。

鬼太郎が鬼太郎である所以《ゆえん》は、いわゆる〝妖怪〟だからということになるでしょうか。〝妖怪〟というのは面倒くさいもので、考え出すと何日も眠れなくなります。調べ出すときりがありません。もう本当に頭がどうにかなりそうなくらい、調べても調べても何もわかりません。面倒くさいなと思うわけですが、そこが面白いところで。

〝妖怪〟はややこしい

この間、ふと気がつきました。あれは〝妖怪〟と呼ぶからいけないんですね。〝妖怪〟という言葉を発した時、「妖怪って何？　聞いたことない」という人はほとんどいなくて、「ああ、妖怪ね」という反応になります。知ってるんですね、〝妖怪〟。しかし、「じゃあ妖怪とは何ですか」と尋ねたら、「まあ、何か変なのがいるんじゃね？」という程度の答えになります。何だかわからないのに通じているのです。

五〇年前は〝妖怪〟と言ってもあんまり通じませんでした。「妖怪？　それ何ですか」と質問されました。現在はみんなに通じるんですけど、意味がハッキリしません。

これは〝妖怪〟という言葉にこだわるからいけないんだ、と気がついたんです。

たとえば鰻《うなぎ》は、土地によっては「まむし」と呼びます。「まむしのかば焼き」として出てくるのは鰻のかば焼きです。見ればわかるし、食べればもっとわかります。何故なら鰻を知っているからです。一方、蝮《まむし》のことを「うなぎ」と呼ぶ地域はありません。

まむしが鰻の別称と知っていれば何の問題もありませんね。鰻も蝮も両方知らないというなら、それはそれで大きな問題はありません。でも鰻か蝮か、どちらかしか知らない場合、これは混乱するでしょう。

鰻を知っていて蝮を知らない人は、「あ、これは鰻なんじゃないか？」と思うでしょうが、逆に蝮を知っているのに鰻を知らない人はどうでしょう。「まむし料理ですよ」と出されたら「え、毒蛇の？」と驚くでしょうね。「うちのほうでは蝮なんか食べないし、嚙《か》まれたら死ぬよ」と言うかもしれません。その場合、「いや、これは鰻です」と説明したところで、鰻を知らないんですからわかりようがない。両方の実物を並べて見せて、「あんたのいう毒蛇はこっち、食べるのはこっち」と説明するまではわかってもらえませんね。

でも、〝妖怪〟の場合は、見せる実物がないんです。

実体がないのに名前だけある。そして、時代によって、人によって、学問によって、それぞれ違うものを指し示しているんですね。江戸、明治、大正、昭和、平成、令和と、少なくとも二百年ぐらい〝妖怪〟という言葉は使われてきました。江戸と平成ではそれぞれ違うものを表しているのに、どっちも〝妖怪〟。これは、議論してもわかりません。

「天然物のまむしって、うまいよなあ。にょろにょろしてるけど」

「あんなもの養殖しないって。そもそも食うか？　焼酎とかに浸《つ》けるんじゃないの？」

「浸けるわけないだろ。タレつけて焼くんだよ」

一方が頭に浮かべているのは鰻で、もう一方が蝮です。

これでは、話が噛み合いません。でも、にょろにょろのあたりだけで交差してます。だから余計にこんがらかってしまうんですね。〝妖怪〟も同じで、まったく別ものなのに少しだけ同じところがあるせいで、噛み合わないまま話が進みます。違うということを示そうにも実物はない。でも言葉だけは固定されているので、結果二つの異なる性質のものが一緒になってしまったりします。だから、どんどんわからなくなってしまうのです。

牙に毒を持つ、鱗《うろこ》があるのにぬるぬるの、胸《むな》びれのある食べるとおいしい蛇《へび》——みたいな無理矢理なものが生まれたりするわけですね。もう、処置なしです。

江戸時代の〝妖怪〟は、いまでいうところの「ゆるキャラ」に相当するようなものですね。江戸期の〝化け物〟の少し小洒落《こじゃれ》た別称として使われていました。ところが明治期になると、仏教哲学者の井上圓了《いのうええんりょう》が啓蒙《けいもう》のために、オカルト全般を〝妖怪〟と呼び習わしました。その後、風俗史学という学問で〝妖怪〟は犯罪や変態心理学と同列のものとして紹介されました。そうした下賤《げせん》な扱いを嫌って、日本民俗学の祖である柳《やなぎ》田國男《たくにお》は、一度採用しかけた〝妖怪〟という言葉を使わなくなってしまいました。でも、犯罪や変態心理学と同列のものとするような風潮が下火になった頃、やはり〝妖怪〟しかないと思ったものか、民俗学の操作概念として〝妖怪〟という言葉を再度使い出したんですね。しかし、それはいわゆる民俗社会に伝わる、怪しげなものごとを囲い込むための名称でした。

昭和に入ってから、そういうさまざまな概念の一部は捨てられ、あるいは融合して、「妖怪は、気持ち悪いけど、不思議でキモカワなキャラなのね」という扱いになって、「『鬼太郎』に出ていれば妖怪でしょ」というところに落ち着いたんですね。

民俗学者が使う〝妖怪〟という言葉は、いまでも民俗学の操作概念としての〝妖怪〟です。一般の人が使う〝妖怪〟は、ただのキャラです。話が嚙み合いませんが、微妙に交差していますから、通じちゃうんです。

いま一般化している〝妖怪〟概念の形成に一役買ったのは明らかに水木しげるです。それは間違いありません。水木さんと同時代に〝妖怪〟という言葉を使ったクリエイターもいましたが、すべて水木妖怪に駆逐《くちく》されてしまいました。貸本漫画が衰退して少年漫画が台頭してきた時期に、好美《よしみ》のぼるさんという妖怪漫画家がいました。楳図《うめず》かずおさんも『猫目小僧』という妖怪漫画を描きました。テレビアニメの『妖怪人間ベム』は、いまだにアニメが観られたり、実写ドラマが作られたりしていますが、『妖怪人間ベム』のベムは〝妖怪〟とはちょっと違うぞとみんな思っているはずです。たくさんの人たちが〝妖怪〟を生成しましたが、最終的に残ったのは水木〝妖怪〟でした。私たちが〝妖怪〟っぽいと思うものは、たいてい水木さんが創った〝妖怪〟の影響を受けています。『妖怪ウォッチ』でさえ、水木しげるの用いた枠組みをそのまま引き継いでいるんです。

目に見えないものを描くために

私たちは水木さんに何十年も騙《だま》され続けているんです。私たちが〝妖怪〟と呼んでいるものの正体は、実は水木しげるが「好きなもの」なんです。水木さんは、自分が好きなものを好きなように描いて、それで日本の文化に影響を与え、後世に続く何十万人、何千万人、いや世界中を騙してしまったんですね。すごい人です。

水木さんは好きなことしかやらない人なので、自分の好きなもの以外は漫画に描きませんでした。普通、自分の作品が売れていない時は、売れる作品を描こうとします。でも水木さんの場合は、好きなもの以外は描きたくないから、好きなものが売れるような世の中を作ろうとしたんです。これはものすごい戦略です。まず成功しません。でもそれはある程度、成功したと考えるしかないんですね。現にそうなのですから。

まずは、〝妖怪〟の作り方から見ていくことにしましょう。

最初は、形です。水木〝妖怪〟は水木さんの好きな形をしています。これ、当たり前の話のようですが、あんまり当たり前の話ではありません。

水木さんは子どもの頃から絵を描くのが大好きでした。しかも神童と言われるくらい絵がうまかった。のみならず絵に対する探求心や向上心も非常に高かったんです。

そんな水木さんにとって〝妖怪〟をプレゼンテーションする際、何が大切だったかといえば、まずは形だったんですね。

ネット上では「水木しげるが描いた妖怪の元絵はこれだ」と紹介しているサイトがいくつもあります。古今東西の絵画、写真、彫刻、その他もろもろ、万物が〝妖怪〟の元ネタになっていますから、探し甲斐《がい》もあることでしょう。ただそれをして「パクリだ」と評するのは間違いです。そう思っちゃう人は、いくつか大きなものを見落としています。

たとえば――江戸時代に鳥山石燕《とりやませきえん》や竹原春泉斎《たけはらしゅんせんさい》が描いたお化けの絵があります。水木さんは、石燕や春泉斎が描いたお化けをほぼそのまま絵や漫画に使っています。「それならパクったんじゃないか」と思うでしょうが、でも違うのです。

先ほども言いました通り、そもそもお化けには実体がありません。ですから、先に描かれている絵を真似て描くのは当たり前のことだったんです。鳥山石燕も狩野《かのう》派や土佐《とさ》派に伝わるお化けの姿形を写しています。が――石燕は実は〝妖怪〟の絵を描いたわけではないんですね。石燕はもともとあるお化けの形を借りて諷刺《ふうし》画を描いたんです。石燕の本に載っているお化けは本当はお化けではありません。実在の人物に対する批判や、からかいだったりもします。「泥田《どろた》坊《ぼう》」なんかは、確証こそないんですが、それらしい人物が特定できます。また石燕は絵の中にいろいろ意味のあることを描き込んでいるんです。

私の友人に多田克己《ただかつみ》という変わった人物がいまして、彼はもう何十年も石燕の絵解きをやっています。それでも全然解けない。小物一つひとつに、すべて意味があるようにも思えてしまう。それ、「狂歌」の文化ですね。狂歌とは、いく通りもの解釈ができるよう、言葉に複数の意味を織り込んで作る短歌のことです。表向きはこういう意味だけど、読み方によってはこうもとれる。区切るところを変えると意味が変わる。そういうスタイルですね。石燕の絵は狂歌のビジュアル版です。一枚の絵から複数の意味が汲み取れます。

でも、水木しげるにとって石燕の意図なんかどうでもよかったんです。だから捨てちゃいました。取り入れたのはお化けの形だけです。しかも、自分が気に入った形だけ。泥田坊は、その段階でもう実在の人物への悪口なんかじゃなくなりました。「田を返せ田を返せ」と主張する、自然保護運動家みたいな水木〝妖怪〟になったんです。

竹原春泉斎が挿絵を描いた『繪本百物語《えほんひゃくものがたり》』も同じです。こちらは各地の伝承を元にした奇談集で、文章は桃山人《とうさんじん》が書いています。春泉斎は、別に諷刺や諧謔《かいぎゃく》に秀でた人ではなかったようで、桃山人の多少説教臭い文をそのまま絵にしています。「小豆洗い《あずきあらい》」なんかが有名ですね。でも水木さんにとって絵の説明はどうでも良かったんです。水木さんは小豆洗いの説明を民俗学の調査報告から採っています。江戸時代のお化けの絵と同じものが民俗学の文献に載っていることのほうが大事だったんです。桃山人の解説は不採用でした。

水木さんにとって〝妖怪〟はリアルなものです。

何かの諷刺画や寓意《ぐうい》ではありません。民俗学の説明は「その人が体験した」「そういうことがあった」と、背景にリアルがありますから、水木さんにとってはそっちのほうがしっくり来たのでしょう。

水木さんにとって、石燕や春泉斎の絵はパーツでしかないんです。

それはむしろ、サンプリングに近いのかもしれません。水木〝妖怪〟画は、サンプリングした面白い形をアレンジし、リミックスして創られるのです。したがって江戸期の妖怪画だけが元ネタではありません。何でもありです。たとえば「山爺《やまじじい》」はイヌイットの仮面を参考にしていますし、「バックベアード」は内藤正敏《ないとうまさとし》さんという写真家が作成したコラージュを元にしています。「油すまし」は文楽の首《かしら》に蓑《みの》と杖《つえ》を持った旅姿の町人の態《てい》です。

これらは、水木しげるの感性に合致《がっち》した形だったんです。水木さんが「この形だ！」と思ったフォルムだけが、お化けの絵の材料として使われたんですね。

そうしてでき上がった奇妙なフォルムの〝妖怪〟ですが——実はそれ、オマケなんですね。水木しげるの〝妖怪〟画は、背景のほうが本体なんです。

みなさんご存じでしょうが、水木漫画や水木〝妖怪〟画は、「いい加減にしろ」というくらい背景が描き込まれています。もう細密画のようですね。

漫画の場合、「必要なのか、それ」と思っちゃうくらい細かく描き込んでいます。

何故でしょう。くり返しますが、水木さんにとって〝妖怪〟はリアル――現実です。水木さんは「目に見えないものはいる」と言います。でもお化けはこの世に存在しないと誰よりも知っていました。水木しげるは、極めつきのリアリストでもあるんです。水木さんは「〝妖怪〟はいないけど、いる」ということを描きたかったのです。

平たく言えばお化けは雰囲気なんです。その場所で何かが起きたとして、あるいは起きなかったとしても、人それぞれがその時に感じた雰囲気こそが〝妖怪〟なんですね。だから、場所を描かないわけにはいかないんです。

たとえば、砂かけ婆は、竹やぶを描かずには成立しません。砂かけ婆とは、誰もいないのに竹やぶで砂がかかる「現象」のことを示す民俗語彙だからです。

水木さんは、一応名前に「ばばあ」とついているから「それらしい」フォルムのおばあさんを配したわけですが、あれは本来「おばあさんキャラ」ではなく、砂をかけるという行為――砂がかかったという現象を象徴的に表したものなんですね。

砂かけ婆は奈良《なら》県のお化けです。現在でも奈良県の竹やぶに入ったら、砂がパラパラとかかる現象が起きるかもしれません。ところが、周りには誰もいないんですね。そうなると、「え、誰が砂をかけたの？」と驚くことになるでしょう。

そういう奇妙な現象こそが、砂かけ婆なんです。誰か人がいたなら、そんなに奇妙じゃなくなってしまいますよね。「おまえがかけたのか」という話で。仮におばあさんがいたとしても、最近のおばあさんはモダンですからあんな格好はしてないですね。ともあれ〝誰もいないのに〟というところが大事なのは間違いありません。誰もいないからこそ奇妙なできごとなわけで。

つまり、竹やぶが重要なんです。竹やぶで起こることなんですから。というより砂かけ婆に出合った人には、竹やぶしか見えていないんです。

だから水木さんは背景に力を入れるんです。草の一本一本、樹木の表面、石の凹凸、そうした目に見えるテクスチュアだけでなく、温度や湿度、匂い、空気感まで、できるだけリアルに描き込むんですね。しかし、どんなに再現性が高くても竹やぶだけ描いたのでは意味がわかりません。その竹やぶを訪れた人に砂がかからなければ、砂かけ婆にはなりません。

だからこそあのキャラが描き込まれるわけですが――あれは、こんなおばばが砂をかけるんだぞ、ということではなくて、「竹やぶで起きた、あるいはこれから起こるだろう奇妙な現象と、その体験者の気分を具象化したもの」なんです。そういう、目に見えないものを無理矢理形にしているんです。「目に見えないものはいる」とはそういうことです。

雰囲気をキャラクター化しちゃうんですから、すごいですよね。しかも雰囲気だけではなく、水木〝妖怪〟には人の気持ちもブレンドされているんですね。「ちょっと嫌な感じだ」とか「なんかここに居づらい」とか、そういう感情も、水木さんは背景と、事象を具象化したキャラによって表現しています。それによって、なかなか言い表せない微妙な気持ちが「あ、こういう感じね」と、わかるようになったんです。

何かが起こりそうな場所と雰囲気。そしてそこで起きるだろうことと、起きた時体験者が感じる気分。これらがセットで水木〝妖怪〟はでき上がっているのです。

ところが——です。水木さんがプレゼンした造形があまりにユニークなので、キャラクターが背景から切り離されて独り立ちしてしまったんですね。

水木さんもそれを良しとして、漫画の中で活躍させました。

先述した『繪本百物語』の小豆洗いも漫画の中で活躍しています。頭の中にパッと絵が浮かぶ人もいるかもしれませんね。アニメにも何度も登場し、第六期では「小豆婆《あずきばばあ》」なんかと一緒に出演していますね。でも民俗社会で伝えられる小豆洗いは、あんな顔はしていません。小豆洗いには姿形がないんです。水辺を歩いていると、小豆を洗うような音が聞こえてくる、変だなと感じて音に気を取られていると、水に落ちてしまう——そういう現象、または現象を引き起こす何ものかを、小豆洗いと呼ぶのですね。

水木さんは、春泉斎が描いた小豆洗いの絵を見て「これがいい。こういう感じだ」と思われたのでしょう。いわば、春泉斎の小豆洗いは水木さんの「理想の妖怪」試験に合格したのです。だから小豆洗いという名前のまま、小豆洗いの役で、水木さんは採用したんでしょうね。

でも、試験に合格したからといって、そのまま使われるとは限りません。石燕が描いた「青坊主」の絵は、『ゲゲゲの鬼太郎』では「見上げ入道」として登場します。そして、「狒々《ひひ》」は「魍魎《もうりょう》」になりました。魍魎は「邪魅《じゃみ》」に当てられました。無茶苦茶ですね。石燕が描いた魍魎の絵は、水木さんにとっては邪魅っぽいイメージだったのでしょう。水木さんの魍魎を見て「魍魎だ」と思う人もいれば、「邪魅だ」と思う人もいるわけで、そのへんは困るんですが。

ですから水木さんは、たしかに昔からあるお化けの絵をたくさん材料として採用しています。しかし、過去のお化け表現が単なる複製とマイナーチェンジのくり返しだったことを考えるに、水木〝妖怪〟が明らかに違う文脈でそれを使用していることは明白です。

水木さんの〝妖怪〟解釈と、それに則した表現が、一般の〝妖怪〟理解を深めたことは間違いないのでしょうが、それよりも注目すべきなのは、そうして作り出された水木〝妖怪〟のフォルムがキャラクターコンテンツとしても成功したということでしょう。

基本がちゃんと理に適《かな》っていたからこそ、どんなに装いが変わっても水木〝妖怪〟は〝妖怪〟として受け入れられるようになったんです。砂かけ婆の背景が竹やぶから高層ビルに変わったとしても、「砂かけ婆だから、砂をかけるんだろうな」と思っちゃう。この五〇年間でそう思えるように変わったのですから、大変な変わりようです。

水木さんは、抽象的なものを具体的な形にしたのみならず、エンタテインメント化することによって普遍化したのです。それが、いま私たちが〝妖怪〟と呼んでいるもののベースとなっているのです。

これは、かなりダイナミックな概念操作です。現在、〝妖怪〟は、さまざまなエンタテインメント作品に登場しますが、作中の〝妖怪〟のほぼすべてが水木式の応用か、縮小再生産で生み出されたものと考えていいでしょう。

その結果、水木〝妖怪〟は日本にとどまらず世界に広まっていきました。それをきっかけに海外ではほとんど理解されなかった〝妖怪〟という日本独自の文化が、それなりに理解されるようにもなりました。もちろん、民俗学者の方々は民俗学的妖怪を突き詰めようと日々研究されているわけですが、でも論文が翻訳されることはあまりありません。現在は海外にも〝妖怪〟を研究する学者さんはたくさんいます。これは、実にすごいことなんですね。

想い出、他界、そして幸福

水木さんはそうやって〝妖怪〟を世に出し、世間一般に定着させました。好きなものがウケる土台を戦略的に作り出すことに成功したんですね。水木〝妖怪〟漫画はヒットしただけでなく、〝妖怪〟を文化にまで昇華させる契機となりました。

さて――その水木〝妖怪〟は、水木しげるの好きなものでできあがっていると、先ほど私は述べました。では、その好きなものとは何でしょう。これは、〝妖怪〟の根幹にもかかわってくる問題です。水木さんの好きなものをいくつかのキーワードで示してみます。

まず一つ目のキーワードは、〝想い出〟です。「妖怪は想い出なんだよ」と言われてもピンとこない人のほうが多いでしょう。「妖怪は悪いことをしたり、戦ったり負けたりしているだけじゃないか。何が想い出なの?」と、考えるのが普通です。しかし、水木さんが〝妖怪〟というものに注目した大きな理由は、この想い出なんです。

その想い出とは、水木さんが子どもの頃を過ごした鳥取《とっとり》県境港での生活、そこで水木しげるの感性を揺さぶった多くのものごと――と、言い換えることができます。

これが、いま私たちが慣れ親しんでいる〝妖怪〟を形作る重要な要素になっているんですね。その想い出を礎《いしずえ》として、水木さんは〝妖怪〟の背景を選び、形を選んだのです。

境港には海があって、山があって、草が生えていて、木があって、鳥がいて、虫がいます。そんなふうに言うと、「どこもそうだよ」といわれそうですが、海がないところ、山がないところはあります。山と海があって、森や川などの豊かな自然がある。そのような環境で水木さんは育ちました。

毎日が楽しくて幸せだったと思います。境港で水木さんは虫を愛《め》で、鳥の声を聞き、夜中に鳴くキツネの声を聞いてびっくりしています。お寺に行って地獄の絵を見て、それに魅せられ、お葬式などで民俗行事を体験し、たくさんの神秘もあり、たくさんの楽しみがありました。水木さんは、本当に楽しい幼少期を過ごされたのだと思います。

学校にはあまり真面目には通わず、兄弟仲良く野山に遊び、喧嘩になればとりあえずは殴《なぐ》り、食物があればとりあえず食い――本当に楽しそうです。生前に当時のお話をうかがいましたが、やはりものすごく楽しかったそうです。

水木さんの実家は、意外とお金持ちでした。水木さんのお父さんは水木さんいわく道楽者だったようなので、いろいろな娯楽品を家に持ち込みました。歌舞伎《かぶき》が大好きで、劇の脚本を書きたがり、映写機を仕入れて映画館を開設したり、アメリカン・コミックスを大量に持ってきたりする――そういうお父さんだったそうです。水木さんは地方で暮らしながらも、文化的には都会と変わらない情報を摂取することができていたようです。

水木漫画には、日本風な、土俗的なイメージがありますよね。でも若い頃に描いた童画はとても西洋的なタッチなんです。海外の児童文学もよく読みました。アンデルセン童話の『人魚姫《にんぎょひめ》』が大好きでした。「どこが良かったんですか」と尋ねたら、「最後に泡となって消えるところでは涙したネ」と語られていました。

一般的な水木さんのイメージからは想像できないくらい、繊細《せんさい》でロマンティックなものが好きだったんですね。『白雪姫《しらゆきひめ》』も好きで、ディズニーのアニメ映画『白雪姫』が日本で公開されるはるか前に、水木しげるは『白雪姫』の絵本を自作していたんです。まだきちんと邦訳されているかどうかも怪しい時代に、すでに水木流の『白雪姫』を描いていたのです。本当に水木さんが描いたのかと思うくらい、とてもかわいい白雪姫です。「白雪ばばあ」とかではなく、本当に「白雪姫」ですからね。そういう人だったのです。

感性豊かなロマンチストが、豊かな自然や民俗行事に囲まれて育ったんです。

その想い出は、水木さんにとって、かなり大切なものでした。

生まれてから小学校の三年生、四年生ぐらいまでに培《つちか》われた人格は、死ぬまで変わりません。三つ子の魂百までというように、その頃に好きだったものは、たぶん年齢を重ねても好きなままです。五〇歳になろうと七〇歳になろうと変わりません。水木さんはその頃に末永く好きでいられるものごとをたくさん摂取したのです。

だから水木さんは〝想い出〟が大好きなんです。

想い出は何かをチョイスする時の判断基準になります。境港での記憶が水木さんの〝妖怪〟理解の基盤になっているんですね。水木さんが選んだお化けの形は、多く自分の子どもの頃の想い出に基づいてチョイスされたものなんです。そして、それは普遍化されたことによって、私たちの心の中に体験していない虚構の郷愁《きょうしゅう》を呼び起こします。

「行ったことがないのに懐かしい」

「見たことがないのに憶えている」

私たちは〝妖怪〟にそうした感情を抱いていないでしょうか。

さて、二つ目のキーワードは〝他界〟です。

水木さんは少年時代から「死」に興味を持っていました。お寺の地獄極楽図に見とれてしまい、通いつめたというエピソードは有名ですね。でも、水木さんの他界観を決定づけたのは、戦争です。

水木青年は第二次世界大戦に駆り出されてしまいます。

出征前に書かれた手記などを読むと、召集令状を受け取った水木青年は、動揺し、絶望しています。わずか一九歳か二〇歳で「おまえは死ね」と言われているわけですから、これは当然のことでしょう。

水木少年にとっての「死」は、民俗行事であり、宗教儀礼であり、神秘でした。しかし水木青年に届いた召集令状は、リアルな死刑宣告だったのです。この抗《あらが》えない「死」に直面した時に、水木青年は仏教やキリスト教、哲学など、あらゆるものを勉強します。悟りを開こう、諦観《ていかん》しよう、どこかに光明を見出そうと、あがきます。しかし、どこにも答えは書いてありませんでした。わからないまま、水木しげるは南方戦線の最前線に送られてしまいます。

そこで水木さんは一旦死にます。もちろん水木さんは生きて帰ってきたのですが、戦争中に水木しげるという人は一回死んでいるのです。

軍隊というところは、いまで言うなら完全にブラック企業です。パワーハラスメントが横行する、ホモソーシャルなところです。上官の言うことは絶対でした。ことあるごとに体罰――ビンタです。水木さんは「下駄で叩かれた」と言っていたので、ビンタどころではありませんね。茨城《いばらき》県出身の上官によく殴られたらしく、会話の中に「茨城」が出てくるだけで怒っていました。顔が曲がるほど叩かれたそうです。

ブラックな上に厳格な階層社会、規律も厳しかったそうです。その厳しい規律ときつい労働は、何をするためのものなのかというと――人殺しのためなんですね。失敗したら死んでしまうんです。そして目の前で仲間がどんどん死んでいくわけです。

現在では考えられない、まさに地獄です。想像くらいはできたとしても、実感はないと思います。私は絶対にそんなところへは行きたくありません。たぶん二秒と保《も》たないと思います。水木さんは、そこで、まさに生き地獄を味わったんですね。それまでの楽しい人生とは一八〇度違ってしまった。

ところが南方で終戦を迎えた水木さんは、何と現地除隊を申し出たんです。現地除隊とは「もう日本に帰らないで、ここで暮らす」ということです。何故そんなことを言ったのか、みなさん不思議に思われるでしょう。そして、おそらくこれが他の戦争体験者の方と違うところなんでしょうが、水木さんは地獄と同時に天国も見つけてしまったんです。

水木さんは軍隊を抜け出して、現地人であるトライ族の集落にちょくちょく遊びにいっていたんですね。負傷した水木青年の力になってくれたのも、現地の人でした。

彼らの生活は、水木さんにとって理想的でした。あんまり働かなくても食うに困ることはありません。それほど考えなくてもそのへんに自然に生《な》っているものをもいで食べていれば、とりあえず生きていられる。疲れたら寝る。起きたら食う。しかもジャングルにはいろんな動物がいます。鳥の声がする、虫が這《は》っている。花も咲いている。これはもう水木的には何ものにも代えがたい環境です。まさに、水木イズムにマッチした――天国でしかありません。

現地のトライ族の人たちも、いつもニコニコしており、水木さんにも親切にしてくれました。「おまえの家を建ててやる」「畑も作ってやる」とまで言われたそうです。

これは極楽だ、天国だと思ったことでしょう。

水木さんは彼らのことを「土人」と表現します。現在では差別用語で使ってはいけない言葉なんでしょうが、水木用語的には「土人」は最上級の褒《ほ》め言葉です。土の人、つまり土と一緒に生きている人たちという意味です。人間としては最高に幸せな状態であるという賛辞でもあります。ですから、私もそれに引きずられて、すぐ「土人」と言ってしまうことがあるんですが、たいてい怒られます。家族にはたしなめられ、小説に書くと赤字が入り、公共の場で言うと反省をうながされ、テレビで使うと「ピー」という自主規制音が入ります。しかし、水木さんは平気で使っていました。

南方には天国と地獄が同時に存在していたんです。

これは、まさにあの世です。天国があって地獄があるのですから。

水木さんは、結局軍医さんの説得で日本に帰国します。水木さんはあの世から帰ってきてしまったのです。ここで水木さんの中に不思議な他界観が生まれます。丹波《たんば》哲郎《てつろう》ふうに言うなら「あの世とこの世は地続き」だ、ということです。

水木漫画を読んでいただくとよくわかります。

だいたい、どんなヘンテコなところに行っても帰ってこられます。鬼太郎も地獄に往き来できますね。それだけではなく、いろいろなところに異界や他界がぽっかり口を開けています。上には高天原《たかまがはら》が、下には地獄が、向こうにはあの世があって、至るところに異次元のようなものが口を開けている。別の世界にはひょっこり簡単に行けて、でもやっぱり簡単に帰ってこられたりします。

その感覚が、私たち日本人が古くから持つ他界観にぴったりとマッチしたんです。水木さんが漫画で提示するいい加減な他界観は、私たちが何百年もかけて培ってきた、さまざまな宗教をミックスしたような他界観と見事に一致しちゃったんですね。水木さんは、その一種独特な〝他界〟観を用いて〝妖怪〟を生成していきました。だから私たちはコロッと騙されたわけです。

あなたの隣に異界があり、あなたの後ろに他界があるんです。〝妖怪〟はこの世のものではありません。そして「死」や「恐怖」を身近にまとっているものです。でも、怪談やオカルトと違ってどこかお気楽な感じがしませんか。

さて、三つ目のキーワードは〝幸福〟です。

水木さんは日本に帰ってきて、ずいぶん苦労します。貧乏だったんです。焼け野原の日本は生きるか死ぬかの時代ですから、生きているだけでまあいいかというような話です。

南方の天国では何もしなくても腹いっぱい食えましたが、日本に帰ってくると働かないと食えないし、働いても食えません。

現実というのは世知辛いもんです。現在も格差社会は問題になっていますが、戦後の格差は現在とは比べものにならないくらい大きく開いていたんですね。それは大いに問題なんですけど、戦争中よりはまだマシだったんでしょうね。生きてるだけで幸せと思ったんでしょうか。多くの人は焼け野原の中、ただ諾々《だくだく》と働いていたんです。水木さんもそうでした。本当にお金がなかったようです。お金はなかったのですが、とりあえず結婚はしました。もちろん、ゲゲゲの女房とです。そしてお子さんが生まれました。もう本当に大変だったらしいです。だから寝る間も惜しんで働いたんですね。もう本当にどうしようかという状況だったようですが、二人目のお子さんも生まれました。

そこに福の神が訪れます。お金がザックザックと入ってくるようになりました。

水木さんは名誉や財産にはそれほど興味がないんです。そういう発言も実際にされていますし、お金があっても人は幸せになれないというメッセージを含んだ作品もたくさん描いていています。「金は人間を幸せにしない」「文明は人間を不幸にする」と、本当によく言っていました。でも、お金は大好きなんです。「いや、それ矛盾してるだろ」と思うでしょうが、矛盾はしていないんです。

いまの社会において、お金は幸福を得るための重要なアイテムです。水木さんはお金が好きなのではなく、幸福が好きなのです。

水木さんにとっての幸福とは、たくさんお金を儲《もう》けることではありません。地位や名誉を得ることでもありません。水木さんはよく「大金を持っている」と言うのですが、大金といっても一〇〇万円程度です。「程度」と言っても、もちろん大金なんですが、水木さんほどの巨匠が大金と表現するならば、もっと大きな金額を想像しますよね。水木さんは通帳のゼロの数が増えることについては無頓着《むとんちゃく》ですが、手元に一〇万円とか二〇万円あると喜ぶ人でした。すぐに使えるからです。使えない金はいくらあっても、ちっとも面白くないのです。使える金は、あったほうがいい。現金の二〇万円のほうが一億円の小切手よりもうれしいのです。そういう人でした。

手元のお金を何に使うかというと、本を買ったり、コンビニで「ガリガリ君」を買って食べたりするんです。水木さんは美食家だなどと言われていますが、そんなことは全然ありません。水木さんにはマイブームがあって、それに凝《こ》ると連続して食べ続ける癖があるんですね。ハンバーガーとか、ローソンのスパゲッティなんかが好きだったんです。ファストフード店やコンビニで売っている食べ物が好きな美食家って、それ、どうなんでしょうか。でも、おいしいからそれで満足なのです。

水木さんはお腹《なか》が膨《ふく》れればいいし、おいしければそれでいいのです。値段とか世間が決めた「格」などは一切関係ありません。ローソンでスパゲッティ買うのに何百万円も要らないですからね。四、五〇〇円あればいいわけです。五〇〇〇円あれば一〇回食べられます。一日に三度食べるとして、三日は保つわけです。それが嬉《うれ》しいのです。そういう人でした。

水木さんにとって幸福というのは、分不相応なものを手に入れることではなく、いまの自分がいいと思うこと、楽しいと思うことをすること、それができる環境にあることなんです。そのへんを忘れている人は多いと思います。

「怠け者になりなさい」と水木さんは言います。これは、働くなということではありません。「やりたくないことなんかやらなくてもいい身分になれ」という意味です。

働きたくないからといって働かないでいたら、生きていけません。でも、やりたくないことを無理にやり続ける状態は、幸福とはいいがたいですね。ですから、「怠け者になりなさい」というのは、「やりたいことだけやっていても暮らしていけるような人になりなさい」という意味です。とはいうものの、やりたいことだけやっていたとしても、お金にならなければ死んじゃいます。つまり妥協せず、好きなことを「生活に繋げろ」、という意味なんですね。ちゃんと働け、ということなんです。

まあ、そうはいってても難しいですよ。でも水木さんは、窮した人を見るとすごく喜ぶんですね。「それじゃ餓死《がし》ですよ。ハハッ！」と、笑います。失脚したりすると「ギロチンですよ」と言って笑います。ヒドいんですが、でも手は差し伸べるんですけどね。

私たちは誰でも幸福になれます。ただ、それを幸福だと思いたくないという人が多いだけです。安いものであってもおいしいもの、自分の好きなものが食べられて、健《すこ》やかに生きていけるだけで、それは一つの幸福です。好きな仕事をすることが生活の手段になるならば、それも一つの幸福です。自分の好きな人、あるいは自分と馬の合う人たちと同じ場所で楽しく過ごせるのも一つの幸福です。幸福は、たくさんあります。身の丈に合った幸福はそのへんにゴロゴロ転がっているんですね。

水木さんはそうした〝幸福〟を追求していました。「幸福観察学会」という水木さんしか会員がいない団体も立ち上げました。

ドアを開ければ異界があり、隣の部屋にも他界があるように、幸福もそのへんに転がっています。私たちは、それが見えていないだけです。「そういう幸福を見なさいよ」と水木さんは言います。何故、そのへんに転がっている幸福を幸福と思わずに上ばかり見ようとするのかと、水木さんは疑問を感じていたようです。

〝妖怪〟は、そんな水木さんにとって〝幸福〟の一種でもあったんです。

古いものは古くならない

水木〝妖怪〟は水木さんの子どもの頃の〝想い出〟と、戦地で培った〝他界〟観と、現世で追い求める〝幸福〟の三つでできています。その三つを基準にし、さらに卓越したセンスで選ばれた形と背景で作り上げられたものが、私たちの知る水木〝妖怪〟です。

そうして考えてみると、民俗学でいう〝妖怪〟やオカルト、言い伝えやお話の中に出てくる化け物なんかとは、ずいぶん違っていることがわかります。もちろん、そうしたものとも無関係ではありません。でもそれは水木〝妖怪〟の一要素でしかないんですね。そこにすべてが還元できるわけではないのです。

民俗学でいう〝妖怪〟は、古い時代の地域の文化に密接にリンクしています、ですから懐かしさ——想い出に誘《いざな》う一つの呼び水にはなります。だから、水木さんは民俗学を非常に大事にしていました。民俗学の妖怪と水木〝妖怪〟は、それなりに密接な関係にありますが、イコールではありません。

私たちが〝妖怪〟と口にする時、それは民俗学でいう〝妖怪〟そのものではないようです。オカルト話に登場するただ恐ろしいモノでもありませんね。何故か懐かしくて、でも奇妙でへんてこで、怪しいけれどなごむ——〝妖怪〟はそんなものではないですか。

漫画やアニメに登場する〝妖怪〟キャラクターの背景に潜《ひそ》む、懐かしさや幸福を、私たちは無意識のうちに感じ取っていないでしょうか。

もし感じているなら、その人は水木〝妖怪〟こそを〝妖怪〟と呼んでいるのです。

本来、「妖怪」という言葉にはそんな意味は付加されていなかったんです。ただ、「妖しい、怪しい」という意味しかなかったんですね。そこに、いろいろな時代のさまざまな人が、それぞれに意味を放り込んできただけです。そして最後の最後に水木しげるというクリエイターが、素敵な意味を放り込んだんです。それでみんな、最初っからそうだったんじゃないか――と、思っちゃったわけです。そう、騙されているのです。

でもこれは素敵な騙し方です。これなら騙され続けてもいいと思えます。

さて、ここで最初の話題に戻ります。懐かしいということは、新しくはない、ということですね。〝妖怪〟は、最初から古いものを装っているんですね。最初から古いものはもう古くなりません。何度リニュウアルしても、懐かしいままです。

だからこそ、『鬼太郎』は五〇年も人気が衰えないのです。

紙芝居を見た人は民間伝承を思い出しました。貸本を読んだ人は紙芝居を思い出しました。「少年マガジン」を読んだ人は貸本漫画を思い出しました。一期アニメを見た人は漫画を思い出し、二期アニメを見た人は――きりがないですね。

初めて見た人も、何故か懐かしい気がするんです。前に見たり読んだりした人は必ず思い出しますね。思い出すから文句を言うんです。でも、『鬼太郎』というコンテンツ自体に文句を言うわけではないんです。自分の想い出との間に異相を感じるのでしょうね。

私が小学校に入学した頃、一九六九年くらいです。入学式の一週間後に、デパートの屋上で開かれたイベント会場に鬼太郎が来ました。私は一緒に写真を撮りました。私が六歳の頃です。こんな私にも六歳の頃があったんです。あれから五〇年経ったいまでも鬼太郎はイベント会場にやってきて、子どもと写真を撮ってくれます。六歳の私と写真を撮った鬼太郎君は、おそらくいまの六歳の子どもとも写真を撮るでしょう。息の長い人気ぶりには驚くばかりです。五〇年間現役の芸人さんって少ないですよね。ほとんどいらっしゃらないんじゃないですか。初代ウルトラマンぐらいですかね。

水木さんが亡くなられてもう三年が経ちますが、『鬼太郎』は、まだまだ大人気です。私が死んだ後もきっと人気者であり続けるでしょう。そんなすごいものを水木さんは創ったんですね。たぶん一〇〇年ぐらい後にも、鬼太郎は子どもと写真を撮っている可能性があります。古くならないだけでなく、お化けは死なないんですからね。

お財布に余裕がある方は、ぜひ『水木しげる漫画大全集』を買ってみてください。一一三巻すべて買っていただく必要はありません。

どれでもいいので一冊買ってみてください。「お薦めはどれですか」なんてよく尋ねられるのですが、どれもお薦めです。一一三冊中、ハズレがあったとしても——一冊くらいですね。それに当たる可能性がないとは言えませんが、面白がり方は人それぞれです。きっと面白いはずです。何しろキャッチコピーは「水木漫画に外れなし」ですから。訂正します。ハズレなし。みんな面白いです。

もしお読みいただけたなら、いまお話ししたようなことを感じ取っていただけるかもしれません。そうでなくとも、〝想い出〟や〝他界〟、そして〝幸福〟を頭の隅に置いて、自分のことと照らし合わせながら読んでみてください。そうすると、読み方が少し変わるかもしれませんし、より面白くなるかもしれません。のみならず、きっと生きるのが楽になります。生きづらい世の中ですから、そういう時こそ、多くの人に水木漫画を読んでほしいと思いますね。

（二〇一八年一二月一日）

そごう美術館「水木しげる 魂の漫画展」開催記念　特別講演会
水木さんが描いた妖怪文化
講師　京極夏彦氏（小説家）

第三談
水木漫画と日本の〝妖怪〟文化

そごう美術館　水木しげる・魂の漫画展
開催記念特別講演会
「水木さんが描いた妖怪文化」
於・神奈川大学・セレストホール

ゆるキャラの背後にあるもの

私は小さい頃から水木しげるに夢中で、ファン歴は五〇年以上になります。そのうち二〇年間ほどは、水木先生と一緒に仕事をさせていただきました。二〇一三年から一九年にかけて講談社から刊行されました、全一一三巻におよぶ『水木しげる漫画大全集』の監修もさせていただきました。全集は先生の作品を、ほぼ網羅《もうら》しております。そんな関係ですから、水木しげるさんについては話すことがいっぱいあります。人間としての逸話も豊富ですし、漫画の短編一本でも軽く一時間は語れるでしょう。と、いうわけで、これから水木先生と先生が生み出した〝妖怪〟について述べさせていただきます。

その前に「ゆるキャラ」について少し述べたいと思います。

「くまモン」「せんとくん」など全国には数多くのご当地キャラがいますが、みんながゆるキャラというわけではありません。ゆるキャラには厳密な定義があるのです。この言葉は漫画家のみうらじゅんさんが作り、商標登録もされています。

みうらさんによれば、ゆるキャラとして認定されるには「三か条」の条件があります。

①郷土愛に満ち溢《あふ》れた強いメッセージ性があること。
②立ち居振る舞いが不安定かつユニークであること。
③愛すべき、ゆるさ、を持ち合わせていること。

この中で強調したいのは、一番目の「郷土愛」ですね。つまり、ゆるキャラというのは地方自治体や公共団体などが「溢れんばかりの郷土愛」をもって、「地元のために」作ったキャラクターを指していたのです。

もう一つは「ゆるさ」です。ゆるいというのはどういうことでしょうか。実はゆるキャラを装ったエセゆるキャラも少なくありません。もっとちゃんとしたものが作れるはずなのに、わざと狙ってゆるくする。これはゆるキャラに対して失礼なことです。

ここでいうゆるいとは、「頑張ってつくってみたんだけど、どうしてもこの程度にしかなりませんでした」ということです。この条件でいえば、「くまモン」も「せんとくん」もゆるキャラではありません。「くまモン」のデザインは優れているし、キャラクターグッズとしても完成度が高いですね。とてもクリエイティブな仕事をしています。「せんとくん」も東京藝術大学大学院の教授でもある彫刻家の籔内佐斗司《やぶうちさとし》さんの作品ですから、造形も端正でスキはなく、全然ゆるくないですね。なので完全なるゆるキャラとはいえません。

でも、両者とも郷土愛はあります。

一方、三か条に合致したゆるキャラは、たとえばこんなやりとりを通じて生まれているはずです。

「うちの町はカツオがよく獲《と》れるから、カツオのキャラに足でもつけようか」

「いやいや、イチゴの名産地でもあるぞ。イチゴ忘れちゃ困るな」

「わかった。それじゃカツオの頭にイチゴを乗せよう」

「待て待て、土地だけは余っていてテニスコートをたくさん作ったから、テニスをイメージさせる何かもほしいところだな」

ということで、カツオの頭にイチゴの耳があり、テニスラケットを持った奇妙なキャラクターが生まれちゃいます。

もちろん、たとえ話ですから、実話と勘違いしないでくださいね。この、カツオ＋イチゴ＋テニスのキャラは、いろいろ無理があるので完成度も著しく低く、かわいくもないわけです。しかし、地元愛だけは溢れています。見た人は「きっとカツオとイチゴが名産でテニスも盛んなのだろうなー」とわかります。ゆるキャラというのは、いろいろ残念だなと思えるところはあるけれど、それを作った人の意図は理解できるものなんです。

ゆるキャラコンテストでたくさんキャラが集まってくると、デザイン的に洗練されてよくできているものほど、作られた地域がどこなのかわからないことが多いようです。優れているために、単なるマスコットキャラクターになってしまうからです。「せんとくん」は鹿＋仏顔の子どもという他の地域にはない組み合わせなのでわかるんですけどね。

実は〝妖怪〟も、ゆるキャラと同じようなところがあるんです。

ゆるキャラの背後には、その地方の産業や、町おこしをしようとする努力や、さまざまな事情があります。つまり、その土地の特色が潜んでいるわけです。

〝妖怪〟にも同様に、生まれた地域の事情が必ずあります。〝妖怪〟というキャラからは見えない、背後の情報が隠されている。しかし、私たちはそれぞれの〝妖怪〟の事情など承知していません。ゆるキャラを見る時にも、背景にどんな苦労があったとか、どんな苦心をしたかなんてことは知りませんね。でも、作り手の意図は想像できちゃいます。

〝妖怪〟の背後には、さまざまな文化が隠れています。日本の生活や暮らしに密着した長い歴史がたしかに存在します。それは必ずしも、いいことばかりではなく、悲しいことや辛いこと、嫌なこと、忘れたくないことや忘れたいこと、いろいろな事象や人の思いが込められています。

たとえば民俗社会には「うぶめ」というお化けが伝えられています。これはお産で亡くなった女性の化身です。昔のお産は命がけだったんです。どんなに健やかに生まれてくることを祈っていても、母子ともに亡くなるようなことも少なくありませんでした。残された家族にとっては辛く悲しいことです。

第三者はよく「悲しみを乗りこえて生きるべきだ」なんて、無責任な正論を言うわけですが、当事者にしてみれば、そう簡単に乗りこえられるものではありませんよね。とはいえ、忘れられないからといっていつまでも引きずっているわけにもいかないです。残された人が絶望したり病気になっちゃったりするのは、よろしくない。だから、忘れられないけれど忘れなければいけないことを、お化けに託すという対処法が考え出されたんです。

お化けにしてしまえば、いざとなれば退治することもできるし、魔除《まよ》けなどで退散してもらうこともできます。お化けはつらさや悲しみと共存する知恵でもあるんですね。忘れることはできないけれど、悲しみ続けることもなくなるわけです。

日本は昔から何度も大地震に襲われてきました。大災害が起きて多くの人が亡くなるのはつらいことですね。しかし過去を振り返ってみると、災害の後にお化けが流行ることが多いんですね。たとえば「鯰絵《なまずえ》」です。みんなで巨大なナマズをやっつけてるような絵柄の、摺りものですね。売れたんです。すでに災害が起きているんですから、これはお札のような予防効果を期待して売れたわけではありません。「地震を起こしたのは、この悪いナマズだ！」というわけですね。災害防止の観点からは何の意味もないことですが、それによってまず大災害への恨《うら》みを晴らしてやろうという心持ちなんでしょう。さらには、もう二度と地震が起きないようにしたいという想いも込められ始める。それで、ナマズをタコなぐりにするような絵が売れちゃうんですね。

さて、その〝妖怪〟ですが、これはデスクトップ上のアイコンみたいなものでもあるんです。そのアイコンをクリックすると、中にたくさんのファイルが格納されているということですね。タヌキのアイコンがあるとします。アイコンだけだと、まあデフォルメされたタヌキに過ぎません。でもクリックすると膨大なデータが現れます。

たとえば、タヌキやキツネに化かされた話の五割以上は、酔っ払った人の失敗や言いわけ、ごまかしだったりしますね。

以前、四国に行った時に、土地の長老からこんな話を聞きました。

オヤジさんが朝帰りしたとします。で、おしろいの匂いがプンプンするんですね。襟に口紅なんかもついている、こいつは浮気だと思った奥さんが「あんた一晩中何をしていたのさ?」と問いつめますね。オヤジは「どうもなあ、タヌキに化かされたらしい」と答えます。そんな都合のいいタヌキはいないわけで、というか実際のタヌキは化かしませんからね、明らかに言いわけなんですが、「タヌキならしょうがないわね」で済んでしまうのがこのあたりの良いところじゃ、と言う。まあ、おおらかなといいますか何といいますか。

そんな話ばかりならいいのですが、中には悲しい話や怖い話もあるんですね。ファイルの中には信仰や習俗にかかわるもの、差別や犯罪まであります。そっちのほうが多いケースもあるでしょう。『ゲゲゲの鬼太郎』には、いろいろな〝妖怪〟キャラが出てきます。敵の悪い〝妖怪〟のみならず、鬼太郎の仲間であっても、一匹一匹の背後にはそうしたたくさんの情報が隠れているんですね。

埼玉県《さいたま》に「袖引小僧《そでひきこぞう》」というお化けが伝わっています。袖を引くだけで何もしないお化けです。袖を引かれたので誰かなと思って見ると、誰もいない。それだけです。誰も見ることのできない、罪のないお化けですね。しかし、元をたどれば落ち武者の幽霊なんですね。傷を負って倒れた落ち武者が、通りかかった人に助けを求めて袖を引く――ということなんでしょう。悲惨です。

名前だけあって姿のないこのお化けに姿形を与えたのは水木しげるさんです。小さな子どもで、首から下は真っ黒な全身タイツのようなものを着ていて、顔には丸い目とブタのような鼻が付いている。可愛いのか可愛くないのか、ちょっとわからないんですが、とてもいい絵です。誰もいないのに袖を引かれる、その奇妙な感じがうまく表されています。

水木先生は袖引小僧のように多くの〝妖怪〟を、アイコン化しました。〝妖怪〟と言えば必ず先生の名前が思い浮かぶほどです。これは偉大な業績といえるでしょう。昭和四〇年代の頃でしょうか、民俗学者が子どもたちに、お化けについての聞き取り調査を行いました。すでにその段階で「水木しげるが作ったもの」という答えがあったほどです。

民俗学者の研究対象はアイコンではなく、中身のデータのほうです。それを探ると日本の民衆の生活や考え方がわかるからです。しかし、そこからは漫画やアニメで活躍する〝妖怪〟は出てきませんね。活躍するのはアイコンのほうです。

現在知られている〝妖怪〟のかなり多くは、水木先生が「作った」と言っていいかもしれません。いや、江戸時代にもお化けの画があるじゃないかと言う人もいるでしょう。もちろん水木先生はそうした絵も参考にしていますし、材料として使ってもいます。でも次から次へとアイコンを作り、そのアイコンをキャラとして動かしたという意味で、やっぱり水木しげるは〝妖怪〟を語る上で欠かせない人なんですね。

「バッカみたい」に努力する

あれほどの数の〝妖怪〟キャラを生み出したのだから水木しげるの想像力はすごい、と思っていらっしゃる人も多いでしょう。しかし、想像力だけではありません。水木先生は過去の資料や文献、民俗学の研究成果などを徹底的に勉強し、〝妖怪〟の文化的な背景も含めて、自家薬籠中《じかやくろうちゅう》のものとしてあのアイコンを作り上げてきたんです。決して、勝手に想像して描いたわけではないのです。

先生は漫画だけでなく何千枚にもわたる一枚絵の〝妖怪〟画を描き続けていました。〝妖怪〟が一般的なものになる、ずっと前から描いていました。

みなさんご存じでしょうが、〝妖怪〟画の背景の緻密《ちみつ》さは感動的です。背景をじっと見ていると、いかにもそこに、そんなやつが出てきそうな気がしてきます。そんな過剰ともいえるほどの描き込みがあって、その前にアイコンとしての〝妖怪〟が描かれています。背景に比べると〝妖怪〟そのものは、わりとあっさりと描かれているように思えます。実はこの背景が、アイコンの中にあるデータでもあるんですね。つまり、背景が本体で、それを象徴するものが手前のキャラクターなんです。

〝妖怪〟は実際に存在するものではないし、見えるものでもありません。

いわば雰囲気、気配としてあるものなんですね。そうした気配のようなものを表すためには、風景だけでなく、温度、湿度、匂い、音までもを絵で感じてもらわなければなりません。だから、血のにじむような努力をして水木先生は背景を描き込んだのです。

そんなことを何も知らなかった頃、私は先生にこんな無邪気《むじゃき》な質問をしました。

「先生、目に見えないものをどうやって形にするんですか？　インスピレーションがピッと降りてくるんですか？」

「そんなものはアンタ、降りてきませんヨ」

たぐいまれな感受性でピッと感じているのかと思った私が浅はかでした。先生はこう答えました。それは数ある水木語録の中で、私が最も好きな名言です。

「目に見えないものを見るためには、バッカみたいに努力するしかないんです。そうしないと、見えないものなんか描けませんよ、あなた」

感性を研《と》ぎ澄《す》ませたものは作品としては優れているかもしれませんが、それ以上のものではありません。下手をすれば「格好いい」とか「すごい」で終わってしまいます。

水木しげるは、お化けの背後に潜んでいる文化をそっくりそのまま練り込まないと〃妖怪〃にならないことを知っていたんです。だから、「バッカみたいに」勉強したのでしょう。

そのお化けが何故その土地に現れたのか、何故人はお化けがいると感じたのか、そこを理解しなければ、〝妖怪〟を描くことはできない――そういう強い意志を持たれていたんだと思います。先ほど、水木先生は江戸時代のお化けの絵も参考にしていた、と述べましたが、その絵をそのまま使うことはありません。場合によってはまったく違う妖怪に当てはめたりしています。つまり、それらは材料にしか過ぎないのです。

『ゲゲゲの鬼太郎』や、大映映画などでも人気の「油すまし」という妖怪がいます。ご存じの方も多いでしょう。でっかい石地蔵のようなとんがり頭に蓑を着て杖を持ったキャラクターですが、実はあんな姿形をしていると書かれた資料はどこにもありません。言い伝えでもありません。あれは水木先生が油すましの調査資料を読み、現れるとしたらきっとこんな姿だろうと、「バッカみたいに」突き詰めて生み出した形なのです。

その際材料にしたのが、文楽で使われる人形の首《かしら》――頭ですね。「蟹首《かにくび》」という顔が横につぶれたような首です。それに昔の農民っぽく蓑を着せ杖を持たせました。イメージに合わせて縦横無尽に材料を組み合わせ、コラージュでもするように作り上げたんですね。あたかも、「最初っからこんなだったんだぞ」というアイコンになりました。あんまりできが良かったので、映画会社の人はほんとに昔からこんなだったんだろうと思ったらしく、同じ形でぬいぐるみを作ってしまいました。あの形は©水木しげるなんですが。

水木先生は当初、貸本漫画を描いていました。当時は本が高かったので安く貸し出してシェアリングしていたわけです。貸本漫画は漫画雑誌に駆逐されますが、水木先生は雑誌への転身に成功します。最初の連載は講談社の「少年マガジン」でした。当時の「少年マガジン」のラインナップはすごいですね。『ゲゲゲの鬼太郎』だけでなく、『巨人の星』『あしたのジョー』『天才バカボン』と、名作傑作が並んでいました。

そこに、小学館の「少年サンデー」からも依頼があったんですね。水木漫画はそれほど人気だったんです。寝る間もないほど忙しかったようですし、恩ある「マガジン」のライバル誌ですから、気をつかって断るという判断もあったのでしょうが、水木先生は「サンデー」の仕事も引き受けました。

「そんな、来た仕事を断るなんて、バカなことしませんよ。あなた、どこからだってちゃんとおカネさえもらえれば何でもやりますよ」

だそうです。いや、お金に汚いんじゃありませんよ。水木先生は貸本漫画時代相当に貧乏をしていますから、条件さえ整えば、どんどん仕事を引き受けるべきとお考えだったのでしょう。お金は仕事の結果としてもらうというだけのことです。でも、忙し過ぎたんですね、ストーリー漫画ではなく、始まったのは〝妖怪画報〟の連載でした。

楽だと思ったんだそうです。でも、むしろキツかったそうです。

「サンデー」に連載されたのは『ふしぎなふしぎなふしぎな話』というタイトルの、一ページないし見開きでドーンと〝妖怪〟の絵を載せて、解説をつけるというスタイルのものでした。漫画と違ってストーリーを考えないでいいから楽だと思った――そうですが、筋書きなんかよりも毎回〝妖怪〟アイコンを創る方が大変だったようです。

この〝妖怪画報〟ですが、実は「マガジン」や「サンデー」より先に、少女漫画誌で発表されているんですね。目がキラキラした女の子がにっこりほほえんでいる次のページにどろんと〝妖怪〟ですからね、昔の少女漫画誌は大胆です。先ほど紹介した袖引き小僧も講談社の「なかよし」が初出です。当時はいまよりもジェンダーの押しつけが強い時代でしたから、多少なりとも女の子っぽい〝妖怪〟を選んでいるのかと思いきや、水木さんのチョイスは容赦がない。何しろ見開きで「がしゃどくろ」ですからね。

がしゃどくろは、評論家でSF作家の斎藤守弘《さいとうもりひろ》さんの創作〝妖怪〟です。〝妖怪〟創成期には、斎藤さんの他にも編集者で翻訳家の大伴昌司《おおともしょうじ》さんや作家の山田野理夫《やまだのりお》さんなど、水木先生の共犯者がいて、それぞれの分野で〝妖怪〟推進をしていたんですね。そのへんの共同戦略はまた話が別になるので割愛しますが――このがしゃどくろも、水木先生が歌川《うたがわ》国芳《くによし》の、俗に『相馬《そうま》の古内裏《ふるだいり》』と呼ばれる浮世絵に描かれた巨大な骸骨の絵を当ててアイコン化したことで、後々メジャーになります。

これもあまりにもぴったりだったので昔から伝えられてきたものと勘違いされました。

少年漫画誌や少女漫画誌に水木先生が〝妖怪〟を描きまくったのは、いまにして思えば作戦だったんですね。男女問わず、子どもの時から「洗脳」されちゃってるんです。悪い意味の洗脳ではありません。〝妖怪〟文化を受け入れる素養を私たちに与えてくれたという意味です。そのおかげで、現在も〝妖怪〟を扱った漫画やアニメ、小説などがこれだけ隆盛を誇っているのです。もし、水木先生がいなかったら、私たちは「妖怪って何？」ということになっていたはずです。

海外の人は『妖怪ウォッチ』や『ぬらりひょんの孫』のアニメを楽しんでいるのに、実は〝妖怪〟とは何かよくわかっていないらしいです。〝妖怪〟がわからないと『ぬらりひょんの孫』だって、なんか変なヤクザの抗争劇みたいに思える気がするんですが。

海外にも精霊や妖精など〝妖怪〟に近いものはあります。ですから、アイコンの裏側にあるデータの部分は共通していたりします。たとえば「河童《かっぱ》」なんかも、水の精や水神としての属性、いたずらをする魔物としての属性など、共通項は多いですね。ですから比較文化人類学的な視点で見れば、十分に理解できるはずです。でもアイコンとしてのカッパだけだと、これはただのキャラで、理解のしようがない。クールジャパンで輸出されているのはアイコンだけなんですね。

しかし、海外の人にも、怪獣や忍者はわかるんですね。

怪獣は〝妖怪〟の異母兄弟のようなものですし、忍者は親戚のようなものです。成り立ちを考えると、作られ方はほぼ一緒です。表出の仕方がちょっと違うだけですね。でも怪獣はどんなにヘンテコでも生き物ですし、忍者はどんなに奇っ怪でも人間なんです。〝妖怪〟は超自然的なものではあるのに、実体化したアイコンで理解される、ちょっと面倒くさいものなんですね。実写映画になっても、怪獣や忍者ほどわかりやすくない。

アメリカにも〝妖怪〟オタクの人はいて――いや、人類の何パーセントかはオタクなんです。彼らは日本語の〝妖怪〟文献が翻訳されないので、「僕の考えたＹｏｋａｉ」みたいなサイトを作って、自分なりの〝妖怪〟を絵にしたりしているようです。最近はようやく海外の研究者によるジャパン〝妖怪〟の研究本が出版されるようになったようですが、〝妖怪〟を英訳することができないので、そのまま「Ｙｏｋａｉ」と表記していることが多いようです。言葉の壁は大きいですね。

日本国内だって、水木しげるのような〝妖怪〟クリエイターが、バッカみたいな時間と手間をかけたからこそできた離れ業なんですからね、一朝一夕に全米を洗脳しちゃうなんて無理です。それにしても翻訳できないような概念をエンタテインメントのコンテンツの一つの柱として根づかせたというのは、大変な力業でもありますよね。

水木しげるの目で世の中を見る

先ほど、〝妖怪〟は気配だと申し上げました。昔の夜は暗いですから、いろいろなものを感じたんでしょう。現代ではなかなかそういう体験をすることはありません。水木先生は電気が悪い、とおっしゃいます。ランプくらいがいいそうです。たしかにランプは雰囲気がありますからね。何かを感じやすいかもしれませんが、さすがにいま、ランプでは生活も仕事もできません。しかし水木先生いわく、「江戸時代の行燈《あんどん》なんてのはもっとイイ」のだそうです。もちろん〝妖怪〟を感じるのにイイ、ということです。先生にとっては昔の生活の方が理想だったのでしょう。

現代は電気によって闇を失いました。昔は夜になるとほとんど灯りはなく、真っ暗闇になる。暗くなって視覚情報が遮断《しゃだん》されると、人間はそれ以外の五感を鋭敏に使いはじめます。聴覚、触覚、嗅覚が強まって、視覚情報を補おうとするわけです。

そうすると、視覚がない分、風が吹いてほっぺたに当たるだけで、他の五感が過剰反応して何かを感じたり見てしまうことがあります。見えないからこそ、見えるわけです。

最近は夜道も明るいし、暗いところに潜んでいるのは〝妖怪〟ではなく犯罪者という世の中ですから、奇妙な体験をしづらくなっているのは間違いありません。

それが人間にとっていいことなのか、悪いことなのかはわかりませんが、私たちが暗闇を抱えた生活から脱却しようとしていることだけは確実です。

それでは、〝妖怪〟やお化けを感じる環境をどう補えばいいかと言えば——水木先生の作品に触れるしかありません。冒頭でお伝えしたように私は『水木しげる漫画大全集』を監修し、朝から晩まで水木さんの絵と漫画を見続けました。しかも、ただ見るだけではないんです。修正も必要だったので、モニターで拡大して印刷の網点一つひとつがはっきり見えるほど、六年間ずーっと注視してたんです。後、三年も続けていたら達磨大師《だるまだいし》になれたかもしれないほどです。それこそバッカみたいに凝視《ぎょうし》しました。毎日朝から晩まで見続けて、たまに外出すると、草むらなどが先生のタッチで描かれているように見えてくるんです。幻覚じゃなくて、草や木が水木タッチに見えるんです。

これは私の目がおかしくなったのではなくて——多少はおかしかったんでしょうが、それほど水木先生の絵がしっかりと描き込まれていたということです。単に精密に描いているだけではなく、明暗のつけ方や省略が巧みなのです。それをずっと見ていたら、自然と先生の目を通して見られるようになったのです。もう治りましたが。

水木しげるの目を持つということは、日常生活の中で不思議な空間を感じることができるようになるということですから、〝妖怪〟好きにはたまらない快感なんですよ。

だから、読者のみなさんも『水木しげる漫画大全集』を買って、六年ぐらい毎日見ていると、少し世の中の見方が変わるかもしれません。昔の人が持っていた感性を一部だけでも取り戻すことができるかもしれません。

水木先生は日本人が長く培ってきた感性の失われた部分をちゃんとわかっていて、それを「バッカみたいな努力」で補って絵を描き、〝妖怪〟アイコンを作ったんですね。そして、アイコンの背景にあるものも大事だよと、言葉ではなく絵や漫画を通じて私たちに教えてくれたのです。私は子どもの頃から水木しげるの絵を見て育ってきたので、逆にじっくり考えることはありませんでした。〝妖怪〟の絵が日常の一部になってたのです。いろいろと考えるようになったのは本当に齢《とし》を取ってからのことです。

それまでは、単に「水木さんの絵ってすごいな、好きだな、うまいな」と思っていただけでした。こんなに奥が深いものだと気づいたのは、一緒に仕事をさせていただくようになってからです。

もっと言うなら、先生の言葉の重さに合点がいくようになったのは、お亡くなりになってからのようにも思います。いまになって「そうか、あの言葉はこのことを指していたのか！」と思うことが多いんです。だから、不肖《ふしょう》の弟子を名乗る私ですが、生前の先生は「こいつ何もわかってないな」と思っておられたはずです。

水木一門や先生を敬愛する人たちはみな、同じように感じているでしょう。

水木先生の格言は多いですが、その一つ一つが確実に仕事とリンクしているので、「なるほど！」と思うことが多いんですね。一見矛盾しているように思えても、実は矛盾していなかったりします。

水木先生は仕事に対してはとても厳しい人でした。絵をパッと見ただけで、「五〇点」とか「六〇点」とか即断です。ダメなものはダメ、いいものはいいとはっきりしてるんですね。はっきりしてるといえば、私もよく知る出版社の偉い人に、水木先生が「最近、どうですか？」と聞いたんですね。その人が「本が売れないですね」と答えたら、「そりゃあんた、ダメですね。だいたい頭の悪い編集者が多過ぎるんですよ」と——返す言葉がないようなことをおっしゃる。本当だから仕方ないです。そのへんはシビアで、昔売れていた漫画家について「あの人、どうしてますか？」と聞かれたので、「最近、仕事がなくて大変みたいです」と答えたら、「そりゃあなた、餓死ですよ！」と、お笑いになる。「あれはプライドだけ高くて、文句ばかりで働かんのです！」と言う。なるほどなと思いました。

それに反して読者にはすごく甘かったですね。「読者が一番」と、メモに何度も書いてありました。読者がどのように受け取ってもかまわない。ただ、楽しんでもらえればいいというスタンスを貫いておられました。

読者が一番と言いながら、読者におもねることはなく、自分が描きたいものしか描かない。普通、この二つは並び立たないように思えるんですが、そこを何とかするのが水木しげるの底力ですね。描きたいものだけを描いて読者を喜ばせる、この難業を成し遂げるためならば、一切の妥協《だきょう》をしない人でした。

ウケるものを描くことと、描いたものをウケるようにすることは似て非なる発想です。その結果が、〝妖怪〟文化を作り出したと言っても過言ではないでしょう。

水木先生は縦横無尽《じゅうおうむじん》に情報を収集し、ありとあらゆるものを材料に使いました。民俗学資料や古い言い伝え、江戸時代の絵、民芸品、そうしたものを盛り込むことで、〝妖怪〟というアイコンの後ろに深い奥行きを描き出すことに成功したのです。

読み手はキャラクターとして漫画の中で飛び回る〝妖怪〟から、見た目以上の深い何かを無意識に感じ取ってしまうんです。それが何か具体的にはわからなくても、キャラという以上の何かを見てしまう。ただのお化け退治の漫画ではなく、もっと深みのあるものを読んだ気持ちになるんですね。

『ゲゲゲの鬼太郎』に出てくる「あまめはぎ」という〝妖怪〟がいます。コマ回しが上手で、子どもの足の皮が好物。自分の頭に生えたキノコを人に食べさせると、思い通りに言うことを聞かせることができる――という設定の〝妖怪〟です。

漫画の中では、ねずみ男が八〇年間冬眠していたあまめはぎをうっかり目覚めさせてしまうんですね。あまめはぎは八〇年ぶりに見た人間世界の変化に驚き、自分を怖がらなくなった人間たちに肚を立てて――という筋書きです。

もし、私たちが〝妖怪〟という概念を知らなければ、山の中で八〇年寝てましたなんて話は意味不明です。怪物ならば言葉は通じないですし人間はそんなに寝ません。あまめはぎは頭に生えているキノコ以外は人間の姿形で、普通にコミュニケーションも取れるわけですから、アイコンとしては、まあただの変なオヤジです。見た目は大したやつじゃないんですが、けっこう強い敵です。

実は、あまめはぎは、もともと能登《のと》半島に伝わる、いわゆる来訪神です。秋田のなまはげなどと一緒にユネスコの無形文化遺産に認定されています。キノコも生えてないし、コマも回しません。「あまめ」というのは火鉢なんかに長くあたっているとできる火ダコのことで、あまめはぎは怠け者の火ダコをはぎ取りにくる神様なんですね。子どもの足の皮を食べるというのはそこからきているんです。それ以外に共通点はないです。だいたい、八〇年も寝ていたら、明治時代はほとんど村人のところにやってきてないことになっちゃいますからね。それだけ違うのに、あまめはぎという名前と足の皮というキーワードが、アイコンの中にある来訪神としての長い歴史を透《す》かして見せてくれるんですね。

〝妖怪〟は海を渡る

この〝妖怪〟という概念を植えつけてくれたのが水木しげるだということに、普通の人はあまり気づいていません。〝妖怪〟が出てきても、「ああ、そうですか」と受け流せるのは、水木漫画の影響なのです。これは民俗学者の方が〝妖怪〟を研究して、その背景を探り、日本文化にどのような影響を与えたかを解明した――という功績とはまったく別次元の話です。それはアイコンの中身の研究なんです。水木先生はアイコンを作り、キャラとして使用することで、〝妖怪〟文化そのものを現代に再現したのです。ただの漫画家ではない、大変な人物だと思いませんか。

先年、台湾《たいわん》でもＮＨＫ連続テレビ小説『ゲゲゲの女房』が大ヒットして、『ゲゲゲの鬼太郎』のアニメ放送が始まり、〝妖怪〟ブームが到来しました。その結果、「台湾にも妖怪文化はある」と気づいた人がいたんですね。台湾独自の文化を反映するためにも、民俗的な検証がされるべきだという動きになり、私の本も含めた日本の〝妖怪〟エンタテインメントが次々と翻訳されました。のみならず、それまでまとめられることがなかった現地の民間伝承などもまとめられ、民俗学的な研究もなされ、また、オリジナルの〝妖怪〟エンタテインメントコンテンツも多数生まれました。

日本民俗学会の前身である民間伝承の会を柳田國男が立ち上げたのは、昭和一〇年のことです。全国から収集した民俗事例、民俗語彙の一部を〝妖怪〟にカテゴライスし、そこから〝妖怪〟研究はスタートします。水木しげるの貸本漫画デビューが昭和三二年、〝妖怪〟という概念を一般化し、キャラクター化して娯楽コンテンツとして確立し、漫画やアニメ、ゲームが当たり前のように次々作られるようになったのは、平成半ば以降です。この一〇〇年にわたるプロセスを台湾は二〜三年で成し遂げたことになります。これは快挙ですね。

台湾の、次はフランス、イギリスと〝妖怪〟の世界征服は着々と進んでいます。

〝妖怪〟が感じられる生活は、とても豊かなものです。水木先生が〝妖怪〟の素養を身につけたのは故郷である鳥取県境港、そしてその感度を磨《みが》き上げたのは戦時中の生死を分けた南方ジャングル体験でした。水木しげるは二一歳で召集され、ニューブリテン島ラバウルに従軍、この島における戦闘で何度となく九死に一生を得る体験をしました。同時に島の原住民であるトライ族と交流し、お互いに意気投合して仲間として受け入れられもしました。水木先生は、悲惨な体験と共にジャングルの豊かな自然と食物、のんびりした暮らしの両方を同時に味わったのです。地獄と極楽を生きながらにして同時に体験した人はあまりいないでしょう。だから、先生の描く世界も地獄と極楽が地上と地続きなのです。

扉を一枚開けただけで、そこには違う世界があり、いろいろなことが起きています。それは宇宙の神秘に関する大事かもしれないし、足の裏がかゆい程度のことかもしれません。でも、些細なことと地球の危機が、水木しげる漫画の中では同義なのです。日常と非日常が混沌《こんとん》としてある――それは日本が昔から抱えてきた文化受容の一つのあり方だったと思います。私たちはそれを忘れつつありました。物質文明が私たちからそうした素養を引き離してしまったんですね。何百年、何千年という歴史の中で、私たちが身体的に忘れてしまったものも含めて、文化としてもう一度見直してみたらどうかと水木先生は提案してくれたのです。

水木先生は亡くなられましたが、残された水木漫画は不滅です。水木漫画は子々孫々に伝えていきたい宝物です。漫画作品として面白いだけでなく、私たちの文化に対する、あるいは世界に対する見方を変えてくれます。そうした作品は他にあまりないのではないでしょうか。読もうと思えばいつでも読めます。アニメしか見たことがないという人は、ぜひ水木漫画を読んでみてください。

（二〇一九年六月二二日）

守口市生涯学習情報センター文化講演会
「記される怪　～記録と文芸、怪談と妖怪～」
於・守口市生涯学習情報センター

第四談
「怪《あや》しい」「妖《あや》しい」「あやしい」話

「怪しい」理由

私は和服を着ていますが、私は小説家であって、落語家や日本舞踊《ぶよう》の師匠ではありません。お相撲さんでもありません。私にとって和服は、とりたてて奇異なコスチュームではないのですが、どうも和装だと怪しい人物に見られることが多いようです。これはいったい、どういうことでしょう。

自分では、私がアロハシャツやスーツを着ているほうがおかしいだろうと思います。おそらく、一般的に着物姿で街を歩く人が少ないから、怪しいと思われるのでしょう。お坊さんの集まりや落語家さんの集まりなら目立ちません。

丸の内のオフィス街を和装で歩けば、かなり珍しいので注目されます。怪しい人物とは「他の人と違って見える」という意味かもしれません。一〇人のうち九人が同じ服装で一人だけ違っていると「怪しい」に分類されがちです。

もちろん、数の問題だけではありません。たとえば、目出し帽をかぶった人は、誰が見ても怪しいですね。一〇人のうち九人がスーツ姿で一人だけ目出し帽だったりしたら、もう確実に怪しまれます。でも、逆に九人が目出し帽をかぶっていて一人がスーツ姿だったらどうでしょう。この場合は、一人がまともで、怪しい人物が九人いるという結論になる可能性があります。つまり、決して数の問題ではないんですね。

多数派だから、それが普通とは限りません。

これはある文化のモード（形式）、ある環境の中のコード（規則）の問題です。

実際、強盗などが目出し帽をかぶることは多いんですね。目出し帽には「顔を隠す」という機能があるからです。もちろん目出し帽をかぶっている人すべてが犯罪者ではありませんが、街中で目出し帽を見ると犯罪が連想されます。だから怪しく見えるのです。

一〇〇人中九八人が目出し帽をかぶっていても、やはり九八人のほうが怪しいんでしょう。そこまでいくとショッカーみたいですが、これは人数の割合ではなく、目出し帽の問題なんです。「目出し帽＝怪しい」というコードができ上がっているためですね。

でも、誰もが納得するような理由があれば、目出し帽も怪しくありません。たとえば、皮膚《ひふ》が弱くて直射日光を避けなければいけないという人だっていらっしゃるでしょう。犯罪者ではないけれど、よんどころない事情で素顔を見せられない人だっているかもしれません。そうした事情をちゃんと説明されたなら、目出し帽でも怪しくはありませんね。でも、そうした理由や事情を常に世間に発信し続けるというのは、難しいことですよね。目出し帽をかぶっている理由をプラカードにして持ち歩いたりしたら、余計に怪しまれてしまいます。ぶつぶつ言いわけをしながら歩いていても同様です。怪しまれないための行動がより怪しさを倍増させてしまいますね。あまりいないからでしょうね。

斯様《かよう》に世間では「怪しい」という言葉がよく使われるわけですが、そのわりに何で怪しいのか理路整然と説明できる人はめったにいないんですね。「怪しいんだから怪しいじゃん」くらいのことしか言わない。いずれにしても「事情がわからない」ことが前提になってはいるようです。その上で、見る人のモードやコードに抵触した場合に、怪しいと判断されてしまうのでしょうか。

昔のお化けがまさにそうでした。いま〝妖怪〟といえば、『ゲゲゲの鬼太郎』や『妖怪ウォッチ』のキャラクターなんかを思い浮かべる方のほうが多いのでしょう。しかし昔のお化けは、あんな愉快《ゆかい》なものではありませんでした。

シチュエーションが「怪しい」

たとえば「カワウソ」という〝妖怪〟がいます。動物のカワウソとは別もので、キツネやタヌキと同様によく化けて人間を騙す、といわれました。漫画の『ゲゲゲの鬼太郎』にも三度ほど登場し、アニメの第五期ではほぼレギュラーとなりました。笠をかぶってネコのようなヒゲを生やした獣の顔の〝妖怪〟です。

これは、江戸時代の鳥山石燕という画家が描いた絵が元になっています。笠も着物もボロボロのカワウソが、提灯《ちょうちん》と桶《おけ》をさげて二足歩行している絵ですね。これは人間の小僧に化けて酒を買いに行くシチュエーションです。その絵を見た水木しげるがインスパイアされ、キャラクター化したのが『ゲゲゲの鬼太郎』のカワウソです。

しかし、よく考えてみてください。そんなボロボロの身なりでお化けが酒屋に来たら大騒ぎになりますよね。見るからにお化けではお金もないだろうし、酒屋さんに「気持ち悪いから帰れ」と追い出されちゃいますね。お酒を買うことができません。本当にカワウソが化けるんなら、もっとちゃんとした人間に化けてお酒を買いにいったでしょう。

民間伝承にも、人間に化けるカワウソは見られます。でも、見た目はちゃんとした人間なんです。化けてるんですからね。ただ、滑舌《かつぜつ》は悪かったそうです。

夕暮れを「たそがれ」と言います。あれは「誰ぞ彼」ですね。暗くなってきて、往き合う人がどこの誰だかわからなくなる時間という意味です。「逢魔が時」というのは「魔に逢う」時間帯ということです。電灯のない田舎の道は暗いんです。誰か近づいてきても顔がよく見えないんです。知り合いかどうかを確認するため、「おまえは誰だ」と聞くしかない。よそ者であってもちゃんと答えればいいんですが、もにょもにょとわからない答え方をされると、これは途端に怪しくなりますね。「逢魔《おうま》が時」

そんな時間にそこを歩いている「事情」もわからない、「素性」もわからない。これは怪しいです。だから「カワウソが化けた」と言われちゃう。

いや、ことによると、本当はただの滑舌がわるい人だったのかもしれませんけども。

江戸から明治、大正にかけて、村落共同体に伝わるお化けは、だいたい見た目は普通の人です。漫画やアニメに出てくるような、ひと目で人間ではないとわかる奇っ怪な姿形ではないんですね。

たとえば「雪女」や「磯女」は見た目は普通の女性です。「山男」も大きいけれど普通の人間です。大入道なんかは大きいだけです。「見越し入道」も、初めは小柄な人ですね。それがだんだん大きくなる。このサイズが変わるという現象こそが異常なんです。

目が四つあったり、腕が八本あったりするわけではありません。

初めから見た目が異常なのは「一つ目小僧」くらいです。それだって遠目にはただの小僧です。

たとえば『ゲゲゲの鬼太郎』によく登場する「ぬりかべ」も、ああいうはんぺんみたいな四角い姿の絵は残っていませんし、言い伝えもありません。「ぬ〜りかべ〜」と名乗りを上げて出てきた、なんて話はないのです。あれはそもそも、前に進めなくなるという「こと」に対する名づけなんですね。少なくとも報告されている伝承の中には、キャラ的なものは確認できません。

河童や天狗だってそうです。河童は子どもにまぎれて遊んでいればわからなかったりしますし、天狗だって山ですれ違ってびっくりしたり——まあ、どちらも色が赤かったりする程度ですね。多少変なんだけど、まあ際立って人間から離れた形はしていません。「いやちょっと待ってくれ、河童は皿があって甲羅があって水搔きがあるじゃないか。天狗だって羽があって空飛ぶだろ」と、まあ言いたいことはよくわかります。

でも、その場合、リアル民俗社会では「何か変な動物」扱いなんですね。亀だとか、鳥だとか。昔話はあくまでお話です。河童が捕まったら、それは珍しい動物としてとらえられるでしょう。ですからヘンテコな動物の言い伝えや記録なんかはありますが、それは変だというだけでお化けじゃない。ほとんどのお化けは「怪しい」人間なんですね。

民俗社会のお化けは、見た目は普通の人間なんです。当然、人間をお化けと錯覚したケースもあるでしょうね。それでも、何か怪しいところはあるわけですね。怪しいからこそ勘違いだってするんです。時間帯、場所、行動、後はサイズや、色なんかですね。

想像してみてください。山里で暮らす猟師が、早朝から汗水垂《た》らして山を登り、やっとの思いで山頂にたどり着いたとします。猟師、へとへとです。ところが、そこにひとりの若い女性が涼しい顔で立っていたとします。で、髪なんかとかしている。これは驚きますよ。「おまえ、どうやってここまで登ってきた?」という話です。怪しく思います。そうしてみると、姿形は普通の娘さんだけれど、どうも人間とは思えない。いや、反対側からは若い女性でも簡単に登れるルートがあるのかもしれないですよ。でも、そんなところでおしゃれしてるのは、やっぱり挙動不審ですね。事情がわからないから、怪しい。

真夜中、川の真ん中に女性がひとり立っていたとして——これも相当に怪しいわけですね。まず時間帯が怪しい。でも、別に角があるわけでも尻尾があるわけでもない。実は足に火傷《やけど》して川の水で冷やしているのかもしれません。入水《じゅすい》自殺する気なら助けなくっちゃいけないですね。しかし、川の中で放心しているんなら、やっぱり挙動不審です。「人じゃない、お化けだ」と思えば「川女」「川姫」に出会ったということになります。

これ、シチュエーションの異常で、その事情がわからないから、「怪しい」んです。

だから昔のお化けは、人間の形をしているというよりも――身も蓋《ふた》もないことを言うなら本当に人間だったんでしょう。

異常なシチュエーション、挙動不審な態度――怪しいですね。怪しさは、やがて恐怖にすり替わるでしょう。怪しんでいるうちは「怖いかどうかわからない」ですね。でも人間はわからない状態のままでいることを嫌う性質を持っているんです。

一度怖いと思ってしまうと、もう怖くなります。しかしその体験を誰かに伝えたら「何か事情があったんだろ」「単に具合が悪かったんじゃないの」と否定されるかもしれません。反論しても納得してもらえないですね。そういう可能性はあるんですから。いや、まあ、だいたいそうなんでしょうね。お化けはいないですから。

でも、そうだとしたら「いったい俺が感じたあの怖さは何だったんだ」ということになります。「俺はただの臆病者《おくびょうもの》か」ということにもなります。まあ、それで納得できればいいんですが、人は自分の判断や感情を信じたいという、やっかいな性質も持っているんです。言い出したら絶対に譲らない人っていますでしょう。陰謀論が好きな人なんかは、どんな正論も通じませんよね。

そこで、話は「盛《も》られ」るんですね。自分が感じた恐怖を強調する。「人じゃなかったんだ」という証拠が捏造される。お化けは、やがて徐々に人間離れしていくんです。

ビジュアルが「怪しい」

ただし、それは村落共同体で伝承されてきた、いわばリアルなお化けの話です。絵巻物なんかでは、古くから「異常な姿」の化け物が描かれていました。

有名なものでは、大徳寺《だいとくじ》の真珠庵《しんじゅあん》に伝わっている伝・土佐光信《とさみつのぶ》筆の『百鬼夜行絵巻《ひゃっきやこうえまき》』があげられるでしょう。鬼や獣、器物のお化けなどが大挙して行列している様子が描かれています。お化けに興味がない人でも、絵を見れば「ああ、これか」、と思われる方は多いでしょう。土佐光信は、室町時代中期から戦国時代にかけて活躍した絵師ですが、あの絵の作者が本当に土佐光信だという確証はありません。当時は、この種の絵巻がたくさん描かれ、土佐派の絵師たちはそれを模写《もしゃ》する形で江戸から明治へと描き継いできました。

日本画の流派としては最も有名な狩野派にもお化けの絵巻物はあって、これも模写の形で描き継がれてきました。「河童」や「雪女」などの名が書かれているので、こちらは博物誌というか、後の〝妖怪〟図鑑っぽいものです。土佐派の『百鬼夜行絵巻』のほうは、一体一体に名前もありませんし、伝承もありません。作者はおそらく「琴に手足を生やしたら面白いかも。兜《かぶと》には羽でもつけてみようか」「道具に手足をつけるのは飽《あ》きたから、次は鬼でも描いてみよう」といった具合に、造形の面白さを狙って描いたのでしょうね。

これらお化け絵巻に先行する絵巻に、室町時代に成立したとされる『付喪神絵巻《つくもがみえまき》』があります。古くなって打ち捨てられた道具たちが人間に復讐する物語です。古道具が化けるという話は、民間にもないわけではありません。ただこの絵巻に描かれる化けた道具たちの造形はわりとシンプルで『百鬼夜行絵巻』ほどのインパクトはありません。しかしこのへんをお手本として、より絵画的に面白くしたものが『百鬼夜行絵巻』ではあるのでしょう。そちらは形が面白いからこそ描き継がれたのですね。

いずれにしても、民間伝承の「怪しいもの」とはそれほど関係がないようです。『百鬼夜行絵巻』という名前も、名前を記した題箋《だいせん》があるわけではありませんし、箱書きもありません。後世の人が勝手にそう呼んだだけのものです。

「百鬼夜行」という言葉自体は『今昔物語集』などの説話集にも見られます。でも平安の人々が恐れた百鬼夜行は、「特定の日の夜は、目に見えないものたちが行進する日だから出歩かないように」というだけのものです。中国で「鬼《き》」といえば死んだ人の霊魂のことですから、百鬼夜行とはこの世にいないものたちの行進ということです。見えません。見えるのは安倍晴明《あべのせいめい》のような特別な人だけですね。目に見えないものは絵に描きようがありませんから、絵はないです。まして、古びた道具に手足が生えたものが行進しているわけではありません。『百鬼夜行絵巻』という絵巻の名前のほうが間違ってるんです。

さて、〝妖怪〟にはいろいろな根っこがあります。恐ろしさや悲しさ、不思議さ、悔しさ、面白さ、バカバカしさなどなど、さまざまな状況や気持ちを仮託して表現されたモノが、いまの〝妖怪〟です。〝妖怪〟という概念ができ上がる前、民間に伝わるお化けも、そこは一緒です。しかし、お化けの見た目は普通の人間と同じでした。姿形はただのおじさんやおばあさん、子どもです。ただ挙動が不審なんです。そうしてみると、そうしたさまざまな状況や気持ちは、シチュエーションにこそ仮託されていた——ということになります。お化けのお化けたる所以はそういう「怪しさ」に求められていたんですね。

江戸も後期になると、地方と都市部の間で交通の便がよくなり、情報がたくさん行き交うようになります。江戸や大阪に「あそこで見越し入道が出たらしい」だとか「あっちには一つ目小僧がいるらしい」だとか、諸国の怪しい話が入ってくるようになります。「面白いから文字に起こして本にしてみよう」と、知識階級の人が文章をしたためます。現在でいえば、怪談実話本や都市伝説本です。そういうことをくり返していると、そのうち誰かが「どんな姿だ?」と思うようになり、「絵で見せろ」という話にもなりますね。

しかしお化けは実在しませんから、写生は無理です。昔から伝わっている地獄絵などの仏教絵画や、先ほどの絵巻物を参考に想像して描くよりありません。でも、ないものなんですから描き放題です。そうなるとクリエイターというのは調子に乗るものです。

「こんな感じかな」「面白くないね。ツノを生やそうか」「目も二つ三つ増やそう」という具合にエスカレートしていきますね。先ほどのカワウソだって、そのまま書いたのじゃ普通の人と変わらないので、わざと衣服をボロボロにして二足歩行のカワウソに変えたんですね。ところが、見越し入道の「だんだん大きくなる」という特性は、一枚の絵ではうまく表現できないんです。いまなら動画やアニメを使うところですね。大きさが可変するところを表現するのは難しいですし、説明を書いたってダメです。絵を見たい人は字が読めなかったりしますから。結果的に、見越し入道は首が伸ばされることになりました。大柄のおじさんの毛むくじゃらの首が横に伸びている絵です。あれは巨大化の絵画的表現なんですね。

都市部で描かれた絵は、遠からず地方へ流れていきます。で、見越し入道の言い伝えがある土地の人がその絵を見て「ほぉ、見越し入道とはこういうものだったんかい」と思っちゃうわけです。言い伝えはあっても、本物の見越し入道なんか見たことがないからですね。まあ、盛られた情報が逆輸入されちゃう。そこから、首が伸びる見越し入道の言い伝えが新しくできてしまったりもします。それが再び都市部に流れる。

そうやって都市部と地方を往還して、お互いに作用し合ったわけですね。その結果、お化けの「怪しさ」は、見た目に集約されていったんですね。

昨年（二〇一六年）、『シン・ゴジラ』という映画がヒットしました。怪獣映画ですね。老若男女が拍手を送りましたが、世代によっては怪獣は子ども向けのコンテンツと思っている人もいるかもしれません。しかし一九五四年に公開された元祖『ゴジラ』は子ども向けではありませんでした。それを起点にして怪獣ブームが訪れますが、その対象年齢はどんどん下がっていきました。ゴジラも三作目、四作目、五作目と回を重ねるにつれて子ども向けに路線を変更し、テレビの特撮ドラマもおおむね若年層向けに作られ、やがて怪獣は子どものおもちゃになりました。いや、実際に当時のソフビなんかはいまのフィギュアみたいな精度はなくて、おもちゃだったんです。子どもにウケたからですね。

これとまったく同じことが江戸末期にも起こりました。最初は大人向けだったはずの化け物が、子どものおもちゃになったんです。マスコットが売られ、すごろくが作られ、縁日では弓矢の的にされました。都市と地方を往復しているうちに、お化けは完全にキャラクター化しちゃったのです。

江戸後期に黄表紙《きびょうし》という一種の絵本がブームになりました。五〇年ほど流行したそうです。地上波アナログテレビ放送は五〇年ほどでデジタルに切り替わったので、それに匹敵するぐらいの期間は読まれていたわけです。黄表紙は子ども向け絵本ではなく、恋愛あり犯罪あり社会諷刺ありの、どちらかというといまの劇画、青年漫画に近いものです。

ところが、そこにお化けキャラが登場するようになりました。あたかもゴジラが『シン・ゴジラ』で大人向けに返り咲いた——のとは、残念ながら違います。お化けの起用はシリアスなものではなく、パロディ、ブラックジョークのようなコミカルな諷刺に使われたんですね。たとえば存在しませんが、『青年クレヨンしんちゃん』とか——いや、『おそ松さん』なんかに近いですかね。お化けは喧嘩して刃傷沙汰《にんじょうざた》を起こしたり、恋愛して結婚したり、子どもまでもうけます。「百々爺《ももんじい》」が「ろくろ首」に失恋する——みたいなお話ですね。こうなると現在の〝妖怪〟とほぼ変わりません。黄表紙のお化けたちは、私たちが知る〝妖怪〟キャラクターの直系の先祖だといえるでしょう。

私の友人に、妖怪研究家という心配な肩書きを持つ多田克己さんという人がいます。彼の講座にアダム・カバットさんというアメリカの黄表紙研究家がゲストで登壇したんですね。そこでカバットさんは「お化けは死なないというのは違う！」と発言されました。

黄表紙の中のお化けは結婚し、出産し、お盆になると、先祖のお化けがあの世から帰ってきます。つまり、お化けも死んでるじゃないか、ということですね。

それはその通りなんですが、黄表紙のお化けは人間のパロディであり、現実への諷刺でもありますから、むしろ「そんなわけないだろ！」とツッ込まれることを前提にしているわけで、そこは逆説的にとらえるべきかもしれない——とは思います。

「怪しい」×「妖しい」

少し話を戻します。民俗社会のお化けは、主にシチュエーションの「怪しさ」に起因する、要するに人間だというお話をしました。でも人間だということになると、体験者が感じた「怖さ」が伝わらないので、体験者は「怪しさ」を盛るとも言いました。「怪しさ」を盛る際、都市部から入ってきた奇態なお化けの絵はとても有効なんですね。「俺が見たのはこれに違いない。まったく同じものが描いてある」と、さらに「怪しさ」が盛られていくこともあったでしょう。「シチュエーション×ビジュアル」の、怪しさ二倍です。

このような展開で民俗社会に奇妙な化け物がはびこっていった――と考えてもいいと思います。

これは村落共同体が戦後解体の一途をたどり、同じ文化を共有する人がどんどん減っていったことにも関係するでしょう。地方も都市部と同じような暮らしぶりになり、村落共同体の中だけで通用したお化けという「文化」が、どんどん失われていったからです。

そういう文化を拾い集めて研究するのが民俗学者です。

民俗学者たちは、壊れていく村落共同体に伝わる文化や伝統を聞き集めて記録していきました。かつてあった日本の姿を書きとめておく作業です。

その上で、何故その文化が生まれたのか、私たちの現在の暮らしが何故できたのかを見極めるため、さらに遡って研究していく――それが民俗学という学問です。

日本の民俗学をつくったのは柳田國男です。みなさんの中にも、丸いメガネをかけ、鼻の下に髭《ひげ》を生やし、少し禿げたお爺さんの写真を記憶している方がいらっしゃることでしょう。若い頃は美男子でモテたようです。

柳田國男は、ことばや習俗のみならず、地方に伝わる不思議なできごとや怪しいことにも関心を寄せました。しかしうまくまとめることができず、それらに〝妖怪〟というラベルを貼って一旦ブラックボックスに放り込んでおきました。「妖しい」「怪しい」という字を重ねて貼《は》ったのですね。晩年近くになり、これを何とかしないことには死ぬに死にきれないと思ったのか、それはまあわかりませんが、柳田はこの箱を開けます。

柳田國男の〝妖怪〟は、私たちが日常的にいう〝妖怪〟とは似て非なるものです。柳田は絵に描かれた「見越し入道」や「ろくろ首」は相手にしてません。柳田が関心を寄せたのは、あくまで民俗社会で語り継がれてきた「怪しい」モノやコトです。

柳田國男は居ながらにして日本国中の情報を知るために、全国各地にインフォーマントを置いていました。フィールド調査などで研究者にデータを提供する人たちです。その情報提供者にも、柳田國男は民俗学者の称号を与えました。

そうして「民間伝承の会」が結成され、柳田の死後も情報提供者たちはフィールド調査を続けました。「民間伝承の会」も「日本民俗学会」と名称を改め、現在もちゃんと研究活動を続けています。とはいえ、研究の中心はあくまで民具や習俗、祭礼などですね。〝妖怪〟は決してメインストリームではありませんでした。ただ学問的術語として〝妖怪〟を採用しているのは民俗学だけ――というのは事実なんですが。

しかし、ここ三〇年ほどの間に〝妖怪〟がエンタテインメントを中心にクローズアップされたことを受け、一時「民俗学は〝妖怪〟研究の学問だ」と勘違いした若者が大挙して押し寄せるようになって、民俗学の先生方は迷惑されたそうです。

とはいうものの、学者さんにも多少の責任はあるんです。

たとえば、ある村では夏になると裏山で怪しい火が灯《とも》る――とします。おそらくプラズマのような自然現象でしょう。あるいは懐中電灯の明かりだとか、何かの乱反射といった理由も考えられます。いずれにしろ原因がわからないのでそれは「怪しい火」と呼ばれていました。普通に記述すれば「この村の裏山では夏のある時期、怪しい火が灯る」で終わりです。それがその地域でどう受け取られているかが、民俗学が研究すべきことです。

ただ、その中には、狐火《きつねび》のように「〇〇火」と名づけられているものがあります。土地の伝承や故事と紐づけられて命名されたものもあるでしょう。

民俗学者の研究対象は、伝承であり、故事ですね。そして何故その怪しい火がそれらと結びついたのか、ということです。それ以外のことは対象外、ということです。

ところが、平成を過ぎたあたりから、民俗学者でさえその〇〇火の上に〝妖怪〟の二文字をつけるようになりました。「妖怪〇〇火」です。これはもうお墨つきをもらったようなものですから、「おらが村にも妖怪が出るさ」と、ドヤ顔で言い出す地元の人もいたんですね。その頃、水木しげるさんの故郷が〝妖怪〟による町おこしに成功したこともあり、〝妖怪〟は観光資源になると考える人も出始めていたんです。

その火は、別に怖がられていなかったかもしれません。いや、学者さんがフィールドワークで聞き集めた段階では、ただの「怪しい」火、正体のよくわからない火に過ぎなかったものと思われます。ただの自然現象なのかもしれません。それが、〝妖怪〟の二文字がついただけで、妖怪〇〇火というキャラクターになってしまったんです。

そうなると——エピソードが独り歩きを始めます。妖怪図鑑に載ってしまったりもします。中には「妖怪〇〇火に出合うと殺されてしまうかもしれないのだ」的な一文をつけ足す困った書き手もいるんです。その、「かもしれない」はやがて取れます。恐ろしいことです。そこまでいくと、鬼太郎と戦うか、仲間になるかの二者択一を迫られます。水木しげるの絵がない妖怪は「メジャーじゃないね」と言われてしまったりもします。

いや、「怪しい」にメジャーもマイナーもないですよ。「怪しい」んですから。

こうして民俗社会の単なる伝承が、次々と〝妖怪〟キャラにされました。〝妖怪〟と名づけてしまったがゆえに。余計なことを書き記してしまったがゆえに。絵に描いてしまったがゆえに。キャラになったらもう怪しくないですね。「怪しさ」はキャラの背後に隠れちゃいます。ちなみに、水木しげるさんはキャラの背後に「怪しさ」を含む気配や文化を温存するというハイテクを編み出した人ですが、そうした技を持っていないクリエイターは表面的な情報のみでキャラクターを作ってしまうため、外見の特殊性だけが強調され、本来の「怪しさ」は多く損なわれてしまいました。外見の特殊性が強調される理由は、他の土地のキャラとの違いを明確化するためですね。まあ、火は火なんですけど。

生活者にとって「怪しい火」は、ただの火でしかありません。科学的に原因を説明できたなら「怪しさ」さえなくなってしまいます。たとえば「あれは大気中の電子と原子が分離して発生するプラズマという自然現象ですよ」と説明されて納得できたら、怪しい火を見たおじさんも「ああ、そうなのか」と思っていたはずです。よもや「夢が壊された」とは言わないでしょう。原因がわからなかっただけで怖がってもいなかったのですから、そんなものに夢を託す人はいません。しかし、キャラになって以降は、「うちの大事な観光資源にケチをつけるのか」なんて言われかねなくなってしまいました。

「怪しい」は不思議ではない

この世界には、起こるべくして起こることしか起こりません。不思議とは間違った解釈であり、謎《なぞ》はわからないことです。いずれも原因が解明されていないだけです。そこで「科学で解明できないこともあるだろう」と主張するのは間違いです。

科学で説明がつかないことはありますが、それは解明できないのではなく、まだ研究が進んでいないというだけです。この宇宙で起きている事象のうち、われわれが解明できたものはせいぜい〇・一％ぐらいでしょう。いやいや、そこまで到達してもいないでしょうね。ですから、まだ科学で解明できていないこともたくさんある、という認識が正しいのです。それなのに「科学で解明できることばかりじゃない」と主張するのは、解明できている〇・一％——数字は適当ですが、それをも否定するような、愚かな物言いです。

まだ科学で解明できていないことは山ほどあるのですから、謎があるのは当たり前のことです。原因不明だからといって勝手に間違った解釈をするから「不思議だ」ということになるだけです。「その理由はまだわかっていない」が正しい答えです。宇宙の成り立ちも、人体の仕組みも、学者が一所懸命に研究を進めている最中です。これまで人類が解明した謎はそう多くはないわけですが、その努力を無にしてはいけません。

黄表紙に描かれたお化けキャラは、全国各地の「怪しい」ものを一箇所に集め、取捨選択して属性ごとに整理「統合」したキャラクターでした。それは江戸時代の人たちが人生を楽しむために作られた娯楽ツールですね。一方昭和平成に名乗りを上げた〝妖怪〟キャラのほうは、細かな差異を強調し、「細分化」することでキャラ立ちさせた——という特徴があります。

お化けは統合されますが〝妖怪〟は増えていくんですね。

キャラとしてとらえれば、どちらも現代のゆるキャラ——「ひこにゃん」や「ふなっしー」なんかと同じような存在です。ご当地キャラという側面を考えれば、〝妖怪〟のほうがよりゆるキャラ感は強いですね。

ゆるキャラはぬいぐるやマスコットですから目で見ることができます。抱きつくことも写真を撮ることもできますね。しかし「いや、アレは作りモノだ。きっとどこかに本物のひこにゃんが生息しているはずだ」なんて言う人はいないでしょう。いや、いないと思います。〝妖怪〟も同じなんです。伝承があるから実在していたというのは早計ですね。

実在するのは〝妖怪〟ではなく、「怪しい」もの、「怪しい」ことです。

いや、そもそも「怪しい」んですからそうしたものごと自体実在しているかどうかも「怪しい」わけで、確実にあるのは「怪しさ」だけです。

さて、幽霊は妖怪と同じようにお化けと呼ばれます。

幽霊の話が難儀なのは幽霊を見たという人が「怖い目に遭った」ということが出発点になっているからです。怖いと思うことは誰にでもあります。「生まれて一度も怖い目に遭ったことがない」という人はそういないでしょう。でも、その「怖い思い」は個人的な体験に基づいたものですから、他人と共有することができません。

同じ体験をすれば同じような怖さを感じるというものでもありません。たとえば乗っているジェットコースターが途中で斜めになったまま止まってしまったとします。乗客はみんな同じ恐怖を味わっているように思いがちですが、みんなそれぞれ別のことを考えています。高所恐怖症の人なら他の人の何倍も怖がっているかもしれません。反対に、怖さをまったく感じなくて、「このまま止まっていてくれたら、僕は彼女の隣にずっといられるぞ」と喜んでいる人もいるかもしれません。トイレに行きたくなった人は「困ったな。いま漏らしたら下の人にかかっちゃうな」と必死に我慢しているかもしれません。

恐怖という感情は、他人に伝えることは至極難しいものなんです。

だから、自分の怖い体験を伝える時には、多くの人が話を盛ってしまいます。山で女の人を見た猟師がそうだったように、何とかわかってもらおうと誇張するんですね。怪談実話の本などを読むと、実話といいながらものすごく話を盛っています。

怪談ばなしは、他人を怖がらせるために話すんですから、それでいいんです。聞くほうも怖がりたいのですから盛られてナンボです。聞いてる人はどこでどのくらい盛ったかもまったくわからないわけですし、そこのところが怖いのです。

実際の体験を他人にそのまま伝えることは一〇〇%不可能です。だから何とか伝えようと言葉や絵に変換するんです。ものすごく怖かったなら、その「ものすごく」をどうやって表現するかを工夫するんですね。上手な語り手は話術も巧みです。小声で喋って、ここぞというタイミングで「ワッ!」と大声で脅《おど》かしたりしますね。文章の場合、この技は使えません。だんだん字を小さくしてページをめくったら大きな文字で「ワッ!」と書いてあっても驚きません。笑われます。怖がらせるためのテクニックは習得が難しいんです。

重要なのは「怖いとは何か」です。

怖さって、予感なんですね。本当は怖いことが起こる直前までが怖いんです。起こった後は「怖かった」と過去形になります。

たとえば、白い服を着た髪の長い女が、いきなりにゅーっと部屋に入ってきたなら怖いですか。怖いとしたら、何故怖いのでしょうか。ただ女の人が入ってきただけなら別に怖くないはずですよね。せいぜい驚くか、気味が悪いというだけですよ。『リング』の貞子《さだこ》にしろ『呪怨《じゅおん》』の伽椰子《かやこ》にしろ、何かするだろうと思うから怖いわけです。

伽椰子なんて怪我していますよね。怪我人が一所懸命に二階から降りてきたら、介抱するべきでしょう。それなのに怖がっちゃうのは、かじられたり、呪い殺されたりするからですよね。危害を加えられるだろうと予想できるから怖いんです。私たちは映画を見てますから、知ってるんですね。階段を一歩ずつ「ガガガガ」とか言いながら降りてきたなら、いずれ何かされる。そういう予測ができるから怖いのです。でも、そのまま通り過ぎる可能性だってあるんですよ。たとえば貞子だってテレビからにゅーっと出てきた後、そのままトイレに駆け込むかもしれないんですよ。「貞子を見ると死ぬ」という設定を私たちは知っています。その上で出てくるんです、被害者の哀《あわ》れな末路が自分に重ねられ、いま起きるかもしれないと感じる、その予感が怖さを呼ぶわけですね。実際死んでしまったら後はもう何もないです。もう怖くないですね。一方何事もなく貞子が通り過ぎて、自分も死ななかったら、「ああ、怖かった」と過去形になるわけですね。まあ、映画の場合はホッとした後でたいがい死にますが。

つまり、何かできごとが起こるまでが肝要なんですね。その先に何を予測させるか、そこを書き表せないと恐怖はわいてきません。下手な怪談作家は、そこを飛ばして、出てきたお化けの顔が恐ろしいとか書いてしまう。血だらけだったとか、片目が飛び出していたとか。そんなお化けはいませんし。

怪談実話で起こることって、実は大したことではありません。「ホテルで寝ていたらギシギシという音がして誰かが入ってきた気配がする。身体は動かないし目も開《あ》かない。身体の上に何か重たいものがドサッと乗った。ああ、人の息づかいが聞こえる。お婆《ばあ》さんのようだ。私の身体に乗っている。お婆さんが私の首に手をかける、ああ！」よくありますよね。しかし入眠時幻覚といって、似たような体験は多くの人にあります。

まあ多くは錯覚や幻覚なんですが、どうやって部屋に入ってきたのか、ドアの鍵はちゃんとかけたかな、あれは誰なんだろう、そういえばさっき絵の裏に神社のお札みたいなものが貼ってあったかも——というところが本当は怖いところですね。乗っかられたあたりでだいたい終わっちゃうわけで。もし本当に見知らぬお婆さんが部屋に入ってきたら不法侵入者ですね。首絞めたりしたら怖いも何もない、苦しいだけ。死んじゃいます。失敗しても殺人未遂ですよ。お婆さんは犯罪者ですね。そしてそれはまた別の怖さです。

とはいえ、実際にこの世にないはずのものを見てしまうことはあるでしょう。人間は怪我や疾病、脳や神経の作用によって、現実には存在しないものを見てしまうことがあります。そういう生理的機能を備えた生き物なんです。見えたものを幽霊だと解釈するのはその人の自由ですが、その時に感じた怖さは、他の人と一切共有できません。言葉にして話したり、文章に書いたりすることで幽霊は生まれるのです。

「怪しさ」とつきあう

柳田國男は、民俗学を興す前、岩手県出身の佐々木喜善《ささききぜん》から聞いた話を文章にまとめて自費出版しました。『遠野物語《とおのものがたり》』です。あの有名な本も、最初は同人誌だったんです。その当時コミケがあったら大人気だったでしょう。

若い頃にロマン主義の新体詩人だった柳田國男は、読むとむず痒《がゆ》くなるような恋の詩を書いていました。ところがある時開眼して、自然主義文学運動に傾倒していきます。

日本の自然主義文学は、田山花袋《たやまかたい》や島崎藤村《しまざきとうそん》などの私小説へと発展していきました。柳田國男の友人だった田山花袋は、有名な『蒲団《ふとん》』を書きます。主人公の小説家は、若い女性の弟子に去られ、ラストで彼女が寝ていた蒲団の匂いを嗅ぐ。一歩間違えば変態です。

柳田國男は、同じ自然主義文学を志向しながらも『蒲団』には納得できなかったようです。自然主義とは、あるものをあるがままにが基本です。花袋は「見て聞いて体験したことをその通りに書いた」わけで、それが自然主義だという主張です。でも柳田はそうは考えませんでした。「それは田山花袋というフィルターを通した世界であり、フィルターを外したら同じように見えはしない」と考えました。自然主義文学は自然科学から派生した文学運動ですから、主観的ではなく客観的であるべきだと柳田は考えていたんです。

柳田國男は、書き手の「主観」に強い疑念を持っていたんです。自然主義が私小説へと発展するのは納得できなかったんでしょう。

そんな柳田のところに佐々木喜善がやってきて、「怪しい」話を語ります。柳田は興味を持ち、困惑もします。それまでの怪談文芸――というよりお化け話は、諸国の奇談や漢籍などを元にしたものか、戯作や戯曲などの創作しかなかったんです。しかし喜善が語った遠野の話は「本当にあった」という前提です。具体的な地名や人名も示されており、語り手自身の体験もあります。

三島由紀夫に「これぞ文学」と言わしめた『遠野物語』の有名な一篇があります。死んだお婆さんが通夜の日、家に帰ってくる話です。幽霊ではありません。誰かひとりの個人的な体験ではなく、家族や親戚が、お婆さんが帰ってきたところをみんなで見ていたというのです。実体があった証拠として、喜善は「歩いてきたお婆さんの着物の裾《すそ》に当たった炭取りがクルクル回った」と話します。三島はその箇所を読んで感心したんです。

しかし――炭取りのくだりは、おそらくサービスで喜善が盛った話のようです。しかし柳田は客観を重視していますから、喜善から聞いたことを「そのまま」書き記したんですね。喜善が盛った部分も除くことなく、一見ジャーナリスティックな視線と偏りのない公正な筆づかいで、あり得ないことを書いてしまったわけです。

この手法は、後の、いわゆる怪談「実話」の祖型にあたります。

日本の幽霊は、昔は「見ている人」にしか見えないものでした。少なくとも江戸の初期までは、幽霊は「存在」するのではなく、個人が見るものというのが常識でした。四世鶴屋《つるや》南北《なんぼく》の『東海道四谷怪談』は、日本で最も有名な怪談でしょう。顔の半分がただれて髪の毛が濡れた恐ろしい姿のお岩さんが、提灯《ちょうちん》の中や戸板の裏から次々と飛び出して驚かせてくれます。お岩さんを殺害した伊右衛門《いえもん》は「おのれ、岩、迷うたか！」と刀を抜いて暴れます。彼は亡霊を斬《き》ったつもりで、実際は不倫相手や周りの人たちを斬ってしまいます。お岩さんの姿は伊右衛門にしか見えていないんですね。伊右衛門は祟《たた》られている――心に疚《やま》しさがあるから、他の人には見えない亡霊が見えるんです。貞子みたいにホイホイ出てこられるんだったら、お岩さんも妹のところに現れて「私は伊右衛門に殺された。あいつは悪いやつだ」と訴えることができます。なら一発で済むことですね。

お岩さんが観客に見えるのは、歌舞伎の演出です。伊右衛門が一人で暴れるだけではわかりづらいですね。どうせ亡霊の姿を見せるなら工夫しようということで、提灯から出たり仏壇から出たりする演出が考案されました。演劇的、表現的なレベルで可視化されたからこそ、幽霊は万人に見えるようになったのです。やがてＳＦＸやＣＧの技術が発達したおかげで、ついに幽霊はテレビ画面から這い出てこられるまでになりました。

文芸作品の場合、幽霊を見た人の視点で書くと「幽霊がいた」となります。伊右衛門の視点で書いたなら、目の前にお岩さんがいることになるんですが、他人の視点で書いたなら、そんなものはいないことになります。伊右衛門は乱心して刀を振り回しているだけですね。幽霊を見た人の視点で書いた文章が、幽霊を実体化させたんです。

〝妖怪〟にしろ幽霊にしろ、言葉や絵画、お芝居で表現されたからこそ、存在することになったんです。死後の世界も同じです。

こういうお話をするものですから、どうも私は無信心者で唯物主義者みたいに思われがちなんですが、それは大間違いです。信仰はとても大切だと思っています。

自分の祖先や亡くなった方への気持ちを大切にする——それは亡くなった方を悼《いた》み、生を慈《いつく》しむことです。お墓参りの最中に、お墓の上にひらりと落ちたひとひらの花びらを見て「ああ、これはお婆ちゃんが落としてくれたんだな」と思うことは、ちっともおかしいことではありません。むしろ、そうした気持ちは大事にすべきだと思います。それによって人生が豊かになるからです。生きやすくなるからです。

だからといって、「あなたの病気や仕事の失敗は、先祖を供養しないせいです。先祖に祟られて死にたくなければ、この壺を買いなさい」みたいな話には絶対に耳を貸してはいけませんよ。嘘ですからね。

怖い話は、後で笑えるぐらいが丁度いいのです。〝妖怪〟は漫画やアニメでキャーキャー言いながら観て「面白かったね」で終わり。怪談は「怖かったねえ」と笑って終わり。それは、先祖や亡くなった方を悼む気持ちとはまったく無関係なものです。身近な人が亡くなれば、誰だって悲しいですよ。ただ、悲しんでばかりでは前に進めません。だから、亡くなった方の想い出を胸にしまい、時にはその面影と再会する。そして死者とともに生きていく。日本にはそういう文化がありました。

黄表紙のところで、お盆にお化けの先祖が帰ってくるお話を紹介しました。日本人は先祖が帰ってくる日を決めて心の中でコミュニケーションを想像したんです。「祖父《じい》ちゃん元気だったか」「元気じゃないよ。死んどるからな」みたいな。

そういうおおらかで優しい文化を持っていたことを忘れてはいけません。〝妖怪〟や怪談を愛好する気持ちは、そうした文化にも繋がっています。これからも末永くつきあっていただければと思います。

（二〇一七年七月二三日）

NHK文化センター盛岡・北上教室講演会
「遠野物語にみる、生と死」
於・いわて県民情報交流センター　アイーナ

第五談

柳田國男と『遠野《とおの》物語《ものがたり》』の話

地域性とは何だろう

みなさんの周りに、何でもすぐ自分の話にしちゃう人はいないでしょうか。

たとえば、お酒の席で誰かが「この間、財布を落としちゃってさ、一万円も入っていたからガッカリしちゃったよ」と話したとして、「なんだ一万円ぐらいか。俺なんか三年前に一〇万円入った財布を落としてさあ――」と、その後はずっと自分の話ばかりする人。

まあ、そういう場合は落とした人の話をよく聞いて、ひとしきり同情したりネタにして盛り上げたりした後で、「実は僕も昔――」と話を展開するのなら、問題ありません。同じ傷を持った者同士として話は弾《はず》むでしょう。

ところが、「俺のほうが金額が大きいから俺のほうが大変だったよ」「おまえの財布使い古しじゃん。俺は新品で落としたんだぜ」という展開では喧嘩になります。落とした財布は非常に大事な財布だったかもしれません。一万円だって安い金額ではありません。

自然災害が起きた時に「私たちのほうが大変だったよ」と心ないマウントをとってくる人もいます。不幸自慢ですね。亡くなった人の数を比べて多いほうが勝ちとかいう話ではありません。それは絶対に心得違いです。数ではないのです。大切な人命ですから一人でも亡くなれば大事件です。一軒しか家がつぶれなかったとしても、つぶれた一軒にしてみれば大変な災難です。亡くなった方がいなかろうが、被害が少なかろうが、関係ありません。規模で比べることではありません。

東日本大震災の爪跡は、いまもまだ残っていますし、きちんとした復興もなされていません。まだ大変な暮らしをされている方も多いですし、原発事故などすぐには終われない問題などもありますから、そう簡単に片付く問題ではなく、みんな苦しんでいます。

財布を落とすのも、被災するのも、誰にでも起こり得ることです。

それは一つの〝イベント〟に過ぎません。〝イベント〟などという表現をするとまるで遊んでいるかのようで不謹慎に聞こえるかもしれませんが、もちろんそういう意味ではありません。そうしたものは単なる「事象」だという意味です。

天変地異《てんぺんちい》や災害は、日本中どこにでも、いつでも起こりうる「事象」です。もしかして明日、南海トラフ地震が起きるかもしれません。いま再び関東大震災が起きるかもしれません。日本国内に限らず、海外でも大きな災害は起きています。

災害は、どれだけ規模が大きくても一つの〝イベント〟に過ぎません。

つまりそれは、地域の特性とはなり得ないということです。もちろん海のない地域は津波に襲われませんし、平地に山崩れは起きませんから、災害の種類が地形や環境に左右されることはたしかです。それに、規模にかかわらず災害に遭うというのは大変なことなんですから、軽く見られるようなものではありません。しかし被災したこと自体は文化にはなりません。それまでどういうふうに暮らしてきたか、これからどうやって暮らしていくのか、そしてどうやって復興していくのか――それこそが文化になります。そこは勘違いしてほしくありません。

私の大先輩にして盟友に、東雅夫《ひがしまさお》さんという人がいます。怪奇幻想文学評論誌の『幻想文学』を創刊した、気鋭のアンソロジストです。

その東さんが震災復興の一助にするため、「ふるさと怪談トークライブ」というイベントを全国各地で開催しました。地元の人が集まって、その土地の怪談を語るものです。志も高く、また面白い企画なのですが、その中でこんな自慢をよく聞きました。

「こんなにたくさん怪談があるから、うちは怪談の本場だね」

いや、怪談の数が多くても一つも自慢になりません。たしかに、その土地に伝わる怪談をたくさん聞くことができましたし、面白いだけでなく勉強にもなりました。当初は東北中心のイベントだったので、東北地方の怪談が数多くありました。

「東北は怪談の宝庫ですよ。なおかつ異界と近い」

そういう自慢もありました。

しかし、そこで語られた怪談とほぼ同じ内容のお話は、実は全国津々浦々《つつうらうら》に伝わっていたりします。そうなると喋りたがりが多いか少ないかの違いになってしまいます。

東日本大震災の後、震災にまつわる怪談をたくさん聞くようになりました。震災の直後に怪談というのはさすがに不謹慎だろうという指摘もあったようですが、地元ではいろいろ語られたようです。しかしよく聞いてみると、ごく一部を除いて、他の地震や津波が起きたところで語られるものとほとんど違いがありませんでした。もちろん、語っている方が嘘を言っているわけではありません。体験談や、取材した話なのでしょう。固有名詞が入っていたり、独特の地形が関係したものもありましたが、それらは怪談「実話」になるとオミットされてしまうものです。全部イニシアルになっちゃいますからね。そうしてみると、起きたことそれ自体に地域性はあまり感じられませんでした。

先述したように、被災そのものは地域性にはなり得ません。自然災害は土地の文化に呼応して起こるものではないので、「うちは津波文化があるから」というのはどうなんでしょう。たとえば、くり返し被害が出る地域では必ず備えをしています。その備えは文化といえるでしょう。また、頻繁に起きる災害を人為的に食い止める手を講じた、という土地もあるかもしれません。それも文化といえるでしょう。

でも、その場合は被害が出ないはずなんですね。しかし、どんなに万全の備えをしていても、それを上回る災害が起きることはあります。「被災する」というのはそういうことですね。「毎年必ず同じ災害が起きるにもかかわらず何もしないので毎年必ず同じような被害を出し続けているのが自慢」というようなケースを除けば——そんな土地はないと思いますが——そうでもなければ被災文化なんてものは生まれようがありません。

財布の話になぞらえてみます。

まず「財布を落とす」というのは事象に過ぎません。誰でも落とすことはあります。

これは、まあ落とした人の「個性」とはならないですね。一方、落としやすい人、よく落とす人というのはいるかもしれません。故意に落としまくるようなケースを除いて、その場合は「落としやすい財布の持ち方をしている」わけでしょうから、そこは個性たり得るでしょう。でも「落としたこと」自体はその結果に過ぎません。

落としやすい人は、策を講じているかもしれません。ヒモをつけるとか、現金とカードは別にするとか、なるべく持ち歩かないようにするとか——ですね。どんな対策を立てるかも、まあその人の個性でしょう。その施策は他の人も参考にできるかもしれません。また落とした後の対処の仕方もそれぞれですね。まず警察に届けるのか、カード会社に連絡するのか、落とした場所を捜すのか、損失を補塡すべく金策をするのか、そういう点も個性と呼べるでしょう。それも参考になるかもしれません。

でも、対策にしても対処にしても、「個性的」と呼べるようなものにはそうお目にかかれませんよね。多くは「財布を落とさないようにするため」、「財布を落とした際にするべきこと」という、一般的な対策対処のバリエーションになるでしょう。

一方で「その財布に対する愛着」だとか「その財布に入っていたものの重要性」なんかは、間違いなくその人だけのものですね。これは、一人ひとり違っています。近いことはあっても同じということはありません。がっかりするのか口惜しがるのか気にしないのかも、それで変わってくるでしょう。それはその人の生き方にかかわるものですね。

財布を落とすことは、〝イベント〟でしかありません。落とさないようにする、落とした後どうするか——これは選択の余地はあるものの、普遍化できるものです。それらを除いた後に残るものこそが、個性ということになるでしょう。

抽出し、整理する

さて、柳田國男も、災害と地域性についてはあれこれ考えていました。柳田は日本民俗学という学問を打ち立てた人です。『遠野物語』は日本民俗学の先駆け・端緒として知られています。でも『遠野物語』が書かれた時には、日本民俗学という学問はまだありませんでした。ですから『遠野物語』を民俗学的に読み解くことはできるのかもしれませんが、これを民俗学の本だと決めつけると少しおかしなことになるでしょう。

柳田國男は農商務省の官僚でした。社会的地位が高かったこともあって、いろいろと毀《き》誉褒貶《よほうへん》もあったようです。でも柳田が農商務省に入った動機は、非常にピュアなものだったようです。彼の家は大変に貧しかったそうで、柳田曰《いわ》く「日本で一番小さい家に住んでいた」のだそうです。住居も転々としていました。

ある時彼は、お堂で間引きの絵馬を見ます。間引きとは食いぶちが足りないため親が生まれた子どもを殺してしまうことです。そのような苛烈《かれつ》なシーンを描いた絵馬を見て、柳田國男は非常にショックを受けます。赤ん坊を殺すような貧しい暮らしがあっていいものか、そんな状況を放置するような行政が正しいのか、と強く憤ったようです。

柳田國男はその経験から、郷土を豊かにしなければいけないと、志を立てました。その土地にどんな人たちが住み、どのように暮らしているかを知らなければ、行政も最適な施策は立てられません。そのためには風土文化を詳しく調べて体系化すべきだと考えたんです。その時に彼が提唱した学問は「郷土学」と名づけられました。

彼は、人々の暮らしぶりを調べる中であることに気がつきました。土地によって暮らしぶりはバラバラだけど、共通しているところもある。そして、差異を抽出すればそれは地域性となるし、逆に共通点を抽出すれば日本という国の姿が見えてくるのではないか、と考えたのです。その発想が最終的には民俗学という学問に帰結することになります。

私たちは知らず知らずのうちに、同じ日本人として振る舞っています。あまりにも当たり前過ぎて自分では何が日本的なのか気がつきません。逆に「うちの村はこんな特徴があるから、おたくの村とは違う」と近隣地域との差異を強調し、何となくアイデンティティーを確立しようとしたりします。みんな『秘密のケンミンSHOW』みたいになっています。あの番組を見て「え？」と思う地元の人も少なくないようですが。バラエティ番組なんですからあれはあれでいいとも思いますけれど、たとえば学問として考えたなら、そういうお国自慢は著《いちじる》しく精密さに欠けるものです。情報収集も区分も分析も雑なんですね。

それでいいのかと柳田國男は考えたようです。

柳田は、各地域のものごとをつぶさに収集していくことから始めました。それらの民俗事例を比較分類し、共通する部分しない部分を抽出して、差異をよりハッキリとさせていく——そして、どの部分が地域性となるのかを見極める。柳田國男はそういう仕事を民俗学の基礎データとしました。これは、比較人類学に近い視点です。

また、土地に伝わる話も集め、それを「伝説」、「世間話」、「昔話」に分類しました。

「伝説」は、土地や事物に強く結びつき、嘘でも過去に本当に起こったことだと語り伝えられてきた話です。「源義経が腰かけた石」みたいに、真っ赤な嘘でもいいんですが、そう伝えられている、信じられているということのほうが重要になるのが伝説です。その石が確認できるかどうかも大事なことですね。

「世間話」は、まあそのままのものです。向かいの爺ちゃんが転んだとか、隣の嫁は信じられないほど飯を喰《く》うとか、そういう、どうでもいいような話ですね。噂の域は出ませんから真偽のほどは微妙ですが、固有名詞でホントっぽく語られる、最近のお話です。

「昔話」はお話の型があるものです。固有名詞はありません。おじいさん、おばあさんなどですね。「桃太郎」は同じ型の話が全国各地にあり、川を流れてくるモモがその土地にある別のものに替わっていることもあります。「さるかに合戦」も、かにの仲間は土地によって違いが見られます。やはり、その土地になじみのあるものに置換されています。

ただこの分類、基準は明快ですが、グレーゾーンが多いこともたしかです。両方の特性を持つ話も多く、「民話」として一括せざるを得ない場合もあります。怪談も定型はありますが、固有名詞が代入されますし、実話として語られるので昔話とはしにくいですね。

しかし、『遠野物語』は、こうした手法――民俗学が確立する前に書かれました。柳田國男は、佐々木喜善という人から聞いた話をそのまま書いたと述べています。そのままですから、『遠野物語』には、雑多な話がごちゃ混ぜに入っています。あまりにごちゃごちゃで読みにくいため、途中で読むのをやめてしまう人が多いとも聞きます。

私は以前『遠野物語』の現代語訳を依頼されました。柳田の名文を訳すのはイヤだったんですが、版元がそれはもうしつこいんです。そこで、ただ現代語にするのではなく、話の順番を換えて編集し直すことを考えました。一話一話はこんなに面白いのに途中でやめちゃう人がいるのは、並べ方がいけないのかもしれないと考えたからです。そうして三年前、『遠野物語ｒｅｍｉｘ』を上梓しました。

順番を換えてわかったことがあります。『遠野物語』には、岩手県遠野地方の伝説、世間話、昔話、他にも神話、習俗報告といったものがシャッフルされて記されています。民俗学的にも重要な文献であることは間違いないでしょう。しかし、よく読んでみると、別に遠野の話ではなくてもいいのではないかと思える話も多くあるんですね。

岩手県遠野市は「民話の里」として知られています。それに関して異論は一切ありません。むしろ、どんどん売り出してほしいですし、できるなら協力もさせていただきたいと思っています。

ただ、遠野という町は「まんが日本昔ばなし」に登場するような村の風景とはまるで違います。常田富士男《ときたふじお》さんと市原悦子さんのナレーションが聞こえてきそうなところだと勘違いしている人も多いでしょう。現地を訪れたことのない人は、そういう風景を思い描くようです。いや、全国的に都市化が進んでいる現在の状況をかんがみれば、むしろそれに近くなっているのかもしれませんが——その昔は違いました。

その昔、遠野は辺鄙《へんぴ》な農村ではなかったのです。城下町ですし、非常に発達した商業都市でもあったんです。山の中にありますが、海側との行き来も盛んで、とても豊かな生活ができる場所でした。遠野には多くの人が集まり、さまざまな文化が流れ込んでいたんですね。全国の話が入ってくる場所だったんです。遠野で語られる話の中にも、遠野以外の土地から流入したものが多く含まれていたはずです。

柳田本人も後になって、遠野特有の話と遠野以外でも通じる話が混在していると気がついたようですが、話を聞いた時点ではそのような発想もなかったでしょうし、その段階では検証のしようもなかったわけで、聞いた順番にすべての話を書いたんですね。

遠野でなければ成立しない部分は、遠野独特の文化に基づいた話です。遠野でなくてもいい部分は、おそらくもっと普遍的な、日本文化に基づいた話なんです。

どちらのタイプか考えながら読み進めるのも面白いかもしれません。

勘違いしやすいのが世間話ですね。ざっくりしたカウントで申しわけないんですが、『遠野物語』に収録された話のおよそ三分の一は、近場で起きた事件――世間話です。あそこのおじさんが少し変だとか、あそこの息子がだいぶおかしいとか、クマと素手で戦ったとか、そういう話ですね。母親を監禁殺害してしまったとかいう猟奇事件もあります。

たしかにそれらは遠野で起こった事件です。なら遠野特有の話じゃないかと思われる方も多いでしょう。でも、よく考えてみると、それらは遠野特有の事件というわけではありませんし、日本特有の事件でもないんですね。世界中の町や村で起きている事件――つまり一つの〝イベント〟に過ぎません。

もし遠野の人たちが、クマに出合ったらみんな素手で戦うとか、家族を殺害するのは当たり前のことだとかいうのなら、それは遠野オリジナルの事象ということになるんでしょうが、そんなわけはないんです。珍しいからこそ話題になり、世間話として語られたんですね。遠野のこととして一般化できもしないし、日本という形で一般化もできない。むしろ、地元の人がそうした事件をどう見て、どう扱ったかという点を重視すべきでしょう。

「山人《やまびと》」と「河童」

そういう視点で選り分けていくと、遠野オリジナルの話はそんなに多くありません。たとえば、お正月やお盆によそでは見られない行事があるというのなら、それは遠野オリジナルの習俗です。

ただ、ひときわ目を引くのが「山人」です。多くのエピソードが語られています。

柳田國男は、後に山人について、山で暮らしている民であり、日本に昔からいる先住民なのではないか、と考察しています。

しかしこれも遠野特有のものではありません。越後のほうでも似たタイプの山に住む人たちの話があります。山中に里と交流を持たない人たちが住んでいるという話は、他の土地にも少なからずあるんですね。日本だけでなく中国にも山に住むモノの言い伝えはたくさんあります。他の国にもあります。ただ性質は地域によってかなり違います。雪男のような野人、人より猿に近い場合もあるので、何もかも同じということはありません。

四国あたりでは「山爺《やまじじい》」「山父《やまちち》」と呼ばれています。山父は、人をかじることもあると伝えられています。凶暴《きょうぼう》ですね。私は以前、四国に山父の墓があると聞いて、実際に出かけたことがあります。その墓の近くにお婆さんが住んでいたので、話を聞きました。

「山父の墓というのはここですか」

「そうだよ」

「ずいぶん凶暴なやつだったそうですね」

「すごかったよ。八人だか九人だか殺したよ」

まるで見ていたかのような話でした。でもそのお婆さん、「たぶん、ちょっとおかしくなった外国人じゃないのかねぇ」と、山人の正体を推測していました。身も蓋もない話です。

遠野の山人は山に住んでいる大きな人というだけで、恐ろしげには書かれているんですが、そんな残虐なものではありません。言葉を話すのでコミュニケーションは取れたようです。ただ、遠野の山人は女の人をさらうんですね。ちょっとさらい過ぎじゃないかというくらい。とはいえ、遠野の山人だけがさらうわけではありません。

しかし柳田國男にとって、この山人は日本を研究する上で重要なキーワードになりました。全国の事例を集めるにつれ、柳田は山人を特別視するようになっていきます。山人研究は人類学にとっても重大なものになると予測もしています。山に暮らす人々と対《つい》になる概念として「常民《じょうみん》」という言葉を創ったほどです。『遠野物語』で出会った山人は、よほど彼の琴線に触れたのでしょう。

遠野と聞いて、河童を思い浮かべる人もいるでしょう。

遠野市の土淵町《つちぶちちょう》にカッパ淵という小川――堀があり、「キュウリでカッパが釣れるよ」と教えてくれるカッパおじさんがいます。おじさんは河童の話を語ってくれます。遠野市観光協会は「カッパ捕獲許可証」を発行しています。河童は観光資源になっています。

ところが、『遠野物語』にカッパはほとんど出てきません。意外ですよね。

遠野を流れる川の本流にあたる猿ヶ《さるが》石川《いしがわ》には「河童が多く住んでいる」と書いてはありますが、猿ヶ石川の河童の話はありません。河童の話自体、足跡の形の話、それから馬を引いた河童が捕まる話くらいしかないんです。具体的に足跡の形を伝える地域は少ないですが、馬を引いたり捕まったりする話は全国に分布しています。

ただ、河童の色が「赤い」という点は注目すべき点でしょうか。捕獲された河童の個体情報などを除けば、体色を明確に言い伝えている地域はほとんどないようなので、そういう意味では特殊な例なんですが、比較しようがないという難点もありますね。

河童の話で目立つのは、河童の子どもを産んでしまったという話です。こちらも遠野特有の話ではありませんが、『遠野物語』の草稿を見ると河童の子を産んだ人は、どこの誰であると具体的な固有名詞が記述されています。さまざまな事情はあるのでしょうが、これも本質は世間話に近い語られ方ではありますね。

もちろん、『遠野物語』に採られていないだけで、遠野にも河童の話は豊富に伝わっているんです。しかし、少なくとも他の地域より河童の話が際立って多いとはいえないと思います。むしろ利根川《とねがわ》流域だとか九州地方なんかのほうが、河童の話が豊富に残っているようです。遠野だけを河童の本場としてしまうのはちょっと疑問です。

もちろん現在の遠野市でカッパを観光資源に利用するのはかまいません。カッパおじさんにはいつまでも元気でカッパのことを語っていただきたいと思っています。ただ描かれた河童の絵が緑色なのはどうかなあとは思いますが。せっかく赤いと伝わっているのに。

もうひとつ気になることがあります。河童は各地で呼び方が違います。カッパは関東地方の呼称で、他の地域ではガタロウとか、エンコウとか、ガメとか、ヒョウスベとか、いろいろな呼び方があります。柳田國男はその土地でなければ通じない言葉はカタカナ表記にしたり、注釈をつけたりしています。でもカッパは「河童」と表記されています。本当に「カッパ」と呼ばれていたんでしょうか。いまはもうカッパが標準語扱いになっていますが、遠野では昔からカッパと呼んでいたのか——これ、調べようがないんですね。記録がないのでわかりません。いまはもう遠野もカッパで統一されてしまったようですし。

と——いうわけで、遠野の河童は有名ですが、河童の話は遠野固有の話ではないんですね。河童は、日本文化に通底する水怪と考えたほうがいいでしょう。

「オシラサマ」や「ゴンゲサマ」

河童や天狗、山人なんかは漢字表記ですし、いまも言ったように全国区で通じる言葉なんですが、『遠野物語』にはオシラサマやオクナイサマ、ゴンゲサマ、カクラサマなどカタカナで書かれている存在が多数出てきます。これは「わからない」という人も少なくないでしょう。それらは信仰の対象ですが、仏様ではありません。仏教由来のものではないでしょう。神道由来のものかというと、これも違うようです。日本の国家神道や神社神道が宗教として形を整えたのは明治になってからですし、神様だとしても民俗神ということになります。民間で信仰されている神様というだけの意味ですから、何の説明にもならないんですけど。

オシラサマは、東北地方から関東にかけて広く信仰されており、遠野独自のものではありません。漢字表記もまちまちですし、由来も含めて異説が多く、遠野の中でも統一されていないようです。「何の神様なのか」も、実はよくわかりません。一般には養蚕《ようさん》の神様とされますが、遠野では一般家庭にもたくさん祀られていますし、農耕の神や婦人病や眼病の神、狩猟の神だとすることもあり、正直混乱します。ただ、このよくわからない神様を知るための多くのヒントが遠野にはあるようです。

『遠野物語』にもオシラサマの由来は書かれています。ある娘さんが馬と恋に落ちます。「馬なんかと恋仲になるとはあさましい」と怒った父親が馬を殺しちゃうんですね。娘は馬にとりすがって泣きます。「娘をたぶらかした馬が憎い」と、父親は馬の首を切り落としちゃうんですね。ものすごい修羅場です。しかし、馬は首を切り落とされた途端、娘を連れて天高く舞い上がって神様になります。

いや、これ、神になる意味がわかりません。いまの私たちの感覚に照らし合わせるならちょっと理解できないですね。その後、蚕《かいこ》と結びつけるお話が続くパターンもあるんですが、後づけっぽい感じではあります。民俗学者もいろいろな説を称えています。

このようなタイプの話は異類婚姻譚《たん》と呼びます。伝説や神話などで、人間が人間以外のものと結婚するお話のことです。異類婚姻については、たくさん研究があります。

ざっくり説明すると、婿に来るやつはかなりの確率で殺されます。まあ、人間になって幸せに暮らす場合もありますが、猿だの蛇だのは殺されますね。逆に嫁は恩返しをすることが多いです。これは鶴でもハマグリでも、嫁に来ればみんな恩返しをします。ただ、まあ必ずどっかにいっちゃいますが。オシラサマの由来もそのバリエーションの一つとしてあるわけですが、そのパターンには当てはまりません。中国の古い説話集にほぼ同じ話が記されており、そちらも蚕の由来だったりするので、中国由来だと思われます。

他の異類婚姻譚とはちょっと違ったこの話が、オシラサマの由来として語られるようになった理由は、実はよくわかっていません。元は昔話的なものではなくて、オシラサマを祀る際の「祭文《さいもん》」だったと思われますが、その祭文の成立よりもオシラサマの歴史の方が古いと思われます。

遠野の場合、オシラサマのご神体は桑の木で作った人形です。三〇センチ程度の棒の先に男女の顔や馬の顔を描いたり彫ったりしたものに、布きれでつくった衣を多数重ねて着せています。遠野の習俗では人形に白くお化粧をさせるため、名前の由来はそこからきているという人もいますが、わかりません。年に一度、オシラサマを子どもが背負ったりして「遊ばせる」という風習もあります。一年の吉凶を占う場合もあります。これも遠野に限った話ではなく、たとえば青森のイタコは、やはりオシラサマと呼ばれる人形に神を寄せ、祭文を唱えながらを手に持って踊らせます。これも「遊ばせる」といいます。

柳田は、遠野のオシラサマを遊ばせる風習について、「ベロベロの鉤《かぎ》」という子どもの遊びとの共通点を指摘しています。「ベロベロのカギ」って何だよと思う方もいるかもしれませんが、これは一種の占いですね。いや、くだらない子どもの遊びですね。先が曲がった棒を回して、誰がおならをしたか当てるというものです。たしかに形もやり方も似ています。おならはともかく、民間に伝わる古い形の占いではあったのでしょう。

オシラサマの起源はかなり古いんでしょうね。元はもっと単純な信仰だったのだろうと思いますが、時代時代でさまざまな属性が付加され、新しい属性が古い属性を払拭せずにまじりあっていったのだと思います。遠野あたりには、そうしたさまざまな時代の信仰が年輪のように残っているのかもしれません。オシラサマに限らず、この民俗神というカテゴリーで括《くく》られた神様は名前が一緒でも土地によって性質がかなり違います。広く分布しているといっても、細かな地域性が反映しているんですね。

たとえばゴンゲサマは、遠野では獅子舞の頭部である獅子頭によく似たものとされています。火伏せのご利益があります。火伏せとは、火災の害を押さえ込むことです。ゴンゲサマは獅子舞のように踊らせます。町ごとに一つずついて、道で会うと喧嘩します。少し犬っぽいです。「あそこのゴンゲサンに、うちのゴンゲサンの耳をかじられて取られちゃった」などという話があるぐらいですから、本当に喧嘩していたのでしょう。

ゴンゲサマには権現様という字を当てます。権現とは、姿の見えない神様が現世に形を変えて現れることです。〇〇権現というのはよく聞きますね。ただ、何もつけずに権現様という場合は、多く徳川家康のことを指します。でも家康には火伏せの効果もありませんし、獅子の頭でもありませんね。遠野のゴンゲサマは独自の信仰、習俗と考えてもいいかもしれません。

「信仰」と「死生観」

遠野はお寺もたくさんあるし、神社もあります。そして、お寺でも神社でも管理していないような社《やしろ》や祠《ほこら》、家々の中にもたくさんの信仰対象があります。山自体も神聖なものとして信仰されています。遠野にはそうしたさまざまな信仰がありますが、矛盾したり対立したりしているのではなく、混然一体となっている気がします。

隠れキリシタンの人もいました。『遠野物語』にも、表向き禁教となっているキリスト教を隠れて崇拝《すうはい》していた人がいたと書かれています。遠野の某お寺にお邪魔した際、ご住職が「ちょっとご覧ください」と言って秘仏を見せてくれました。マリア観音というやつですね。「秘仏を軽々しく見せちゃっていいの」と、ちょっと思いましたが。

そもそも宗教というのは、国際紛争が起きるほど人にとっては重要なものです。強く信じれば信じるほど、自分が信じていない宗教の人たちとは話が合わなくなってしまうものです。たとえば、イスラム教とキリスト教の根っこは同じです。二つの宗教は中東に共通の起源を持ち、どちらも「アブラハムの宗教」と呼ばれています。それでも相容《あいい》れない部分というのは強くあります。その相容れない部分を曲げないのが信仰です。これはなかなかうまくいきません。

日本はどうかというと、信仰に起因する深刻な状況というのは、それほど目につきません。じゃあよく言われる「日本人は無宗教」というのは本当なのでしょうか。

でも、まったく信仰心がない人が初詣《はつもうで》に行くでしょうか。別に神信心《かみしんじん》に命をかけている人だけが詣でるわけではありません。マイルドヤンキーもコンビニに行ったついでに近所の神社に初詣に行ったりします。若いカップルだって行きます。受験生も神頼みしたりします。でも、クリスマスツリーも飾ります。

いや、だから無信心だといわれるんでしょうが、多少無節操でも信仰心がないとは思えません。クリスマスは単なるイベントとして考えている人も多いでしょうが、もうクリスマスの習俗が日本で解禁されて一〇〇年以上経ちますからね。誰だってクリスマスがキリストの誕生日だということぐらいは知っていますよね。で、お釈迦様《しゃかさま》の誕生日を祝う花祭りだってやります。最近では、もうキリスト教の習俗ですらないハロウィンまで祝っています。ハロウィンはそもそもキリスト教と関係ないので、アメリカの州によっては禁止しているところさえあるんですが。日本では、ハロウィンどころか、イースターまでやっているところもあります。これはもはや、信心深くないとか信仰がないとかではなくて、本気で何でもいいんじゃないか——と思うこともあります。

でも、何でもいいわけではないんです、きっと。

日本では、人が亡くなった際にお寺でお葬式を挙げることが多いですね。亡くなると無理矢理仏教徒にされてしまいます。戒名がつくということは仏弟子になったということですから。そうした扱いをこばむのは、「代々カトリックだ」という人ぐらいです。だいたいは受け入れます。じゃあみんな仏教徒なんでしょうか。

ちまたでは心霊写真はお寺に持っていけとか、幽霊が出るからお寺でお払いしてもらえとか、何の抵抗もなくそういうことを言うわけですが、お寺はそもそも、お坊さんが仏道修行をする場所です。本来の仏教は霊を認めませんし、お釈迦様はお葬式すら禁じています。位牌《いはい》は本来は儒教のもので、仏教のものではありません。お葬式の際にしか必要とされない現在の日本仏教は「葬式仏教」などと揶揄《やゆ》されることもあります。

でもそうでしょうか。仏教は形骸化《けいがいか》しているんでしょうか。私は、違うと思います。

私たち日本人の心性にあわせてカスタマイズされているだけです。仏教にも禅宗、浄土宗、日蓮宗と、さまざまな宗派が存在します。それぞれがそれぞれのスタイルで、日本人が元来持っていた死生観に合致するように組み替えられているんですね。キリスト教にしても同じです。本来的なキリスト教の部分を残しながらも、日本風にアレンジされているんです。それは、いけないことではありません。生きている者の気持ちが安らかになるのであれば、本来のルールから外れた葬式でも挙げるほうがいいのです。

私たちは、ほとんど意識していませんが——信仰心めいた何かを持っているんです。体系化されているわけではないので宗教とは呼べませんから、無宗教ではあるのかもしれませんが、無信心ではないんです。その信仰心めいた何かに合致するものは受け入れ、しないものは退けているのです。それは、古来培ってきた死生観に基づくものなんだろうと思います。『遠野物語』を読むと、遠野の人たちの死生観、そしてその下にあるもっと普遍的な日本人の死生観が、むき出しになって見えるような気がします。

『遠野物語』には幽霊や、幽霊の〝ようなもの〟もたくさん登場します。

三島由紀夫が『遠野物語』を読んで感銘を受けたというエピソードがあります。簡単に説明すると、死んだお婆ちゃんが自分の通夜の夜、玄関から入ってきて奥の部屋までいったという、それだけの話です。怪談としては何の変哲もない、そんなに怖くない話ですね。三島由紀夫が感心したのは、部屋に入ってきたお婆ちゃんの着物の裾が、炭を入れる丸い籠に引っ掛かって、それがクルクルと回ったという描写があるところです。有名な話なのでご存じの方も多いでしょう。ただ何故三島が絶賛したのか、実感は持てないかもしれません。

でもこれ、考えてみれば幽霊譚としてはかなり破格なんです。お葬式に死んだ人の幽霊が出るというだけなら、まあ凡庸な怪談ですよね。

でもこれ、私たちが普通に考える幽霊じゃないんですね。まず、ぼーっと浮かび上がるんじゃないんです。玄関から歩いて入ってくるんです。しかも、死に装束じゃなく、いつもの服装なんですね。それから、大勢が目撃している。のみならずお婆さん、着物の裾を引っ掛けるんですよね。それって物理的に質量があるということです。もっと重いものが足元に置いてあったら、お婆さんつまずいて転んでいたに違いありません。もう生き返ったとしか思えませんが、お通夜ですからその人の死体はまだそこにあるんです。それ、不条理でしかないですよね。炭の籠が回ることでその不条理が見事に表現できているわけです。文豪も感心するでしょう。

書いた柳田は内心頭を抱えていたかもしれませんが。

いま私たちが思い描く幽霊は、そもそも近世以降につくられたイメージですね。それ以前はそうじゃなかったわけです。明治末期の地方には、その古い形の幽霊がまだ残っていたのかもしれない。

私たちが知る幽霊のスタイルは、多くお芝居の演出の影響を受けています。頭に白い三角の布をつけて白い着物を着ている、志村《しむら》けんの後ろにいる人ですね。あれはお芝居で作られた幽霊記号――死んでますよとわからせる印です。現在はさすがに三角の布はなくなりましたが、貞子や伽椰子が似たような雰囲気なのは、そこに由来しているんでしょう。

足がない幽霊の絵は円山応挙《まるやまおうきょ》が元祖だと言われていますが、それはどうやら巷説のようです。応挙は幽霊の絵を好んで描きましたし、有名だったので絵のほうも有名になったんでしょう。まあ、幽霊というのは夜に出るものではあったんでしょう。足がないのは、部屋が暗くてよく見えないからです。その昔の室内照明は、ロウソクです。これは非常に暗いんですね。ロウソク一本で夜を過ごしてみるとわかると思うのですが、ロウソクの周りぐらいしか明るくなりません。だから足元の部分なんかはボーッと暗くて、よく見えないんです。そういう表現が「幽霊っぽい」と判断され、お芝居でも足で歩くのではなく、役者を宙づりにしたり、裾を長くしてすぼめたりする演出がされるようになります。それが錦絵なんかに描かれ、ますます足が消えていくことになったんですね。

でも、古い絵などを見ると幽霊が憎いやつを蹴飛ばしていたりします。「牡丹燈籠《ぼたんどうろう》」のお露《つゆ》さんは下駄を鳴らしてやってきます。上半身がなくて足だけの絵も残っています。足はあったのです。

『遠野物語拾遺』には、亡くなって、葬式も済んでいるはずのお父さんが毎晩家に帰ってくるというホラーめいた話が載っています。お父さんは夜な夜な現れて、娘に「あべ、あべ」――つまり一緒に行こう、一緒に行こう、と言うんですね。まあ、これは先ほどのお婆さんの幽霊と比べると、相当に怖い感じですよね。

現在の感覚だと、霊能者にでも来てもらってお祓いしてもらおうということになるのでしょうが、これが違うんですね。村の青年団を呼んできて、棒で叩いたりして追い払うんです。お父さんはこっぴどい目に遭ってあちこち逃げ回り、ついに現れなくなります。

これ、幽霊とは書いてないんですが、死んだお父さんですからね。いまだと、ゾンビのほうに近いかもしれないですよね。似たような話はいくつか載っていますが、お坊さんなんかに頼むとかお祓いするとかいう発想はどうやらなかったようです。

これはとても面白い話だと思います。

ちなみに中国にも日本の〝妖怪〟のようなものがいます。これは中国の人に聞いたんですが、出てきたら、だいたい叩くんだそうです。物理的に殲滅《せんめつ》するんですね。お経を唱えたり、護符を貼ったりはしない。護符はキョンシーぐらいにしか貼らないようです。もっとも中国は広いですし、悠久の歴史もあるので、どこもそうなのかはわかりませんが。というより、文化大革命以降は〝妖怪〟もいなくなったのかもしれませんけど。

人間でないものが出てきた時に、いまでいうところの〝心霊〟的な存在としてとらえるという考え方は、それほど昔からあったわけではないんでしょうね。たしかに、いつの時代であろうと死んだ人が出てきたら変でしょうし、怖くもあるんですが、同じ怖いにしてもいまとはかなり怖さの質が違っているように感じます。

「事件」と「文化」

現在は、人間の行けないところ自体、ほとんどありません。普通は人が行けないような場所でも、自衛隊はヘリコプターを使って何とかして遭難した人を救出しますし、ドローンがあればどんな場所でも撮影できます。しかし、昔はそうではありませんでした。普通人間がいないはずの場所にいる人間は「人ではない」とする感覚が昔はあったんです。夜中に川の真ん中に立っていたり、とても人が登れないような岩の上に人が立っていたりすると、見た目は普通の人間であっても「あれは人間ではない」と認識してしまうわけですね。当時の山中は、特に女性は行けないような場所だったのでしょう。

『遠野物語』には山女も何度か登場します。山人の女性版ですね。まあ、大きかったり少し「怪しい」様子だったりもするわけですが、でも、さらわれた里の女性も多く山女のようになってしまうんですね。あんまり区別はありません。

ある時、鉄砲上手のおじさんが山奥で山女を見つけます。おじさんは鉄砲で撃って殺してしまうんですね。『遠野物語』には書いていないんですが、これはどうやら――人間だったようです。はっきりとはしませんが、まあ当時はどこの誰か身許もわかっていたようです。

これ、殺人事件ですよね。でも、世間話では「鉄砲名人が山女を撃った」という形で伝えられます。当時はOKだった——なんてことはありません。殺人は殺人です。どんなに昔でも山で女性を見かけたら鉄砲で撃っていいなどということはありません。これは良いか悪いかという話ではないんです。良い悪いだと絶対に悪いんで。

ただ、事件は文化の中で処理されるものなんですね。みなさんがもし猟銃の免許を持っていたとして、山奥で女性を見かけても絶対に撃たないでしょう。殺人罪です。しかし動物と間違えて撃ったのだとしたらどうでしょう。過失になりますね。狩猟期間立ち入り禁止の区域に女性の方が飛び込んできたのなら事故になるのかもしれません。いずれ発砲という行為が人の命を奪ってしまったという「事実」は変わりません。でも状況次第で量刑は変わります。その基準が一〇〇年前といまではやや違うんでしょうね。

当時は村の外、村の中の区別は明確でした。異界や他界が物理的にあったんです。人と人以外を隔てる理由も違っていました。くり返しますが、だから当時は殺人も許されたという話ではありません。条件に合っても殺人は殺人です。でもそれを「異界の山女」であるとしなければならない事情が村落共同体にあったなら、話は別です。

撃った人にも何らかの社会的な制裁というのはあったんでしょう。でも本来殺人事件として扱われるような案件でも「事件」としては隠蔽されてしまうことがあったんです。

そういうことを念頭において『遠野物語』を読み返してみると、かなり違った景色が見えてきます。調べてみると、実際話の裏に別の事件が潜んでいたりするんですね。

民俗学は、「脱穀《だっこく》用農具の千歯こきの歯が、三本増えたのは何故なのか」というようなことだけを追究する学問ではありません。お祭りにまじって騒ぐものでもありません。本当は、過去と現在の文化の違いを考える学問です。

日本人は、どういう形で生と死の線引きをしていたのか。そして、何を崇《あが》め、何を忌《い》み嫌っていたのか。いまの私たちと違うところもあり、同じところもある。何故変わったのか。逆に何故変わらなかったのか。それを考えるのが、本来の日本民俗学でしょう。

私たちが毎日生活する上で特に気にしていないこと——たとえば箸《はし》でご飯を食べる、畳に座って暮らす、靴を脱いで部屋にあがる——といった当たり前のことは、実は非常に大事なことなんですね。そうした習慣が自分たちの文化なんだと意識することは少ないんですが、それこそが文化です。そうしてみると私たちはものすごく大事な文化を蔑《ないがし》ろにしているような気もしますね。自分の暮らしを振り返って考えてみると、暮らしの中で培われてきた文化が、いかに役に立っているかに気がつくはずです。そして他の地域と違うところにも気づくでしょう。それ、違っているからって恥じ入ることではないです。でも自慢することでもない。他の地域のほうが間違っていると見下すなんてもってのほかです。

そうなったのにはなっただけの理由があるんです。その理由こそが大事なんだし、それを探るのが民俗学だったりするんですね。

東日本大震災では多くのものが失われました。人命も財産も、町そのものも失われました。文化財も被害を受けましたし、文化行事もできなくなりました。そうしたものを元通りに作り直すことは不可能です。だからといって暮らしに便利なだけの新しい町を作ればいいのかというと、それは少し違うと思います。いうまでもなく、ライフラインやインフラの整備などは優先されるべきでしょう。しかし、最低限生きていける環境が整ったならば、目先の便利さだけに振り回されることなく、その土地の文化にもぜひ目を向けていただきたいと思うんですね。

これから先もその土地で暮らしていくためには、捨ててはいけないものが必ずあるはずです。それは目に見えないものです。そしてそれは毎日の暮らしの中にこっそり潜んでいます。それをぜひ忘れないでいてもらいたいと思います。そうしないと、その土地の文化は変質してしまうからです。もちろん変えたほうがいいこともあります。でも変えてほしくない部分もあるし、変えてはいけない部分もあります。暮らしていた土地を奪われてしまった方も多数いらっしゃるわけですが、それでも文化だけは継承することができます。

それは亡くなった方を悼む気持ちとも呼応することです。

私たちは供養する方法をそれぞれに持っています。先ほどお話ししましたように、私たちがいま、当たり前のように受け入れている死の作法は、そう昔からあるものではありません。ですから、それぞれに作法があっていいのです。仏式で葬式を挙げなければいけないなんて法律はありません。お位牌がなくてもかまいません。それぞれが、それぞれの心の赴《おもむ》くままに、気の済むように供養すればいいのです。

やり方によっては「そんなことをしたらバチが当たるぞ」と脅す人もいるかもしれませんが、そんなことはありません。だいたいそういうタイプは、オカルト的な思考を持った人ですから、気にとめる必要なんかありません。「そんなことしていると、先祖の祟りがあるぞ」などと言う人もいるかもしれませんが、祟るような先祖はいません。中には性格の悪い先祖もいないとは限りませんが、基本的には自分の子や孫に祟りを与えようなどと考えている人はいないですね。生きている人の心が落ち着くように供養するのが一番だと思います。

幽霊がドカドカと歩いてきてそのへんのものを蹴飛ばすような時代から、志村けんの後ろに立つに至るまで、これだけ変質してもですね、私たちの死生観はあまり変わっていないんです。世界三大宗教のうちの二つまでをも変容させるほどに、しっかりと私たちの中に根づいているわけです。そちらを信じましょう。それでいいのです。

とはいうものの、伝統という言葉に惑わされてはいけません。

何かにつけ伝統、伝統と言う人がいますが、そういう場合の伝統はだいたい嘘です。よい例が「江戸しぐさ」ですね。教科書に載ってるような話も聞きますから、習った人もいるかもしれません。しぐさ自体は礼儀正しくていいんでしょうが、「江戸時代はみんなそうだった」というのは嘘っ八です。文献にも残っていませんし、捏造です。文明史研究家の原田《はらだ》実《みのる》さんが本を出されていますので、興味のある方はお読みください。

結婚式は神前結婚が伝統的などと言われていますが、神前結婚式が始まったのは明治時代です。日本の長い歴史から考えると、わりと最近です。夫婦同姓だってそうです。その昔は夫婦別姓だったんですし。男尊女卑的な価値観も、たしかにそうした時代はありましたし、そういう地域もありますが、それがいにしえよりの日本の伝統だなんてことは決してありません。女性を戸主とする制度をずっと続けていた地域もあります。社会的役割分担は時代によって変わります。でもこの国の文化が女性を下に見たり、卑しいものとしてとらえ続けていたとは思えません。柳田國男には『妹《いも》の力』という名著があります。女性の神性についての論考です。読んでみてください。

そもそも、時代的な変遷に加えて、武士、町民、農民と、階層ごとにそれぞれ制度も価値観も違っていたわけで、画一的に「ずっとこうだった」は成り立たないんですね。

四民平等になって以降、階層はなくなりましたが、そうした価値観も、制度とともに統一されちゃったんですね。いま伝統とされるものごとの多くは統一されて以降のものですから、それほど長く続いているもんでもないですね。

そもそも、伝統というのは変わらないものではなく、変わっていくものなんです。変わらないとするならば、それは死生観をはじめとする顕在化しない「心性」のほうでしょう。その心性を保とうとするなら、時代の変化に合わせてやり方も変えていかなければなりませんね。それが文化となり伝統となるわけで、伝統だから変えられないというのは本末転倒です。「昔からそうだ」は、何の理由にもなりません。自分の気持ちに問うてみましょう。私たちの中には日本の文化が息づいています。そういうものと、いまの時代を照らし合わせて、少しでも違和感を覚えるならば、それはもう守るべき伝統とはいえないものですね。

伝統は合理的で、常にいまに則してあるものですし、そうあるべきものなんです。伝統を非合理的、あるいは古臭いとして退けるなら、それは間違いです。むしろ、いま伝統と称されているものの多くが伝統でも何でもないものである可能性があるということに目を向けるべきですね。特定の人たちが、自分たちに都合がいいものだけを伝統だと称していることが多いので、そこは要注意です。

『遠野物語』には、そうしたことを考えるヒントがたくさん埋まっています。

先ほど述べましたように、遠野は城下町であり、豊かな商業都市であり、交通のジャンクションでもありました。農業も盛んでした。山に囲まれ、海とも繋がっていました。それだけではありません。武家屋敷があって侍《さむらい》が住んでいました。お百姓さんもたくさん住んでいました。猟師も住んでいました。裕福な商人も住んでいました。みんな違う価値観を持っていたはずです。そういう多様な人たちが、それほど広くない遠野に、混然一体となって住んでいたんですね。明治になってそれらすべてが、四民平等という形で一斉に垣根をなくしてしまったわけです。佐々木喜善は、その現場にいたんですね。

喜善の話には、武家の作法も、農民の習俗も、商人の矜持も、みんな織り込まれています。さらに、遠野以外の土地の話も取り込まれています。だからこそ、一〇〇年前の遠野の姿だけではなく、日本の原風景までもが透けて見えるのでしょう。

そういう意味では、たしかに遠野は、民話・伝説の宝庫なのかもしれません。

柳田國男は、その日本の原風景を喜善の話の中に幻視してしまったのでしょう。

そしてそれ以降、その幻の日本の姿を証明するために、日本全国の土地に伝わるものごとを集め、比較検討していったのではないでしょうか。しかし柳田國男は過去に囚われるだけの人ではありません。進歩的で科学的、かつ民主主義的な人でした。

我欲とプライドのためにまやかしの伝統を振りかざすような人を目にしたら、柳田國男はきっと怒ったでしょうね。いま生きていたなら、震災復興のために尽力されていたに違いありません。

でも、柳田國男が現出させた日本の原風景は、私たちにとっても原風景としてきちんと残っています。そのきっかけとなったさまざまな要素のすべてが『遠野物語』の中に含まれています。これから読まれる方も一度読まれた方も、そういうことを念頭に置いて読んでいただくと違った世界が見えてくるかもしれません。

（二〇一六年四月一七日）

シンポジウム
おどる妖怪たち
京極夏彦氏が語る
暁斎妖怪画の魅力
2017年3月26日（日） 14:00開演
於：蕨市立文化ホール くるる

第六談
河鍋暁斎《かわなべきょうさい》は
やはり画鬼である

蕨市立文化ホールくるるイベント
「京極夏彦が語る暁斎妖怪画の魅力
～おどる妖怪たち～」
於・蕨市立文化ホールくるる

河鍋暁斎は〝妖怪〟を描いたか

「河鍋暁斎といえば〝妖怪〟」と思われる方が世間にはたくさんいらっしゃるようです。でも、私の認識では——暁斎は〝妖怪〟の人ではありませんでした。

二〇年以上前、『暁斎妖怪百景』という本が出版されました。河鍋暁斎の〝妖怪〟画や幽霊画ばかりを集めた画集です。妖怪研究家の多田克己さんが解説、私も序文を書かせていただきました。その時点で暁斎は〝妖怪〟の絵「も」描く人という程度の認識だったように思います。暁斎は〝妖怪〟の人という認識が広がったことは、興味深いことだと思います。

理由はいくつかあります。

まず、みなさんが〝妖怪〟の絵だと思って見ている絵は、実は〝妖怪〟の絵ではありません。暁斎の『百鬼夜行図屛風《ひゃっきやこうずびょうぶ》』に描かれる異形は、たしかに現在でいうところの〝妖怪〟とほぼ同じ絵です。しかし、たとえば達磨や鍾馗《しょうき》様、蝦蟇仙人《がませんにん》などは、そもそも中国人――唐人画として狩野派《かのうは》に古くからある画題です。地獄太夫《だゆう》というのも一時期流行った画題です。鬼は鬼です。天狗は天狗、河童は河童です。単なる動物の戯画もあります。でも、現在の私たちのフィルターを通して見るとみんな〝妖怪〟に見えるようです。単に擬人化されているだけの動物の絵も、「人間のような仕草《しぐさ》をしているから」〝妖怪〟だという発想になっちゃう。タヌキはタヌキ、キツネはキツネ、ネコはネコなんですが。

つまり、以前は〝妖怪〟のカテゴリに入っていなかったものが、現代になって一気に〝妖怪〟に分類されてしまっているというわけですね。暁斎が好んで描いた画題の多くが、現代人の目には〝妖怪〟っぽく見えてしまう――そういう状況が、ここ二〇年のうちに訪れた、ということでしょう。

理由の二つ目は、暁斎がびっくりするぐらい〝絵がうまい〟ということです。よく天才と言われます。でも、私は天才という言葉があまり好きじゃないんですけどね。天才というのは天が与えたもうた才能、最初から備わっている力ということです。

天才と言われる人のほとんどが、最初からそんな力を持って生まれてきたわけではありません。彼らは彼らなりに勉強し、努力を重ねた結果、天才と呼ばれるような業績を残したというに過ぎません。人間の才能などというのは、だいたい同じようなものです。肉体的なハンディキャップなどがある場合を除いて、おおむねどんぐりの背比べです。その中で、勉強して努力を重ね、他の人と違う仕事を成し遂げた人、他の人の行き着けないところまで到達した人、そういう人に向かって「あの人は天才だから」と片づけてしまうのはあまりにも失礼な気がします。

とはいえ、単に凄いというだけでは天才とは呼ばれません。天才と呼ばれる人たちの仕事や業績を振り返ってみると、私たちが想像できる進歩の範囲を超えているとか、ちょっとズレているとか、あるいは斜め上をいっているように「見えちゃう」んですね。そういう卓越した仕事は、普通の勉強や修業なんかではとうてい行き着けないだろうと、私たち凡人は思ってしまうんでしょう。だから「天才としか言いようがない」とまとめてしまうのでしょうが、それ、努力はしたくないとか勉強が嫌いだとかいう人のやっかみもかなり入っている気がしますね。本当は誰にでもできることなんですね。ただ、自分にはできないと思い込んでいる人には何故できるのか、どうしても理解できない。まあ、たいがいはできないんじゃなく、しないだけなんですが。暁斎は、できることをした人なんです。

まあ、六歳の頃から絵の力を認められていたというのですから、そこはまさに「梅檀《せんだん》は双葉《ふたば》より芳《かんば》し」ではあるんですが。そういうと、「そんなに幼い頃から絵を描いていたのか!」と驚く人がいるんですけど、でも六歳なら絵ぐらい描いてもおかしくありませんよね。嘘か本当かは知りませんが、暁斎の逸話では、最初に写生したのはカエルだったそうです。そして、カエルを描いたその段階で、絵描きさんに入門しちゃいます。

最初の入門先は、奇想の浮世絵師、歌川国芳《うたがわくによし》です。国芳も、いまやお化けの人です。昔は国芳とお化けはそれこそ全然結びつかなかったので戸惑いましたが。大きな魚や骸骨を描いているというだけで、もうお化けの人になってしまうんですね。国芳は「人間の動きをよく見ろ、アクティブに写生をしろ」と指導する人だったようです。

暁斎が子どもの頃に描いた作品に、喧嘩をしている人たちの絵があります。

これもあくまで逸話ですが、暁斎は長屋を回って、喧嘩があると現場に行って写生していたそうです。嫌な子どもですよね。誰かの作り話かもしれません。でも、そういう話が残っているぐらい、写生に力を入れていたようです。クロッキーですね。

これも伝説ですが、川で拾ってきたものを一所懸命に写生しているので、何を拾ってきたのかと見てみると、何と生首だった——というんですね。そんな暁斎の様子を見て、お父様かお母様が「ちょっとやばいんじゃないか」と思ったのでしょう。

まあ思うかもしれません。カエル、喧嘩、生首ですから。その段階でもう〝妖怪〟の周りをうろついているように思わないでもないですが。そこで親御さんは暁斎を名門の狩野派に再入門させます。

「天才です」

そこでもそう言われたようです。師匠は暁斎のことを画家の画に鬼と書いて「画鬼」と表現しています。そこで「鬼」がついてしまっているわけですね。

その後はいろいろあって狩野派を出るのですが——幕府のお抱え絵師として修業したのみならず、暁斎はさまざまな技法を学んだようです。

たとえば四条派です。四条派というのは、元をただせば俳画の派閥です。俳画とは俳句の題材を表した絵のことですね。四条派の祖である呉春《ごしゅん》は、俳人であり画家でもある与謝《よさ》蕪村《ぶそん》の影響を受けています。与謝蕪村もお化けの絵を描いた人ですね。それから、昨今人気の琳派《りんぱ》の画流も学んでいます。琳派もまた、俵屋《たわらや》宗達《そうたつ》の風神雷神図などがありますから、いまの世の中では〝妖怪〟の要素を感じるのかもしれません。

というかですね、私たちが主に〝妖怪〟と呼んでいるキャラクターの元となった鳥山石燕も、狩野派の絵師なんです。

さらに言うなら〝妖怪〟図像としてはいま一番有名と思われる『百鬼夜行絵巻』は、土佐派の絵師である土佐光信が描いたと伝えられています。「いやいや、そんなことを言ったら土佐派も狩野派もみんな〝妖怪〟になっちゃうじゃないか」と思われるかもしれませんが、その通りです。

だいたい昔の絵師は、いまと違って、先生から画題を与えてもらって描くのが修業でした。自分でモチーフを探し、構図を決めて描くわけではありません。師匠から「君はこれをこの通りに描きなさい」と言われて弟子が写すのです。模写から入るのが、いわゆる職人徒弟制度的な絵師のあり方でした。ですから師匠から受け継いだ絵を弟子が描いていくというのが当たり前だったのです。だから似た構図の絵はたくさんあります。そういうことを知らない人はパクリだと勘違いしてしまいますが、そういうものなのです。

お化けの絵も同じです。実は、土佐光信が描いたとされる『百鬼夜行絵巻』も、そっくりな絵巻が何十とあって、明治時代まで描き継がれています。

狩野派のほうも同じです。師匠から弟子に、弟子からその弟子にと描き継いできたお化けの絵巻があるんですね。土佐派のものに対して、狩野派のほうはややマイナーな感じですが、一体一体に名前が書いてあるのでお化け好きには人気ですね。

暁斎は、確実に両方の影響を受けています。

美と醜《しゅう》、内と外

暁斎は何故天才と呼ばれたのでしょう。

先ほど述べたように、暁斎は、一所懸命に絵の勉強を続けて努力しています。毎日のように絵を描いて修業に励んだようです。お酒好きだったらしく、「猩々狂斎《しょうじょう》」と名乗りました。猩々というのは、想像上の動物で疫病退散のご利益がある、顔も髪も真っ赤なお酒ばかり飲んでいるサルです。現代では猩々も〝妖怪〟に分類されています。

暁斎は多くの画題に挑み、たくさんの絵を残しました。

よく描いたカラスの絵などは、ものすごく高く売れたそうです。

実は暁斎は、他の絵師と違って与えられた画題をそのまま写さなかったのです。

画題の一つに、「手長足長」というのがあります。ものすごく足の長いオヤジと手の長いオヤジがセットで描かれるものです。「妖怪ですね」と言われたら、たいてい「そうなのか」と思います。伝承の中には似たようなお化けもいます。でも絵師が描く手長足長は〝妖怪〟ではありません。あれは、ああいう人なのです。「異国にはこんな人もいるのではないか」「探せばいるかもね」「昔はいたんじゃないのか」「仙人だな」という想像を絵にしたもので、一般的な画題です。暁斎も描いていますが、暁斎はただ描くわけではありません。

足の長いオヤジが手の長いオヤジを肩車しています。ここまではよくある絵です。でも手長オヤジは猿を手に持っています。しかも手長猿です。手長猿は手長エビを手にしています。足長、手長、手長、手長です。みんなきばって、お月様に向けて手を伸ばしています。それでもお月様には届かないよーという絵です。ふざけてますが、うまいんですね。狩野派のような堅苦しい系統の絵師はまず描かない絵ですね。暁斎は高い技術力でそういう絵を描いてしまうわけで、そのへんはやはり斜め上をいっています。

暁斎が描いた象の絵があります。象が日本にやってきた時に描いたものだそうです。暁斎は「ゾウなんか見たことないぞ」と思ったに違いありません。当時は日本ではなかなか見ることができない動物でしたから、実物を見てびっくりしたのでしょう、克明に描き写しています。ものすごい写生の力です。象が、象のしないような変なことをして遊んでいる絵もあります。それはもちろん写生ではないですね。でも実際に見たからこそ描けた絵ではあるでしょう。象の質感や構造を見極め、記憶して、応用しているんですね。

実は、そこが暁斎を天才と呼ばせた秘密だと私は思います。

暁斎は、師匠から受け継いだ画題や自分で見聞きして写生したものを、たぶん脳内でデータベース化してしまうのですね。そして、そのデータをまったく別のものに転用して作り変えてしまうんです。それまでの絵師はあまりやらなかったことです。

美人の横に骸骨を描こうとしたら、美人画のデータベースを検索します。相応しいものとして、室町時代の遊女である「地獄太夫」をチョイスして、それに「一休禅師」と「骸骨」を組み合わせます。美と醜、エロスとタナトスの、絶妙の組み合わせです。

きれいなものが描きたい絵師は、きれいなものしか描きません。暁斎はどうもそれでは物足りないようなのです。だから、自分のデータベースから相応しいものを捜し出し、組み合わせて画題を自分用にシフトさせます。そこが他の絵師と違うところですね。

その、暁斎が絵を「創る」システムは、現在の〝妖怪〟生成のシステムと非常によく似ています。画題として選ばれる素材も、現代の〝妖怪〟にカテゴライズされがちなものが多いんですね。

暁斎は、また、能や狂言の絵もたくさん残しています。私なんかも、暁斎といえば能や狂言の絵を描く人——という認識でした。

ただ暁斎は、絵を描くだけではなく自分でも舞台にあがっていたのです。

舞台の絵は、観客の視点で描くのが普通です。ところが暁斎の作品には、もちろん観客としての視点もあるのですが、演者としての視点もあるのです。舞台から見ているものもあります。演者としての視点、観客としての視点という、相反する視点が共存していなければ、描けない構図があるんです。

これもなかなかできることではありません。絵を描く人は、舞台にあがることはあまりないでしょう。逆に舞台役者は、あまり絵を描きません。外側と内側という相反する二つの視点を共存させるのは、なかなかどうして近代的な考え方です。

この外側と内側の視点は、諷刺画に繋がっていきます。

諷刺画は滑稽《こっけい》に描くものですから、笑わせようという意図はあったとは思います。しかしその笑いの後ろには、体制に対する批判がきっちりと刻まれています。

しかし諷刺は単なるレジスタンス行動ではありません。政治的な立場表明でもありませんん。もちろん怒りもあります。「真相を究明しろ」という思いもあるのかもしれません。でも、「真相を究明しろ」と言っている人が、面白い顔をしていたら、それも描きます。「隠さないでちゃんと証言しろ」と怒っている人も笑わせるのが諷刺画です。そして、真相を究明されたら困る人も描きます。

でも中立ではないんです。外側にいて傍観しているわけでもないんです。外側と内側の両方に視点を持っていなければ、本当の意味での諷刺はうまく描けないんですね。暁斎にはそれができたんでしょう。暁斎の諷刺は痛烈で、個性的です。鬼や河童をはじめ、いろいろなものを諷刺の材料にしています。もちろん、化け物も素材に選ばれました。

古来、化け物キャラクターは諷刺の材料に使われることが多かったんです。

化け物は、ある時は反体制の象徴として権力者をこき下ろし、ある時は自虐的に庶民生活を笑いものにしました。化け物は「人間の裏返し」として、人間社会そのものに痛烈な批判を浴びせるツールとして使われるものでもあったんです。キャラクターとしての化け物のそういう「機能」を暁斎はもちろん知っていたのでしょう。

暁斎は図らずも、そういう面からも〝妖怪〟に一歩近づいてしまいます。

一方で、化け物の「どう描いてもいい」フォルムも魅力的だったのかもしれません。まあ、もともと決まった形なんかないんですから、アレンジし放題ですし。

何だか四方八方から〝妖怪〟が一歩ずつ近づいてきている感じがしますね。本当は、別に〝妖怪〟なんかどうでもよかったはずの暁斎が気がつくと〝妖怪〟に包囲されている。

暁斎はお化けを素材に選びましたが、〝妖怪〟を描こうとしたわけではありません。暁斎の時代には、まだ近代的〝妖怪〟の仕組みは未完成だったんですから、当たり前です。でもその製作過程は非常に〝妖怪〟的なんです。その結果——没後一二〇年以上も経ってから、河鍋暁斎は〝妖怪〟の人認定されてしまったのかもしれません。

いずれにしろ、画力は恐ろしく高いんですが、一般的絵師の道からは外れてます。

そのへんが、「これはただの絵描きではない、俺たちの理解を超えたところにいる、天才だぞ」という評価に繋がったのではないかと思います。

〝妖怪〟はどう描かれてきたか

今度は、暁斎の視点からではなく〝妖怪〟側から見てみましょう。私は、どちらかというと〝妖怪〟側の人と思われているもので。

ご承知の通り、この世にお化けはいません。仮にいたところで目には見えません。犬は昔からいましたから、誰が描こうと犬の絵はおおむね似たような絵になります。絵が苦手な人でも、一所懸命に犬を描けば、鳥や蛇には見えないでしょう。ところが、お化けは存在しないのですから、どんな形に描いてもかまわないはずです。

そもそもお化けは、その昔は、現在のような素《す》っ頓狂《とんきょう》な姿ではありませんでした。『妖怪ウォッチ』などに出てくる〝妖怪〟キャラは、人間だか動物だか宇宙人だかわからないような、非常に複雑怪奇な容姿《ようし》で、しかもちょっと可愛いものになっています。

でも、昔はそんなヘンテコな容姿のお化けはいませんでした。だいたい人間と同じような形だったんですね。そういうものはあまり絵に描かれないですね。描いたところで、人なので。

絵画で古い形だと――たとえば中国では、大昔は人面獣身が人外《じんがい》の基本でした。顔が人で胴体が動物です。蛇に人の首がついているとか、人面の鳥や獅子なんかですね。

そのうち、人間は人間ではないものを「演じる」ようになってきます。人でないことを知らしめるために、仮面をつけるんですね。そうするとそれまで人面獣身だった神獣や妖獣が、一気に獣面人身にすり替わります。

絵画表現も同じ道をたどります。たとえば地獄絵に描かれている獄卒の牛頭《ごず》、馬頭《めず》なんかは、文字通り牛の頭と馬の頭ですね。人間の体に牛の顔、人間の体に馬の顔。あの手のものは、仮面をつけると人間が人間でなくなるという文化と呼応して生まれたフォルムだと考えられるものでしょう。

日本に目を向けてみても、そう変わりはありません。よく知られている「なまはげ」なんかもそうですね。角の生えたでっかい顔——の、お面かぶってます。体は人間です。角があるので鬼と思われがちですが、なまはげは神様ですね。あの異形の顔は、人間ではないという記号です。でもまあ、形は鬼、というか人間ですね。

まあ、昔の異形はそれくらいのもので、後は鬼から天狗が派生したりするんですが、人間型ではあるんです。怪物みたいなものとしては、大きな蜘蛛やら蛇やら——後は中国由来の神獣なんかなんでしょうけど、神獣なんかはむしろ、図案として使用されることが多かったんでしょうから、いわゆるお化け——後の〝妖怪〟とは違いますね。

ある時期それが爆発的に、ものすごい勢いで多様化するんですね。

室町前後でしょうか。例の『百鬼夜行絵巻』が描かれたあたりですか。お化けのカンブリア紀ですね。

太古、人間にとって畏怖《いふ》の対象となったのは、抗うことができない事象、自然災害であり、自然そのものでした。しかし技術の向上が、少しずつ人間に自然をコントロールする力を与えてくれました。しかしそうなると、技術そのものが畏怖の対象になっていきますね。特殊な技術を持った渡来人なんかも、ある意味では畏怖の対象でした。でも、技術はやがて一般に解放されます。そうすると畏怖感は軽減されますね。

ただ怖がっているうちは対象がお化けになることはないんですね。

「大昔の人は天変地異が怖かったから〝妖怪〟に見立てて怖れた」「まつろわぬ民や技術系渡来民は〝妖怪〟として怖れられた」よく耳にする言説です。でもそれ、あっているようで違います。たとえば自然災害は人間、しかも個人に仮託する形でやっと「怨霊」として怖れられるようになりました。「河童渡来人説」なんてのもありますが、人は人で、お化けではありません。渡来人が「人間だ」と認識されたその後に、渡来人が持っていた「神秘性」が分離して、そちらがお化けになったんです。どんなに怖くたって自然は自然、人間は人間です。怖くなって初めてお化けは生まれるんです。小馬鹿にできるからです。

ここで注目したいのは、「道具」です。

道具は人にはできないことをできるようにしてくれるものです。技術を行使するために は欠かせないものですね。ハサミなくして紙はスパスパ切れません。ハサミを初めて見た人は「何故切れる?」とびっくりしたでしょう。魔法に見えたかもしれません。道具って原理原則を知らなければマジカル・アイテムなんですね。でも便利な道具はやがて誰にでも使えるようになります。そうなれば原理原則をよく知らなくても別に魔法ではなくなります。で——道具に手と足をつけるだけでお化けになるな、と誰かが気づいたんです。

たとえば、琵琶《びわ》という楽器があります。あれ、半月という部分が二つの目のように見えるので、どことなく顔みたいに見えます。体をつければ、お化けになる。いや、何だって目鼻をつければ顔になる、手足をつければお化けになるんじゃないか。ならけだものもブレンドしてみよう——この発明はお化けのエポック・メーキングになったのです。

何百年も経ったいまでも、土佐派の『百鬼夜行絵巻』に描かれている異形どもは、スタンダードな〝妖怪〟として認識されているわけです。

さて、さらに時代が下ると、流通事情も改善され地方の情報が都市部に流れ込んでくるようになります。いわば、国内「大航海時代」の到来ですね。大航海時代というのは平たく言えばヨーロッパの人たちがアフリカやらアジアやらアメリカに行けるようになったということなんですが、彼らは行った先で集めた珍奇なものごとを持ち帰ったわけですね。

それが「博物学」を生みました。万物を並べて見せる学問ですね。まあ、ホンモノを持ち帰れるなら一番いいんですが、持ち帰れないものは陳列も紹介もできないので、絵に描きました。「博物誌」です。

日本国内でも同じようなものが作られます。諸国の事物は絵や文章にされました。お化けもそうですね。狩野派のお化け絵巻は、この博物誌のパロディのようなものです。何故パロディというかといえば、まあお化けはいないということをみんな知っていただろうからです。わかっているのに、実在の動物っぽく描く。UMA(未確認動物)扱いにするんですね。ツチノコとかネッシーとかヒバゴンとかと同様に扱うわけです。いるわけもない変なモノを実在のものっぽく描く、これもお化け表現のカンフル剤となりました。それは創作にも影響を与え、お化けキャラ生成の基礎になっていきます。

そして、先ほども少し触れた鳥山石燕が登場します。石燕は、狩野派と土佐派のお化けどもを一つに統合しました。名前と形しかなかった狩野派のお化けにもそれなりの解説や物語を与え、ただの「ビジュアル系」だった土佐派のお化けも一体ずつ切り離して同じように並べました。絵巻には載らない鬼だの天狗だのというポピュラーな連中や、説話などで知られる異形たちも同じように描き、石燕の創作お化けも織り交ぜました。ある意味で暴挙です。もっというなら、反則ですね。

石燕の作品は、いまでこそ元祖「妖怪図鑑」のように扱われていますが、実際はそういうわけでもないようです。石燕はお化けを看板にしただけです。絵や詞《ことば》にいろいろなネタを仕込んで諷刺や諧謔のための絵を描いたんです。絵解きをしていくと、誰かの悪口だったり、誹謗中傷《ひぼうちゅうしょう》だったりするものもあります。表面的にはお化け図鑑ですが、いくつもの意味が折り込まれているんですね。こういう手法を、短歌に応用したものが、「狂歌」と呼ばれるものですね。

暁斎の暁という字は、元は「狂」だったそうです。もしかしたら狂歌を意識したのじゃないかと想像したりもします。

鳥山石燕は、似たようなものを集め、表現のレベルを統一し、キャラ化することで再度分化し、その上で何かに応用するという、後の〝妖怪〟生成の基本マニュアルを提示した人なんです。後に、これに触発された水木しげるなんかが〝妖怪〟ビッグバンを引き起こすわけですが――それは昭和のお話で。

ただ、石燕と水木しげるが直線的に繋がっているかというと、それは違います。たとえば最近注目度が高い葛飾北斎《かつしかほくさい》なんかも忘れてはいけません。北斎は、お化けをメインに描いていたわけではないですが、暁斎と同じようにたくさんの画題を好きなように描き分けていた人です。やはり天才と呼ばれることが多い人ですね。

北斎が描いたお化けの絵では『百物語』シリーズが有名です。「こはだ小平二」「さらやしき」「しうねん」など、多くは怪談もののお芝居に材を採っています。まあ、お芝居の絵というのは人気があったんですね。たくさん描かれています。いま幽霊画として紹介されているものの中にも、幽霊芝居の舞台を描いたものが多数まじっています。でも北斎は舞台の絵なんか描きやしません。

「こはだ小平二」の小平次というのは日本では珍しい男の幽霊で、死んだ後に帰ってくる役者という都市伝説を題材とした小説や演劇で、人気がありました。でも北斎は皮が剝けて筋がむき出しの骸骨を描きます。リアルなのですが、舞台上では絶対に表現できないですね。SFXも何もないんですから。「さらやしき」は、有名な皿屋敷伝説を題材にした作品です。井戸からお菊さんが出てくるわけですが、首と胴体の部分がすべて皿になっています。これも芝居で再現するのは困難です。「笑ひはんにゃ」は、赤ん坊の首をもいで笑っています。実際にもいだら大変なことになってしまいます。「しうねん」は、ヘビが位牌に巻きついているだけです。しかし、ヘビに演技指導はできませんから、こんな都合の良い絵面《えづら》は舞台上では再現できません。北斎は舞台では表現できないものをリアルに描いたんですね。ひねくれているというか、画家の矜持というか、すごい絵師ですね。

お化けの絵はテクニックさえあれば改変可能――これ、実は大きいポイントです。

それまでは基本は「写す」、「似せる」です。写し損ねたり、似てなかったりはするんですが、フォルムは基本、継承されるんです。何故ならお化けは実在しないからです。先人が描いた絵しかないんです。下手な絵や、あんまりピンとこない絵は淘汰されて消えていきますから、生き残った絵は民意を得たものとして受け継がれるんですね。でも、それよりさらに「それらしく」描けるならOKだと、北斎は証明しちゃったんですね。

さて、ここで材料が出そろいました。河鍋暁斎は、これらの材料をスキャンしてデータバンクに入れ、自らの描きたいものに応用したんです。

『暁斎百《ひゃっき》鬼画談《がだん》』は一見、土佐派『百鬼夜行絵巻』の模写に思えます。でも進むにつれ狩野派のお化けが交《ま》じってきます。しかも明らかに石燕アレンジのフォルムですね。「混ぜただけじゃん」と思うかもしれませんが、違います。暁斎ナイズされているんです。

一番わかりやすい例が「うぶめ」です。うぶめは産む女と書きます。お産で亡くなった女性が化けて出たものですね。民間伝承にも見られ、古典籍にも載っています。ざんばら髪で白い服を着て、柳の下で赤子を抱いています。多くは前を通る人に「赤子を抱いてくれ」と言います。産女《うぶめ》の絵はたくさん残されていますが、どれも女性が赤ん坊を抱いているだけの絵です。別に角が生えているわけでも、首が二つあるわけでも、目が四つあるわけでもありません。同じ格好で浜に立っていれば磯女、雪の中に立っていれば雪女です。

それが日本の民俗社会における化け物の伝統なんです。ところが、暁斎のうぶめは違うんですね。見ていただくとわかるのですが、赤ん坊を抱いている手が、鳥の羽になっているんです。

石燕も産女を描いていますが、それは狩野派系の絵巻と大きく違っていません。ただ表記が姑獲鳥となっています。「うぶめ」とルビがふってありますが、およそ無茶な読み方ですよ。当て字です。これは、本来コカクチョウと読む、中国の神霊です。こちらは赤ん坊をさらう鳥ですね。鳥なんです。

でも「子どもを抱いてくれ」と「子どもをさらう」じゃ正反対ですよね。姿形もかなり違います。

江戸の初め、林《はやし》羅山《らざん》という儒学者がいました。羅山は徳川三代に仕え、多くの功績を残していますが、名前と物の対応関係を明確にしていく「名物学」も手がけていました。中国語のコレは日本のこれ、と対応させていったんですね。その羅山が中国の姑獲鳥《こかくちょう》と日本の産女を比べて、「同じものだ、と俺は思う」と書き記しました。この「俺は思う」というところはとても大事なんですが、だいたいの人はそこを読み落として「同じものだ」と認識してしまうんですね。そもそも産女を鳥と解釈するむきはあって、産女鳥という表記もあるので、まるきりハズレではないんですけども。

ただ、図像の場合は女の姿ですね。石燕のウブメも女です。ただ、遠目に見ると髪の毛の形が鳥っぽく見えるようには描いています。暁斎ももちろんそのへんのことは承知だったんでしょう。データベースから鳥の翼と赤ん坊を抱いた女を検索し、まるで特撮の怪人のように腕を翼に変えて、無理矢理に赤ん坊も抱かせた絵に仕立てたんですね。羽で子どもを抱くってかなり無理筋なので、下手な絵師には描けません。「それアリなんだ」というような革新的な描き方です。

「ぬらりひょん」というお化けも、石燕の絵からはかなり変えられています。構成要素は変わりませんが、石燕のものはほぼ人間の比率なのに対し、暁斎のぬらりひょんは頭部が異様に大きくなり、後頭部がエイリアンのように伸びています。これは石燕が参考にした絵巻版に近いですね。暁斎は両方のデータをインプットしていたんでしょう。

この先祖返りは、他の化け物たちとデフォルメのレベルを合わるためだったんだと思います。「サザエさん」のアニメのキャラが一人だけ八頭身だと変ですよね。

暁斎はお化けが描きたかったんではなくて、お化けの群れが描きたかったんです。『暁斎百鬼画談』は過去に描かれたお化けの絵を模写したのでも、真似したのでも、参考にしたのでもないんです。データとして取り込み、分解しリミックスした上で、自分の描きたいスタイルにカスタマイズして出力したんですね。

暁斎はデッサン力が高いので、たとえば骸骨なんかを描いてもリアルです。でも、見て描いたのかというとそうではない。先ほど言いました象の絵、あれはもちろん写生しているんですが、見たままし か描けない人は、逆立ちした象を描いてくださいと頼んでも「見てないから描けない」というでしょう。暁斎は描けるんです。スケッチしたデータがあれば、逆立ちしたり、鼻を伸ばしたり丸めたり、歌ったり踊ったりする象が描けちゃう。まるで3DCGアニメみたいですが、実際そういう感じなのでしょう。

それまで「写すもの」だった画題も、暁斎には素材に過ぎませんでした。

鍾馗様といえば、五月人形なんかにもなっている道教の神様ですが、魔除けになるとして喜ばれた画題でもあります。たいがい威風堂々と描かれるものです。が――暁斎にかかるととんでもないことになります。暁斎の描く鍾馗様は、釣りをしているんですね。しかも河童を釣ってます。そのうえ、餌は鬼です。鬼は首に縄をつけられて、お尻を出しています。鬼のお尻で尻子玉《しりこだま》を狙う河童をおびき寄せようというわけですね。茂みの陰では鍾馗様が罠《わな》の紐を引っ張ろうとしています。ひどいです。それが、ふざけた筆致で描かれているならまだしも、端正なタッチできちんと細かく描かれているのですから、おかしさは倍増です。

こんな情景、見ようと思っても見られるものではありませんね。

阿弥陀《あみだ》如来が鼻に割り箸をさして馬鹿っぽく踊っている姿を見たことがある人はいないでしょう。もちろん暁斎だって見たことはないはずです。でも、彼はそれを見てきたかのように描けるのです。宴会でふざけるバカオヤジを阿弥陀様に変更するくらい、簡単なことだったのでしょう。

暁斎にとっては、お化けも材料に過ぎません。どう組み合わせるかで、まったく別のものを見せてくれるんです。まあ、お化けなんてものは材料に過ぎないぐらいの感覚で丁度いいんですね。

これは、いまの〝妖怪〟の作られ方とよく似ているんです。

伝・土佐光信の『百鬼夜行絵巻』から幾星霜、数々のクリエイターの手でメタモルフォーゼをくり返してきたお化けの図像は、昭和に入り、水木しげるの手で〝妖怪〟に進化します。水木しげるは、〝妖怪〟を図像化するにあたり、まったく関連性のない事物を組み合わせることにより、まったく別のものを創るという手法を編み出しました。イメージのコラージュです。暁斎と同じ手法のようですが、暁斎と水木の間には「漫画表現の確立」というゲートがあるんですね。抽象化のレベルは大きく違っています。

コマ分割による表現手法の確立は、絵そのものにも影響しているでしょう。また明治期と昭和後期では、摂取できる情報量も格段に増えているんですね。

とはいえ、暁斎の手法が漫画そのものに与えた影響というものも少なからずあるとは思うんですね。戯画から漫画へ、そして絵巻物や絵草紙から漫画へとシフトしていく過程にも、河鍋暁斎の存在は大きいという気がしています。

そうしたことを抜きにしても、暁斎も水木も徹底的にフォルムとタッチに拘泥した人ではあったんですね。北斎にしてもそうですが、やはりお化けは「天才」と呼ばれてしまうような、斜め上をいく技巧を持ったクリエイターたちの手で「作られて」きたものなのだな、と改めて思うわけです。

〝妖怪〟は、昔から伝えられているものだと思っていらっしゃる方は、ことの他多いのではないでしょうか。必ず伝承が残っている、必ずどこかの地域と結びついていると考えてはいませんか。そんなことはないんですね。〝妖怪〟は半分くらいは絵だけしかないんです。フォルムが面白ければ残るし、広まります。そういうものを無理矢理に地域や伝承と結びつけて、民俗由来の〝妖怪〟に「してしまう」ような困った事例を昨今よく見かけるわけですが、それは無意味だし、一種の歴史改竄ですね。お化けはもっといい加減なものですし、そのお化けに根を持つ〝妖怪〟は、もっといい加減なんです。形が面白ければそれでいいんです。だからこそ、優れた造形能力、表現力を持つクリエイターが「お化けを作る」ことになるんですね。

記憶と整理

暁斎はお化けばかり描いていたわけではありませんが、〝妖怪〟の生成過程に多大な影響を与えたクリエイターの一人ではあるんでしょう。技量は真似できませんが発想は真似ることができます。そういう意味で、日本の娯楽文化、あるいは通俗的な文化に与えた影響は計り知れないという気もします。最初に私は、暁斎は〝妖怪〟の人ではないと思っていたと言いました。ですからあまり真面目に考えたことはなかったのですが、今回そこに気づいた時は「あ、ちょっとスゴいかも」と思った次第です。

暁斎の画題は千変万化です。お化けの絵や滑稽な風刺画の話ばかりしましたが、そうでない絵もたくさん描いています。大作から細かいものまで、いったい何をどれだけ描いたのか把握できないぐらい、たくさん描いています。

暁斎の絵は、どれを見ても楽しくなります。真面目に描いている絵も、恐ろしげな絵も楽しいですね。たとえば、私は暁斎のカラスの絵に魅かれるんですが――でも、あんなにたくさんカラスを描いていたとは思いませんでした。何か思うところがあったのか、好きだったのか、身の周りにカラスが多かったのか――いや、あんなにカラスがいたら大変ですよね。

　正面から見たコイの絵も描いています。私たちは、いまでこそ水族館で魚を横から見ることができますが、そうなったのは最近のことです。昔ガラスは高額でしたから、丸い金《きん》魚鉢《ぎょばち》で金魚が泳いでいるのを横から見られるのは、お大名ぐらいでした。だいたいの人はタライで飼っていて上から見ていましたから、金魚の絵は上から見たものばかりです。背中ばっかり描かれています。でも、いまだって横向きに泳いでいるところは見られるようになりましたが、正面から見ますか。さばく時だって正面からは見ないです。魚の正面って、ほぼ見る機会がないです。暁斎は実物を見たんでしょうけど、捕まえて見るしかないんですから、じっくり写生したとも思えません。覚えてたんでしょうね。もしかしたら河鍋暁斎は非常に記憶力のいい人だったのではないでしょうか。

記憶力というのは優れていればいいというものではありません。大事なのは、記憶を整理整頓することです。そうでなければいざという時、役に立ちません。

　整理整頓は人生で一番大事なことです。

　暁斎は、大変マメに日記をつけていました。全部は発見されていないようですが、最近日記の抜粋が読めるようになりました。読んでみると、これが実に細かい。天気も書いています。訪問した人の似顔絵も描いています。たぶん、よく似ています。似顔絵って、記憶し、情報を整理し、取捨選択して再構成しなければ描けないんですね。

暁斎の似顔絵は絶品です。来た人、来た人、細かく描いています。ちなみに、水木しげるも似顔絵をよく描きました。これも似ています。さらにちなみに水木もほぼ毎日、細かく記録を取る人でした。日記を書くというのは、結構大変なことです。続きませんね。三日坊主だったらいいほうです。書いてみようと思うだけの人がほとんどです。しかも細かく記すとなると、よほど几帳面じゃないとできません。

江戸川乱歩《えどがわらんぽ》も自分に関する新聞などの記事の切り抜きなどを集めた『貼雑年譜《はりまぜ》』というものを作っていました。これも細かい仕事です。整理整頓がとても好きだったのだと思います。でも暁斎は「貼り雑ぜ」ではなく、筆で書いていますからね。大変なことだと思います。見習いたいところです。

ただ、几帳面で細かい人だったのかというと、その一方でお酒もお好きだったようですし、破天荒なところもややあったようです。

暁斎の日記は、まだ見つかっていないものが、おそらく二、三〇年ぶんはあると思われます。ぜひ、残りの日記も発見していただいて、出版していただきたいなと思います。本当に面白いので、読みたいです。ちなみにこの間、水木しげるさんの日記も見つかったんですね。これも面白いんですが、全集の監修者としては——頭の痛いところです。

暁斎には失くなってしまった作品もたくさんあるようです。そういうものを所持されている方がいらっしゃいましたら、ぜひ公にしていただきたいと思います。いや、売ってくれとは言いませんよ。高いでしょうから。

暁斎は何を描いているかわからないですからね。福禄寿《ふくろくじゅ》の絵なんか、描くたびに頭が長くなっていきますからね。頭を剃るのに、脚立に乗ったり、はしごをかけたり、しまいには手長足長が剃ったりしてます。これ以上エスカレートしていたとしたら、どうなっちゃうんでしょう。想像もできないですが、そんなまだ見ぬ傑作が、どこかに眠っているかもしれないんですね。見つかるたびに、びっくりするようなことになると思うので、今後が楽しみです。

（二〇一七年三月二六日）

ちえりあ
演会
怪談と妖怪

第七談
幽霊は怖いのだろうか？

札幌市生涯学習センター
ちえりあ講演会
「怪談と妖怪」
於・札幌市生涯学習センター　ちえりあ

夏は「怖い」のか

夏になると、テレビで「心霊特番」的な番組がよく放送されます。「あそこのトンネルで恐ろしい目に遭った」という定番の心霊スポットものから、最近は、「スマホで撮影した動画に、何か不気味なものが映っている」という投稿心霊動画なんかも人気のようです。

私が子どもの頃なんかも、夏休みになると毎年、『お昼のワイドショー』という日本テレビの帯番組で「怪奇特集!! あなたの知らない世界」なんてのをやっていました。その中の再現ドラマコーナーは、いろんな意味でいまでも語りぐさです。子どもたちの間でも人気でした。連続ドラマも夏場には「怪談シリーズ」なんかを放映していました。

映画に目を向けると、ホラー映画の人気も根強いですね。アンデッドものはほぼ定番になりましたし、Ｊホラーはハリウッドにも進出し、国内でも盛況です。こちらは昨今通年の感がありますが、かつて「怪談映画」の上映は、夏場に限定されていました。東映、東宝、松竹、いまはなき大映、新東宝などがこぞって、「四谷怪談」のようなメジャー作品からよくわからないマイナー作品まで、幽霊をずらっと並べていたものです。

怪談は、昔から人気のコンテンツです。まだ頭にちょんまげを載せていた時代には、スマホもテレビもありませんから、娯楽といえばお芝居でした。芝居小屋でも、やはり夏場になると怪談ものが上演されていました。

しかし、改めて考えてみれば、何故夏になると怪談話がもてはやされるんでしょう。冬になると幽霊も寒がって出てこないというわけではないはずです。

夏に怪談話が多いのは、お盆があるからだという説があります。

お盆には、ご先祖様の霊があの世からこちらの世界に帰ってきます。そして子孫とともに過ごし、またあの世に帰っていきますね。これは仏事であるという以前に、日本古来の祖霊《それい》信仰に基づく風習と考えたほうがいいようです。お化けとご先祖様の霊を一緒に扱ったりしたら叱られてしまいそうですが、夏場が、亡くなった人の霊を身近に感じる季節であったことは間違いありません。

夏が「暑い」のも理由のひとつでしょうか。

怖い話を聞くと背筋がゾッとする、といいますね。「恐怖で凍りついた」とか「肝《きも》を冷やした」とか、恐怖や驚きから「冷え」を感じさせる表現はいくつもあります。「納涼《のうりょう》怪談大会」だとか「納涼お化け屋敷」と、頭に「納涼」とつけますしね。実際に涼しくなるわけではないんですが、風鈴同様、涼しさを感じさせるものではあるんでしょう。つまりエアコン代わりというわけです。

夏は肌の露出が増えるから、という説もあります。

肌の露出と怪談の流行に何の関係があるんだ――と思いますね。人は露出が多いほうが怖がりやすいということなんですね。服を着込んでいるほうが、あるいは厚い布団をかけていたほうが、怖さを感じにくいということでしょう。たしかに、薄着でいると無防備になったような感じはします。外気と直接触れる部分が多くなると、何となく不安にもなるのでしょう。でも考えてみれば、衣服にしても布団にしても、布ですからね、そんなもので防げるものなどないように思います。でも布が体表を覆《おお》っているほうが、「怖くない」というんですね。夏にはそのシールドがなくなる、というわけです。

では、布は人を何から遮断してくれるんでしょう。

どうもはっきりしませんね。考えてみましょう。

幽霊が「怖い」のか

そもそも怪談や心霊譚は何故怖いのでしょうか。幽霊が出てくる話が多いからでしょうか。怪談には幽霊が出てこない不思議なだけの不条理譚もありますが、やはり怖がられるのは幽霊の話ですし、圧倒的に数が多いのも幽霊談です。それらは霊的な何かが存在するという前提があるから怖いんでしょうね。当たり前ですが、幽霊はいる、いるかもしれないと思うから怖いんでしょう。

一方で「幽霊なんて怖くない」という人もいます。理由を尋ねると「だって幽霊なんていないじゃん」と答えます。「もし本当に幽霊がいたら？」と重ねて聞くと、「本当にいたら怖いよ」と――まあだいたいそう答えますね。幽霊そのものは恐ろしいわけです。

世の中には幽霊を見たという人がたくさんいますが、ほとんどは見間違いか、思い込みか、あるいは嘘をついているかのいずれかです。何かしらの疾病《しっぺい》の可能性もあります。

幽霊がいるかいないかの議論はさておき、ここでは幽霊はいるという前提で話を進めます。幽霊が存在すると仮定して、次にわく疑問は「幽霊とは何か？」です。

幽霊は、もちろん「亡くなった方」ですね。死んだはずの人間が目の前にいる。存在するはずがないものが存在する。だから恐ろしい、ということになるでしょうか。

しかしよく考えてみましょう。

亡くなった人が現れたとして、何故怖いのでしょうか。たしかに、人間は死ねばおおむね葬られます。焼かれたり埋められたりした人が目の前に立っていたら、明らかに変です。だからといって怖がる必要はない気がします。

むしろ、亡くなった方とコンタクトできるのは素敵なことです。家族や親しい人と死に別れるのは辛いことです。二度と会えない、話もできないというのは悲しいことです。しかし幽霊が存在するなら、愛する人を亡くしてもまた会えるかもしれない。永遠の別れを悲しまなくてもいい。幽霊になったらもう死なないのですから、ずっと一緒にいられるかもしれません。むしろ、喜ばしいことじゃないんでしょうか。

幽霊が怖いと思う気持ちの底のほうには、死に対する恐れがある――とも言われます。

死んだ後どうなるか知っている人はいません。死後の世界があるかないか、これは議論するだけ無駄です。絶対にわからないからです。死んでしまったら、もう二度とこの世に戻ってはこられません。行きっぱなしの一方通行ですから、死後の世界があるかないかは想像するしかないんです。だから怖い。それはわからないではありません。「人間死んだらそれまでだ」と考えている人は、まあ幽霊もいないというでしょうね。それまでなんですから。幽霊の存在は、死後「何かはある」という証明になるんです。

なら、幽霊がいたら喜ぶべきじゃないですか。本当に幽霊がいるのであれば、「死んだ後もこの世に出てこられるのね」と思えるわけですよね。そうなると、死ぬこともあまり怖くなくなります。幽霊がいると確信している人が幽霊を見たら、むしろ安心できるんじゃないんですか。死んだ人と会えたんだし、怖がる必要はないことになります。

ところが、幽霊はいるんだと強く信じている人のほとんどが幽霊を怖がるんですね。

理由を聞くと、首をかしげたくなります。

「だって幽霊は、何か恨みごとがあるわけでしょ。この世に思い残すことのない人は成仏してるから幽霊にならないでしょう。幽霊として出てきている以上、何かしらの恨みがあるんじゃないの？」

恨みを持って存在しているから、幽霊は怖いという理屈です。

でも、その人が恨まれているわけではないのなら、別に恨みがあってもいいじゃないですか。愚痴を聞いてあげましょうよ。「俺はあいつを強く恨んでいるから、見ず知らずのおまえをとり殺してやる」って、まるで筋が通りません。いや、恨まれるような覚えがある人にとっては、怖いのかもしれません。悪いことをしているなら、相手が生きてたって仕返しされるかもしれないですし、幽霊なら防ぎにくいですよ、死んでるんだし。でもそれ以外の人にとっては、別になんの害もない――はずなんですが。

いえ、昔はそうだったんです。江戸時代のお話では、たいてい亡くなった人をいじめたやつとか、殺してしまった犯人とか、生前にひどいことをした人たちが幽霊に祟られるという筋書きになっています。当事者以外の人は、まあ多少は妙に思うんでしょうが、別に怖がるような要素はなく――と、いうより本人以外幽霊が見えないんです。で、「やっぱり悪いことをしてはイカんね」という、伝統的な因果応報話に落ち着くものが多いですね。

しかし、昨今の怖い話は、江戸時代とは違っています。テレビでビデオを見ただけで死ぬとか、家を借りたら二階から得体のしれないもんが下りてきて死ぬとか、電話に出ると死ぬとか、そういう話がメジャーになりました。しかも3Dだったりします。

幽霊の被害者は、多少素行が悪かったりはしますが、幽霊に何か悪いことをしたわけではないですね。たとえば、貞子さんとか伽椰子さんに悪いことをした人たちだけがひどい目に遭うわけではありません。悪いことをした人の巻き添えを食らっているだけです。被害者がホントに悪人だったとしても、幽霊は仕事人や地獄少女じゃないんですから、他人の恨みまで晴らす必要はないです。これはもう、無差別殺人です。

こんな通り魔みたいな幽霊が最近は流行っているわけですが、何か理屈に合いませんよね。まあコミュニケーションが取れない恐怖というのはあるんですが、不条理というよりも、これはいわば、ホラー映画の怖さを引き写している感じですね。

殺されるから「怖い」のか

　ホラー映画というか、スプラッタなのか、ゴア・ムービーなのか、分類はよくわかりませんが、たとえば、有名なホッケーマスクを被った人が鉈《なた》を持ってやってきますよね。あの人は、特に悪いことをしたわけでもないちゃらちゃら遊んでただけの若者をザックザク殺しますね。あれは嫉妬してるんですかね。それから眠っちゃうと手に長い爪をつけた人にヒドイことされて殺されたりします。別に寝るのは悪いことではないんですけどね。まあ、何という理不尽。

　あれは、ハラハラドキドキのスリルに加えて、観客のみなさんにも「私も殺《や》られちゃうかも」という恐怖を味わってもらおうということなんでしょうけど——まあ、ジェイソンにしてもフレディにしても、多少見た目は悪いですが、危害を加えてこないなら、ただの変な人です。殺そうとしてくるから怖いんです。

　幽霊であっても同じことです。貞子にしたって、まあ妙なところから出てこられたら驚きますが、とり殺さないんなら髪の長いだけの女の人ですよ。正直知らない人の幽霊なんで、迷惑ですけどね。

　つまり、幽霊そのものが恐ろしいというわけでもないんですよね。

そういう作品ばかり見ていると、幽霊とはそういうものだと思い込んじゃいますね。

そうしてみると、心霊スポットというのもおかしなものです。たとえば、トンネルで幽霊に出合って怖い目に遭うという話は定番ですが、別にトンネルを通ることは悪いことではありませんよね。でも病気になったり不運になったり死んじゃったりします。

そういうのは幽霊の領分じゃなくて、本来は神様の領分なんですね。別に悪いことをしなくても、前を通っただけで罰を受けるとか、触っただけで祟るとか、そういうのは古来神霊のすることです。神様に理由は要りません。ダメといったらダメなんですね。別にバチ当たりなことをしなくても、神様ルールに触れれば罰が与えられるんです。禁足地というのは、神域だったんです。忌まわしいというより神聖な場所ですよね。

それがいつの間にか幽霊の溜まり場みたいになっちゃったんです。そういうエピソードばかりがあまりにも当たり前のように語られるものですから、そもそも何故、幽霊が怖いのかなんて考える人は、もうあまりいませんよね。でも、思い込みや先入観を捨てて冷静に考えてみると――何かどこかが違っているようにも感じませんでしょうか。

たしかに亡くなった人が目の前に現れたら、それはとても不思議なことです。でも、それを「いたずらに恐れる」風潮というのは、私たちの本来の文化に沿ったものなのでしょうか。少し考えてみる必要があるでしょう。

見た目が「怖い」のか

ここで少し目先を変えて、じゃあ何が「怖い」のかを考えてみます。

怪談や〝妖怪〟に近いもので、「都市伝説」と呼ばれるものがあります。メディアを通じて短期間に広範囲に拡散する、出所が明確でない噂話、流言蜚語《りゅうげんひご》のたぐいですね。

有名なのは「口裂《さ》け女」です。マスクをしていて、マスクを取ると耳のあたりまで口が裂けている女性——というのが、一般的な姿です。ネットのない時代ですから、口づてに広がったものですね。

口裂け女が流行ったのは三五、六年も前のことですが、その当時、私は北海道の辺境に住んでいました。高校一年生だったはずです。当時の情報伝達速度は現在とは比べものにならないほど遅くって、情報の共有は難しい時代です。情報量の地域格差もあったと思います。遠隔地で何が起きているのかリアルタイムで知ることなんかできません。ですから、流言はまず「地元の話」として届くんです。

町外れの橋あたりに、マスクをつけた女が待ち構えており、問いかけてきて答えを誤ると、鎌で切りつけてくるという話でした。その女は足が速いので逃げても追いつかれ、後ろから切られてしまうというんです。怖いですね。

私は引っ越したばかりで土地勘もまったくなく、古くからの知人なんかもいなかったんですね。先輩や同級生に真顔で「どこそこにある病院から逃げ出してきたらしい」なんて言われて、困ったことだなあと思ったものです。二日か三日ぐらいで噂は聞こえなくなりましたし、後日譚もなかったのでデマだとすぐにわかりましたが、それが全国的に流されたデマだったと知ったのはかなり後のことでした。

いまでは、口裂け女といえば半ばキャラクター化して〝妖怪〟の仲間に入っているようなものですが、当時は実話として語られたんです。だから怖かったんですね。

でも、その恐怖は何に対する恐怖だったのかといえば、「理由なく危害を加えられる」ことに対する恐怖なんですね。口裂け女の容姿は関係ないです。口裂け女は「美容整形に失敗した」と説明されることもあったようですが、そうだとしてもそれは怖さに繋がるものではないです。幽霊や〝妖怪〟だから怖いというわけでもないです。鎌を持って追っかけてくるから怖いんです。口が裂けていようが鼻が裂けていようが関係ないです。

物理的に危害を加えてくるから怖いのであって、幽霊の怖さとはまるで質が違います。

都市伝説と分類されるものには、たとえば下半身が欠損した「テケテケ」や、電話や夢で謎の問いかけをしてくる「カシマさん」など、いろいろあります。もう年々増えます。細かく説明はしませんが、おおむね「人とは違う」ポイントがもうけられています。

でも、それ自体は怖さに直結するものではないですね。それぞれひと通りの手続きを経た後に、結局殺されたり足をもがれたりどっかに連れていかれちゃったりするんです。そこが怖いんです。存在そのものの怖さから、危害を加えられるという怖さに、怖さをシフトさせているわけです。

何もしないのは「人面犬《じんめんけん》」くらいですね。名前の通り、体は犬ですが顔は人間、しかもさえない中年男性の顔をしています。ぎょっとして見ると、「ほっとけ」的な捨てゼリフを残してどっかいっちゃうんですね。まあ、これは元は創作のようですが、言い出しっぺと自称する人が複数いるので真相はわかりません。

しかし、この人面犬は何が怖いのでしょうか。人を嚙むなどして危害を加える凶暴な犬はたしかに怖いです。下手をすると命を失うこともあるでしょう。でも、顔はオヤジですから、犬歯もそんなに鋭くありません。嚙むといっても、犬に比べるとはるかに殺傷能力は低いです。しかも、喋ります。人語を解するということは、意思の疎通ができるということです。怖くないです。すごい速さで走るとか、追い抜かれた車は事故に遭うとか、尾ひれがついた話もありましたが、他の話とまじってます。

人面犬は怖いというより見た目が気持ち悪いだけなんですね。虫や蛇が嫌われるのと本質的には変わりありません。

ある種の生理的嫌悪感のようなものは、個人差こそあれ誰にでもあるものなのだと思います。これ、突き詰めていけばルッキズムなんかにも行き着くことなので慎重に考える必要はあると思いますが、人面犬の怖さは、本来そちら方面の怖さなんでしょう。

この手の話では古株になる「トイレの花子さん」は、学校の怪談ブームの際にはアニメにもなりましたし、いまも健在なのでご存じの方も多いと思います。私が子どもの頃、すでに花子さんの話はありました。うちの近所にも出ました。公園のトイレのドアをノックして「花子さーん」と呼ぶと誰もいないのに「はーい」と答えるというものでした。それだけです。が——怖がられていました。わずかな期間でしたが。幽霊だといわれていました。口裂け女よりさらに古い話ですから、全国区の話だとは思いもしませんでした。

花子さんも後に、「三番目の扉を三回ノックする」というような手続きが加えられ、ドアを開けると女の子がいて、トイレに引きずり込まれるなんてオマケがつくわけです。怖さの質がシフトしていったんですね。

まあ、こういう「オマケ」というのは昔からつくものではあります。お芝居の幽霊も「顔が醜くくずれる」というのが何となく定着し、後に「幽霊になると何の理由もなくお岩さんのような顔になっちゃう」現象が起きるわけですが——危害を加えられる怖さや外見の恐ろしさは、基本的に幽霊の怖さとは質が違うものだと思います。

それでは何が「怖い」のか

「耳なし芳一《ほういち》」などでおなじみの小泉《こいずみ》八雲《やくも》という作家がいます。ギリシャ人で、帰化するまではラフカディオ・ハーンという名前でした。ハーンは日本人ではありませんが、日本の民俗文化に傾倒し、幽霊譚、幻想譚をまとめて作品にしました。彼は、アイルランドからフランス、アメリカからカリブ諸島と渡り歩いた人で、結果的に比較文化人類学的な視座を持っていたようです。

そのハーンが、幽霊の何が怖いのかわからない、という趣旨の文章を残しています。日本には、たしかに人を殺したり八つ裂きにしてしまう怖い幽霊もいないわけではないけれど、そうでないものも多い、死んだ人が出てくるだけで何が怖いのか——というんですね。日本人は幽霊の何を怖がっているのか、ハーンは考えました。その結果「幽霊と触れ合うこと」が怖いのではないか、という答えを導き出しました。絶対に触れることのできない異界のものと接触することへの恐怖です。

ハーンは非常に文章に対するこだわりが強い人でしたから、いくぶん文学的な表現ではあるわけですが、この皮膚感覚としての恐怖というのは理解できます。

最初に申し上げました、肌の露出問題ともリンクしますよね。

暑いと寝ている間に掛け布団《ぶとん》を剝《は》いでしまったりしますね。足が丸出しになった状態で怖いことを考えてしまった時、足を掛け布団で覆ったりしませんか。それで何がどうなるわけではないんですが、とりあえず外界を遮断《しゃだん》することで身を守ろうとするんですね。あらわになった肌をお化けに触られたりしたら怖いからです。露出した肌が直接外気にさらされている状態は、無防備で怖いんですね。感覚的には理解できます。

物理的に危害を加えられること——正確には危害を加えられるだろうという予想からくる恐怖、視覚的不快感、皮膚感覚、いずれも怖さに結びつくものですね。皮膚感覚がもたらす怖さは、人が生まれた瞬間に持つ原初的な「不安」に基づくものです。視覚的不快感は、見えているものが自分とは異質なものだと認識された際に感じる「不安」、そしてそれが攻撃してくるという予感がもたらす「不安」が、物理的危害を加えてくるものへの怖さになるんでしょう。そうしたものが「怖さ」を構成していることはよくわかります。

でもそれ、幽霊と関係ありますか?

そうした要件に当てはまるものは幽霊でなくても怖いですね。

一方、それが幽霊の必要条件ではないことも間違いありません。

さて——ここからのお話は、まったく関係のないことのように聞こえるかもしれませんが、後々話が繋がる予定ですので、少しだけ我慢してお聞きいただきたいと思います。

信仰心というのは誰にでもあるものです。日本人は無宗教が多いとか信心深くないなどとよく耳にしますが、私はそうでもないと思っています。たとえばキリスト教圏のように集団のほとんどが一つの宗教を信じているようなことがないので、信仰心がわかりにくいのかもしれません。日本では「信教の自由」が基本的人権の一つとして憲法で保障されています。自由に信仰できる環境が信仰心のわかりにくさを生んでいるだけで、敬虔《けいけん》な気持ちはみなさん持っていると思います。

そうした心性は、幽霊と切っても切り離せないものです。

初めのほうでも言いましたが「幽霊は成仏していない霊だ」という言説は実に当たり前のように耳にします。でも、成仏とは「仏になる」ことです。当然、仏教的な思想のもとにある言葉ですね。仏教徒ではない人に対しても「死ねば仏様になるんだ」とか「成仏するんだよ」などと平気で言いますが、キリスト教徒やイスラム教徒の方もいらっしゃるんですから、本当は一概に成仏なんていう表現は使えないはずです。

そもそも日本には、古くから、「死んだらこの世に留まらずに行くべきところに行く」という考えがあります。灯籠流しってありますよね。長崎や熊本では精霊《しょうろう》流しといって、盆《ぼん》提灯《ちょうちん》や造花などで飾られた精霊船に亡くなった人の霊を乗せて川に流します。お盆の送り火の一種なんですが、あれは、仏様になってほしくてするものではありません。

まして海に流したいわけじゃないですね。亡くなったのだから行くべき場所に行ってください、という意味で行うものです。実際に船がどこに行くのかは、みんなあまり知らないみたいですが、行き着く先が何なのかは大きな問題ではありません。「あなたはもう現世にいるべきではないのですから、行くべきところに行ってください」という儀式です。

そもそも仏教では、人は六道を輪廻するんですから、どれかに生まれ変わるわけで、まとまってどこかにいくわけじゃないですね。地獄にも夏季休暇で実家に帰れるなんてシステムはないんです。お盆に地獄のふたが開くというのは、もともと道教的な考え方ですから、仏教というより中国の民俗行事の影響ですね。それがさらに日本化したものが、いまのお盆の行事です。何もかも仏式だと思われがちですが、そんなことはないんですね。

この国では、亡くなった人はあの世か、黄泉《よみ》の国か、冥土《めいど》か、とにかく「どこか」に行くんです。そのような感性は多くの日本人が持っています。

日本民俗学を興した柳田國男は、「祖霊」という言葉を創り出しました。

祖霊の「祖」は先祖の「祖」です。日本人は祖霊を信仰している民族なんだと柳田國男は考えました。祖霊というからには、あなたのお父さん、お祖父さん、お祖父さんのお父さん、お祖父さんのお父さんのお父さんなど、すべてのご先祖様を指します。もちろんお母さんでも同じです。遡《さかのぼ》れば遡るほど自分とは縁が遠くなります。

もちろん、直接自分がかかわった肉親は特別の存在です。でも、そんな特別な人たちも亡くなった後、一定期間を過ぎれば他の先祖たちと一緒になるんですね。すでに個人ではなく、先祖の霊です。それが祖霊です。そして、私たちの生活を見守ってくれるんです。墓地にいくと「先祖代々の墓」などと彫られたお墓がありますね。先祖代々みんな一緒くたにして祀るのです。個人ではなく、自分がこの世に生を受ける以前の、すべての先祖の霊を意味します。祖霊は土地や子孫を守ってくれるんですね。

これ、寝ている時に胸の上にのしかかってきたり、写真撮る時に肩の上に手を乗せたりしますかね。子孫を不幸にしたり他人を無差別に殺したりしますかね。

それはそれ、これはこれというのは、いささかダブルスタンダードですよね。ちゃんと祀らなかったので祖霊になれなかった霊が幽霊なんだ——というのも、どうもこじつけっぽいです。そういう幽霊をお坊さんや霊能者が成仏させるんですよね。それ、「不幸が続くのは先祖の霊をきちんとお祀りしていないからだ」というのと、同質ですよね。その場合の先祖の霊って何なんでしょう。お祀りしないからって祖霊がこぞって怒るんですか。

柳田國男の説を退けるとしても、私たちはお墓参りにいきますし、少なくなってきたとはいえお盆の行事も行います。盆踊りだってしますね。仏教や神道の影響を除いたとしても、そうした心性は受け入れているんですね。

たしかに、祖霊といわれてピンとくる人は少ないでしょう。でも、忘れてしまったわけでも知らないわけでもなく、意識していないだけなんです。

祖霊は怖いものではありません。むしろ大切にすべきものですよね。

怖い幽霊も、祖霊も、ともに「霊」という発明の産物には違いありません。私たちはその概念を受け入れてはいるんです。後は、それを何に使うか、ということですね。

しばらく前に、ある宗教団体が大変な事件を起こしました。現在でも裁判が続いていますから、みなさんも記憶にあると思います。大勢を殺傷した最悪の事件です。絶対に許されないこと、やってはいけないことです。

その事件が起きた時に、マスコミや識者の人たちは「狂信は恐ろしい」「オカルトは駄目だ」「宗教はいけない」というような論調を、こぞって発信しました。一方、事件現場にたくさんの花が供えられていることに関しては、誰も何も言いませんでした。まあ、当たり前です。ご遺族の心中を察するならば同情を禁じ得ないのは当然です。

でも多少違和感は覚えました。亡くなった人を悼み、花を手向《たむ》けるという行為は、何かしらの信仰心がなければしないことですね。直前まで信仰心や宗教自体を強く否定していたわけですから、まあ、よくよく考えてみると少しだけ妙な対応ですよね。

たしかに事件自体は許されざるもので、汲むべき情状は一切ありません。

でも――犯罪行為を糾弾するのは当然としても、信仰を持つこと自体を否定してしまうと、亡くなった方を悼むことや花を手向けることも、すべて否定しなくてはならなくなります。くだんの宗教団体は、教義もつぎはぎで練られたものではなかったわけですが、同じような教義を持つ宗教団体は他にもありますし、それらは犯罪とは無縁です。犯罪行為は断罪されるべきですが、信仰心まで非難すると矛盾することになりかねません。

肉親や知人が亡くなったら、とても悲しいですよね。死者を悼む気持ちは持って当たり前ですし、むしろ持つべきなんです。ですから、いたずらに「霊なんかない」「死後の世界なんかない」と言うのはよくないことなんですね。そういう大事な気持ちまで否定しかねないんですから。

実際、「幽霊」は存在しませんが、「霊」はあります。「霊」は人が生きていくために発明した概念ですからね。そして、地獄や極楽のような異世界は存在しませんが、「死後の世界」は生きている人たちの心の中にあります。何もかも十把《じっぱ》一絡《ひとから》げにしてしまってはいけませんね。

私たちはそれを当たり前のように受け入れる文化を作ってきましたし、意識こそしていないかもしれませんが、それを受け入れて暮らしています。神も、仏も、そうした心性によって理解されているんです。

神様は「怖い」のか

日本には多くの自然災害が起こります。そのたびにたくさんの方が命を失い、財産を失い、想い出のある場所を失っています。これはとても悲しいことです。

先般も、大きな被害が出ているというのに「天罰だ」などという不用意な発言をされた方がいて、大いに物議を醸《かも》しました。肉親を亡くされた方や、いまなお癒えぬ災害の傷跡に苦しんでいらっしゃる方々にとっては聞き捨てならない言葉だったはずです。

天罰の「罰」とは、悪事に対する報いという意味ですね。では、天罰の「天」とは何でしょう。普通は空という意味になりますが、空が罰を下すわけではありませんから、この場合は、たとえば道教でいうところの天帝です。天地、宇宙、万物を支配する神であり造物主です。「天誅《てんちゅう》」と同じで、創造主、すなわち「天」の意思が働いて罰を下したという意味です。似たような言葉に「神罰」があります。これは神が与える罰です。信仰している神様が信仰に反した者に与える罰です。

天帝は、『西遊記《さいゆうき》』にも登場しますね。暴れ者の孫悟空《そんごくう》に手を焼いて、自分たちの手に負えないとわかると山に封印しますが、実際に封印をしたのは釈迦如来《しゃかにょらい》ですから、この場合悟空が受けたのは「仏罰」ということになるんでしょうか。

もちろん、震災で被災された方々は何も悪くないのですから、天罰という言葉は明らかに不適切です。怒って当然でしょう。

ただ、先ほども言いましたが、この国の神様は善悪に関係なく理不尽なことや災厄をもたらすものでもあるんです。善行に励んだ人にいいことが起こり、悪事を働いた人がその報いを受ける——それは理想ですが、何もかも因果応報、勧善懲悪というわけにはいきません。神様ルールを破れば、どんな些細なことでもバチが当たります。それが社会通念上悪いことでなかったとしても許されません。神様には人間社会の基準は通じません。神様ルールは道徳にも倫理にも関係ないんです。ダメなものは何が何でもダメなんですね。悪気がなくても、悪事でなくても、ダメです。これが、祟りです。神罰とはニュアンスが違います。ちなみに、呪いは呪う主体がいるので、また違います。祟りというのは理不尽なものなんです。そして私たちは、そんな理不尽な神様に対して抗う術《すべ》を持ちません。

自然災害と同じなんですね。飢饉《ききん》が起きたり、山が噴火したり、地震が起きたり、津波が発生したりする——これは人間の力では、どうすることもできません。災害が起きた時のための心構えや備えは必要ですが、災害そのものを防ぐことはできません。天災に対して私たち人間は、ほとんど手をこまねいて見ていることしかできないのです。

自然を思い通りにするためには人間以上の力が必要です。

人間以上の力を持つとなると、神様ですね。

だから神様にも、「どうか災害を起こさないでください」と、神頼みしたりするわけですが――これ、起こすのが神様だという前提ですよね。他の宗教の神様への祈りとは少しばかり違いますよね。「真面目に働きますから、ひどいことしないでください」って、パワハラ上司じゃないんですから。まあ、最近はお金がほしいとか恋人がほしいとかいうずうずうしいお願いのほうが多いようですが。いずれ、祝詞《のりと》にしても神楽《かぐら》にしても、神様のご機嫌取りですからね。ご機嫌をそこねると、災いが訪れるんです。

って、「じゃあ神様は悪いやつなんじゃないか」と思うかもしれません。でも、そうじゃないですね。人間の善悪の基準を超えた超越的な存在である、ということですね。

ただ、やられっぱなしでは我慢できないですよね。あまりにもヒドい時には、神様に話をつけて、何とかしてもらおうと考えますでしょう。

古来から、神様と話をつけられる人というのは限られています。巫女《みこ》さんのような存在です。遡れば、国や地方を治める一番偉い人が神と話をつける役目でした。

しかし話がつくはずはありませんよね。こちらはいくら偉くてもただの人ですから。空に向かって「雨降れー」と言っても降るわけがありません。たまさか降ることもあるでしょうが、雨乞いの効果ではありません。やはり、人間の力ではどうしようもないんです。

話がつかなかった場合は交渉役が責任とらされて殺されたりするんですから、やりきれませんね。このままじゃダメだ、というわけで「話のわかる神様」が作られました。話がわかるといえば、人です。相手が人なら話ができます。でもただの人じゃ無意味ですね。そこで人を神様に祀り上げるという裏技を編み出したんです。目をつけられたのは、恨みを持って亡くなった地位の高い人――たとえば菅原道真《すがわらみちざね》なんかですね。道真公は学問の神様――天神様として天満宮に祀られていますが、元は人間です。しかもひどい中傷を受け、太宰府《だざいふ》に左遷《させん》され、そのまま左遷先で亡くなってます。相当に悔しかったはずです。で、道真公の死後に続いた不幸な事件は、その「祟り」だとされたんですね。まあ後づけの濡れ衣なんですが。

これが怨霊《おんりょう》の始まりです。一度怨霊に貶《おと》めてからでないと、神様に祀り上げられないんです。道真公は元人間ですから、他の神様よりは話が通じそうな気がしますよね。一所懸命に謝れば、ついでに生前の無礼も許してくれるかもしれないですしね。

神様に祀り上げるんですから、これは国家規模のプロジェクトになります。怨霊は雷を落としたり、雪を降らせたり、冷害をもたらしたり、地震を起こしたり、国全体に害をなすわけです。だから国を挙げて神認定をして、鎮魂《ちんこん》や慰霊《いれい》をするんです。悪いことの規模が大きいんですね。そうでなくては神様にはなれません。

一方、身の周りで起きる怪しいことや災厄は、怨霊の出番じゃないんですね。そういうのは祟りではなく、「物の怪《もののけ》」と呼びます。まあ、考え方は「怨霊」と同じなんですけど、「悪いことをした覚えはないのに良くないことが起こるのは、あいつが俺のことを悪く思っているからだ」ということですね。病気になったとか転んだとか、規模はずいぶん小さくなってますが、災厄には違いないです。相手が生きている場合は「生霊」、死んでいる場合は「死霊」のせいで「物の怪」が差したんだということになるでしょうね。

生きた相手なら和解するなりもできる気もしますけど、「おまえのせいだ」と言って、ハイそうですと答える人もいないですね。本人に自覚がないこともあるでしょうし、まあ多くはいいがかりですから。証拠もありません。そこで、「そういうことがわかる人」が駆り出されます。陰陽師なんかですね。犯人や原因を特定し、作法に則って——ここは大事なんですが、「物の怪」を祓ったり追い返したりします。作法でやり取りできるようになると、それは「呪い」ということになりますね。

一方、相手が死んでたんじゃあ「呪い」も返しようがないですね。その場合は、「死んでる人と話せる人」が必要です。まあ、神様とはいえ元人間とコミュニケーションが取れるなら、死人と話せるとも思うでしょう。そこで宗教者が駆り出されます。お坊さんなんかが供養したりするんですね。やっと最近の幽霊に近づいてきました。

幽霊は「怖く」ない

その昔は、国家が祀り上げた怨霊を除いて、個人が、ましてや身分の高くないそのへんの人たちが死後にほいほい出てくるなんてことはなかったんです。幽霊という言葉も「怖さ」を含むものではありませんでした。

そもそも神様は姿の見えないものですから、怨霊も、その縮小再生産である生霊や死霊も目に見えるものではありませんでした。人の形を取って現れるようになるのは、能などの演劇が幽霊を取りあげるまで待たなければいけません。目に見える幽霊は舞台で生まれたんです。それまでは見えもしなかったんですね。

あるのは、災厄だけです。

一方で、身の回りで起きた悪いことに「霊」を持ち出す考え方はあったんです。でも怖いのは幽霊ではなくて、それがもたらす「物の怪」、災厄のほうですね。

うさん臭い占い師めいた人に、「先祖があまりよくないことをしたみたいだ」とか「墓参りに行ってないから運が悪い」なんて言われて、壺や印鑑を買わされる、いわゆる霊感商法ですが、それに引っ掛かるのは、先ほど言ったように「霊」の存在を受け入れているからなんですが、同時に「霊は悪さをする」という思い込みがあるからでもあります。

それは死んだ人に対する敬虔な気持ちや、信仰心とは、まったく別のものです。そもそも「おそれる」とは怖がるということではありません。むしろ「敬う」に近いものです。畏《おそ》れる、ですね。それがいつの間にか畏怖の「畏」の字が、恐怖の「恐」という字に置き換わってしまってるんですね。

死人がそんなに怖いですか？　亡くなった方がみんな悪いことするわけではありませんよね。「しばらく墓参り行ってないから転んだりするのかな」と思って墓参りに行く――これはいいです。しかし「会社がつぶれたのも、離婚したのも、病気になったのも、先祖の供養をしてないからだ」は、どうかと思います。

自分が先祖だと思ってください。墓参りに自分の子どもが来ないからといって、子孫を不幸な目に遭わせてやろうと思うでしょうか。「薄情なやつ」くらいは思うかもしれませんけども。化けて出られるなら「たまに墓参りに来いよ」と言えばいいじゃないですか。そんな悪さをする先祖はいません。長い歴史の中には一人くらいいるかもしれませんが、他の先祖が止めますから。死んだら子や孫に悪さしてやろうなんて気持ちで生きている人はいないのですから、墓参りにいかないぐらいで不幸になるなんてことはありません。

幽霊をもっと優しい目で見てあげましょう。怖がってはいけません。怖がると、そこにつけこんだ人に騙されますから、よろしくありません。

〝妖怪〟も「怖く」ない

ただ一方で、天災のように、人間にはどうすることもできない理不尽なできごとがあるのは、一〇〇〇年前もいまも変わりません。それを避けて通ることはできません。日本は地震の他にも冷害、飢饉、噴火、台風、津波などなど、数々の自然災害に見舞われてきました。そのたびに、なんらかの対処をするわけですが、それでも完全に防ぐことなんかできません。むしろ私たちは理不尽な脅威と隣り合わせの生活を送っていると思ったほうがいいでしょう。

災害などが起こった時に、何よりもケアしなければいけないのは、心です。もちろんライフラインの確保は最優先でしょうし、経済的な問題も大事ですが、まずは心がちゃんとしていなければいけません。でも、苦難を乗り越えて生きていけるほど強い人ばかりではありませんよね。心が折れてしまう人もたくさんいます。だからといって、めそめそと泣き暮らしたり、生きる気力をなくしてしまったりしたままでは暮らしていけません。ひどい目に遭ったらつらいし、悲しいですね。でも、つらさから目を背けることも、悲しみを忘れることも、簡単にはできません。それでも、生きていかなければならないんです。

生き残った者がたくましく生きていくには、どうすればいいのでしょうか。

悲しいこと、つらいことに直面した時に、対処するための知恵を、私たちの先祖は常に考案し、文化として蓄えてきました。そうした状況を乗り越えるための道具として、私たちの先祖は「あるもの」を生み出しました。

お化け——いまでいう〝妖怪〟です。

大正期に関東大震災という大きな地震がありました。東日本大震災は悲惨でしたが、関東大震災もそれは悲惨な、大きな災害でした。

その直後に復興の応援歌である「復興節」という唄がヒットしました。これが、実に陽気な、明るい歌なんですね。揺れたさなかに生まれた子どもの名前は震太郎だとか、家は焼けたが元気だぞ的な、いま歌ったら不謹慎だと言われてしまうかもしれません。関東大震災の頃には「国は何もしてくれないし、俺たちの手で復興だ」って、まあ国が何もしないのは問題ですが、とりあえずバイタリティーだけはあったようです。

江戸時代にも安政の大地震をはじめ何度も地震が起こりました。当時は大ナマズが動いて地震を起こすという俗信があったため、大ナマズをみんなでやっつける錦絵が売り出されました。「鯰絵」といって、流行したんですね。もう地震は起きた後ですから、地震よけじゃないんです。「ナマズこのやろう！」ということです。憂さ晴らしですね。

歌を聴こうが絵を見ようが、死んだ人は戻りませんし焼けた家も直りません。

いずれの震災時も、被災者の方は生きるだけで大変だったと思います。食べるものがない、家がない、悲惨な状況だったでしょう。理不尽さに肚も立ったことでしょう。それでも、泣き暮らすのではなくて、その現実を笑い飛ばすんですね。悲しみを忘れるわけじゃないんです。むしろ歌を聴けば、絵を見れば思い出すでしょう。でも、悲しみを温存したまま、笑うんですね。そして不幸をもたらした原因をやっつけてしまう。怒りはこれで飛ばしてしまう。

実は、これが〝妖怪〟の本分でもあるんです。

自然災害に限らず、人は生きている間に、つらいことや悲しいことが山盛りです。困りごともありますし、恥ずかしいこともあります。人に言いたくないこともあります。

自分に理解できないものごとに出くわす時もあります。

わからないなら「わかりません」と言えばいいのに、言わないのが人ですね。わからないと言うと「バカだと思われる」と思うんでしょうか。知ったかぶりをするわけです。そういうのはたいてい間違ってます。間違った解釈は、まあ辻褄《つじつま》が合いません。すると不思議、ということになるんですね。何もかも知っているわけではないんですから、「わかりません」と言えば済むんですが、どうしてもそれができない人がいるんです。

世の中には不思議なことなどないですから。

知らないことがあるだけです。世の中、わからないことだらけですよ。自分の持っている知識では理解できないことは、たくさん起きます。それから、自分の経験値ではなんとも対処しがたいこともいっぱい起きます。わからないものはわからないんですから、「わからん」とするのが正しいですね。そういうことをわからないままにしておくと不安になりますよね。だから科学が発達したわけですが、難しい勉強をしないでも、とりあえず不安を解消することはできます。お化けにしちゃうことです。

いや、「お化けにしたりしたら余計に怖いじゃないか」と思った方もいらっしゃるでしょうね。でもそれは逆なんですね。お化けなんていません。「怖さ」があるだけです。幽霊もそうでしたが、「怖さ」が先にあるんですね。わからない、不安だ、そうした気持ちは「怖さ」を呼び込みやすいんですね。

「夜歩いていたら突然前に進めなくなっちゃってさ。あれ、何だろう。不思議だ、超常現象だろうか、おかしくなっちゃったんだろうか、宇宙人かな、脳の病気かな」

「ぬりかべだろ」

怖くないですね。〝妖怪〟が出てくると途端に怖くない話になります。ぬりかべ現象は民俗社会では条件さえ整えば「誰にでも起きること」ですから、特殊なことではないんですね。お化けは、無根拠に安全を保証してくれるんです。

それから、人に言えないような恥ずかしいこと――ありますよね。別に言いたくなければ言わなくていいんですが、バレそうになった時は正直に言っちゃったほうが傷は浅いですよ。妙にごまかすと、かえって恥ずかしいことになります。「酔っぱらって肥溜《こえだ》めに落ちちゃった」みたいなことは、ごまかしにくいですね。下手な嘘より、お化けです。「タヌキに化かされたんだ。温泉に入ったはずだった」だと、もうつっ込みようがないです。

四国なんかでは、タヌキの言いわけはいまでも通用するんだと、現地のご老人が言っていました。通用するといっても、タヌキは人を化かすと本当に信じているわけではありません。タヌキを持ち出したということは、いろいろ都合が悪いことがあるんだろうと忖度《そんたく》するということですね。暗黙の諒解で、あからさまな喧嘩になるのを避けたり、潤滑な人間関係が保持できるというわけです。

悲しいこと、つらいこと、不思議なこと、わからないこと、恥ずかしいこと、都合の悪いこと、みんなお化けのせいにできちゃいます。まさに『妖怪ウォッチ』の、「ぜんぶ妖怪のせい」ですね。このフレーズは、「教育上よろしくない」というクレームがついたようですが――たしかに教育上はよろしくないかもしれませんが、生きるためには役に立つんです。いや、教育にだって役立つんですよ。お化けのせいにした場合、そのお化けは退治できるということになるんですから。

そう、お化けは退治できるんです。「鯰絵」の要領で、キャラクターにしてやっつけちゃおうということですね。「忘れ物が多いのは妖怪モノワスレのせいだ」とお子さまが言うんなら、モノワスレを退治しちゃえばいいんです。地震は手に負えませんが、忘れ物は減らせます。原因になるお化けを退治してしまえば、もう言いわけはできませんからね。

だから、お化け――〝妖怪〟は怖いものではありません。むしろ、怖いものを怖くないようにするために作られた装置なんです。

やっつける以外にも、お化けには記憶の浄化装置みたいな機能もあります。

私は『姑獲鳥《うぶめ》の夏』という小説でデビューしました。「ウブメ」というのはお化けの名前で、普通は「産女」と表記することが多いですね。『今昔《こんじゃく》物語《ものがたり》集《しゅう》』などにも記されている、昔はかなりメジャーなお化けでした。

産女はお産で亡くなった女性が化けたものです。出産はいつの時代も非常に大変なことですが、昔は命を失う機会が現在とは比べものにならないほど多かったのです。子どもが亡くなってしまうだけでなく、母体も死んでしまうというケースは少なくありませんでした。これ、残された者にとっては悲しいことですよね。子どもが生まれてくるのを楽しみにしていたのに母子とも、一度に失うことになるのですから。やりきれないと思います。

天災もつらいですが、身近な人の不幸というのは堪えがたい、悲しいできごとです。

亡くなった女性のほうも無念でしょうね。かわいい子どもを産んで育てたいと思っていたのに、亡くなってしまうのですから。その無念が産女という形で現れるのです。

産女は、死んだ人が化けて出るのですから、普通に考えれば幽霊です。しかし昔から幽霊とは別のものとして受け取られてきました。現在では〝妖怪〟としてカウントされてもいます。姿形は幽霊と変わりません。後に「鳥」の要素を加えた異形として描かれたりもしますが、基本はただの人間です。赤ん坊を抱いた女性の姿ですね。

じゃあ幽霊とどこが違うのかというと、固有名詞が捨てられているんですね。生前の名前はなくなっている。産女は「お産で亡くなった女性の無念」そのものなんです。

亡くなった奥さんが生まれなかった子どもを抱いて化けて出てきたら、それはもうつらいだけですね。怖いというより悲しいですよね。でも、出てくるのは産女であって、死んだ妻じゃないんです。妻自体が化けて出るのではなく、死んだ妻の「無念」だけが現れたという解釈です。「無念」だけが人の形をとって現れるものが産女なんです。「無念」が産女として切り離されることで、亡くなった妻子は安らかに眠れる——と考えることもできます。悲しみを忘れるのではなく、悲しみと添いとげていくための知恵です。

産女は恐ろしげなものではありますが、怖いものではないんです。

現代人が抱く幽霊の怖さとは少し違います。

怪談は「怖い」もの

幽霊も〝妖怪〟も、怖くないなら、私たちが感じる幽霊や〝妖怪〟の怖さというのは何に由来するものなんでしょう。

テレビ番組でも映画でも、幽霊を扱うものは、〝怪談〟とされることが多いようです。ただ、現在〝怪談〟といわれるものでも、一昔前は〝怪談〟とは呼ばれていなかったものもあります。いまは怪談というと、どこそこのホテルで鍵が閉まっているのに部屋にお婆さんがやってきて枕元に座った——みたいな話を思い出す人が多いでしょう。これは「本当に起こったこと」が前提となっています。こうした怪談実話こそ〝怪談〟だと定義する人も多いんですが、もともとはそうではありません。『あなたの知らない世界』の時代、その手の話は「怪奇実話」「心霊実話」などと呼ばれていました。

当時〝怪談〟といえば、古典的な怪談——四谷怪談などを意味しました。

舞台化や映画化の際、必ず参拝しないと祟りがあるという「四谷怪談」ですが、原作となる『東海道四谷怪談』は、四世鶴屋南北が書いた戯曲です。創作ですね。

この作品には実は元ネタがあります。『四谷《よつや》雑談集《ぞうだんしゅう》』といいます。これは実録本と呼ばれるものですが、本当の話ではありません。

当時の「実録」はノンフィクションではないんですね。ちょっぴり事実はかすってますが、ふんだんに潤色《じゅんしょく》されています。「東スポの見出し」みたいなもので。事実を誇張したり捩《ね》じ曲げたりして面白おかしく書かれた、小説です。もちろん、その元になった事件は実際にあったんでしょうが、そちらの記録や、伝わっている話とはかなりのくい違いがあります。江戸の怪談はどれも同じような作りです。実際にあった有名な事件や噂話をネタにして、盛ってふくらませてひねって繋げて作ります。実際に起こった、しかも有名な話を織り交ぜることで、起こりそうもないお話に「それっぽさ」を持たせてるんですね。元になった事件が忘れられれば、ただの創作になっちゃうんでしょうけど。

虚実のあわい、とはよく言ったものです。

最近の怪談本には、「実話」とされるものが多いですね。コンビニでも売っていますから興味のない方でも目にすることは多いでしょう。あの「実話」怪談本には、大変なできごとがいくつも書いてあります。毎月毎月何冊も出てますし、全部実話だったら日本は大変なことになってます。毎日どこかで誰かが祟り殺されたり行方不明になったりしてることになりますから、幽霊対策委員会みたいなものを政府が立ち上げなきゃいけなくなっちゃいますね。

まあ、本当か嘘かは、わかりません。わからないから怪談なんです。

とはいえ、「こんな話、あるわけない」と思われちゃ、ダメですね。でも「怖いけど実話じゃないなら怪談じゃない」も間違いです。「実話」と書いてあったらどんなに嘘臭くても実話だと思って読むのが礼儀ですね。怪談実話というのは、そういう仕組みで作られた「創作」なんです。昔の怪談と違うのは、創作に「有名な話」を織り交ぜるんじゃなく、「取材した実話」に手を加え、時に話を盛って作るところですね。

いずれにしても、虚実いずれでもありいずれでもないのが、〝怪談〟です。

そんなもののどこが怖いんだと思われた方も多いでしょう。

〝怪談〟が怖いのは、「不安」を「予感」に変える仕組みになっているからです。

先ほど〝妖怪〟のくだりでお話ししましたが、人間は「わからない」と不安になるものです。そして不安なままでいるのはとても尻の据わりのわるいものです。さっさと決着をつけたくなるものですね。〝怪談〟はその性質を利用します。幽霊などの便利なアイテムを使って、何かが起きる「予感」を作り出すんです。不安なまま終わらせる〝怪談〟もありますが、そういう〝怪談〟は怖いというより不思議、不条理な感想を喚起するはずです。

怖いという感情は、これから先、悪いことが起こるかもしれないという「予感」なんです。いるかいないかわからない幽霊を、事実だとされる実話に組み込むことで、不安を予感にすり替えるんですね。

聞く人読む人は、自分の体験に重ね、想像することでお話を理解します。同じようなシチュエーションを体験したことがある人はよりリアルに感じることでしょう。しかし、お話の中で何が起きていようと、それはしょせん他人ごとです。おかしなことが起きたとしても、自分とは無関係ですね。お話の中でどんな奇妙なことが起きても「不思議なこともあるものだなあ」で、おしまいです。ただ、実話と紐づけることで、不安を煽《あお》ることは可能ですね。幽霊はその不安をよりたしかな予感に昇華させる触媒として最適なアイテムなんです。

自分も同じ目に遭うかもしれないという予感です。幽霊のようなアイテムを使うことで特殊な例が一般化しやすくなるんですね。

だって、いるかいないかわからないんですよ、幽霊。

幽霊に出会った、幽霊を見たという人はもちろん、見ていない人や出会っていない人でも、出会うかもしれない、見てしまうかもしれないという気持ちは持っています。「幽霊はいない」と強く否定できない人は、幽霊に出会うかもしれないという不安に常に苛《さいな》まれているはずです。強く否定している人も、「実際にいるなら怖いと思う」というのは、「本当にいるなら出会うかもしれないという予測が成り立つ」からですね。

恐怖というのは、次に何が起こるか「予測できる」からこそ発生する感情なんです。

いや、予測できないから怖いのじゃないか——という意見もあるでしょう。でも「予測できないだろう」というのは、予測ですよね。「選択肢が選べないほどたくさんある」「選択肢は思いつかない」と予測することを、予測できないというんです。さらに人は、予測される最悪の結果を「予測しない」ようにしようと努力する性質があります。でもいくら否定しても、考えないようにしても、それは無意識のうちに「予感」として意識されてしまうものなんです。

ホテルの部屋の額の裏に——もしやお札が。鍵をかけているのに人の気配が——するかもしれない。眠ろうとしたら胸の上に誰かが——乗るかもしれない。すべて予感です。

実際は何も起きていません。起きるかもしれないという気持ちになるから怖くなるのです。その先もあります。本当に胸の上に誰かが乗ったとして、このまま祟られるのか、どこかへ連れていかれるのか、殺されるのか——全部予感です。

怖さは予感なんです。

不安を生じさせ、それを予感にすり替える、それが「怖い」〝怪談〟です。優れた作り手なら幽霊なんか出さずにそれができるんでしょうが。〝怪談〟は怖くするためにあるんですね。一方、生じた不安を「怖さ」に持っていかないのがお化け、〝妖怪〟です。〝妖怪〟は笑い飛ばしたり仲良くしたり退治したり無視したりできるんです。

「怖い」と「怖く」ない

〝怪談〟は、怖くするための文芸、話芸、芸能などのジャンルです。怖いのは〝怪談〟であって、幽霊ではないんですね。明治あたりの幽霊話は、奇妙ではありますが、ほとんど怖くはありません。怪談実話が〝怪談〟を標榜するようになったのは、文芸のジャンルとしてテクニックがある程度確立したからなのかもしれません。〝怪談〟は怖くするのが肝なんです。幽霊は材料に過ぎません。幽霊は、死んでいるのですから間違いなく過去のものです。過去の記憶と照合することで、不安はもうこの先はないのかもしれないという予感となり、それが怖さを生み出します。過去がクリアになればなるほど、怖さは増します。

一方〝妖怪〟には恐ろしいことを怖くなくする機能があります。〝妖怪〟は過去をうやむやにします。目をつぶるわけではなく、笑い飛ばすのです。悲しいことやつらいことが起こっても、私たちは生きていかなければなりません。悲しさやつらさ、不思議さ、わからなさ、理不尽さと一緒に生きていくための知恵が〝妖怪〟です。正反対です。

とはいうものの、多くの人にとって〝怪談〟も〝妖怪〟もそう大差ないものなんでしょうね。世間的には絹ごし豆腐《どうふ》と木綿豆腐くらいの差じゃないでしょうか。でも、同じ大豆《だいず》食品だとしても、お豆腐と納豆《なっとう》くらいの差はあります。

私は水木しげる一門として、長年、「世界妖怪協会」の一人として活動しています。一方で「怪談之怪」という、怪談文化の復興を目的とした団体のメンバーでもあります。かけ持ちでやってるんですね。だからよくわかります。世間的には同じようなもんなんでしょうが、〝怪談〟と〝妖怪〟は、実はえらく違うものなんです。

しかし幽霊と〝妖怪〟は、まあ、違うものではあるんですが、豆腐と厚揚げくらいの差ですね。大した差ではないです。どちらも怖いものではありません。ただし幽霊の場合は怖いこともあります。死人に恨まれるようなことをした人には、怖いでしょう。

でも、最近は幽霊は「怖い」一択という風潮です。幽霊のみならず〝妖怪〟までいけないもの、怖いものとしてとらえる方も多いようです。世界妖怪協会としては、はなはだ不本意であります。幽霊も、〝妖怪〟も、そんなに悪いもんじゃないんですよ。

祟ったり殺したりはしません。何故なら、どっちも存在しないからです。

幽霊はいません。でも、「霊」という概念はあります。それは、生きていく上で欠くことのできない大切な概念です。ですから、死者に花を手向ける気持ちまで否定することはありません。他人に恨まれないようにしていれば、お札を持ち歩く必要もありません。オカルトめいた占い師の言うことを聞いて壺を買う必要もありません。テレビの心霊番組を見て怖いなと思ったら、「怖いね」と言う程度でいいんです。

ちなみに、心霊写真は九割九分九厘が失敗写真かトリック写真です。お寺に持っていく必要はありません。最近はデジタルカメラで心霊写真を撮られる方がいて、データはどのように供養すればいいんだとお坊さんも大変困っていらっしゃいました。心霊写真なんて怖がる必要はありません。「何か変に写ったねー」が正しいですね。

〝妖怪〟もいません。〝妖怪〟も概念です。

でも水木先生は、「目に見えないものは、いる」と言います。「弟子のくせに言うこと違うじゃん」と思われるかもしれません。しかし、目に見えないものはいるというのは、「いないという形でいる」ということです。「存在する」わけじゃないんです。水木先生は見えないものを見えるようにするために、苦労して絵に描いたんですね。実際にいるなら捕まえて写生してます。

これもちなみに、水木先生は心霊写真が大嫌いでした。「目に見えないものが写真なんかに写るわけがない」からだそうです。当たり前ですね。

水木先生は、〝妖怪〟も幽霊も、神様も、そういうものは全部「霊」なんだから、そんな厳密に区別することはない——とも言っていました。信仰をお持ちの方には不敬に聞こえるかもしれませんし、民俗学を専攻されている方は乱暴だと言うかもしれません。

でも、それは一種の真実だと思います。

「霊」という概念は大変な発明です。良いことにも悪いことにも応用できます。怨霊も生み出せますし、祖霊にもなります。亡き人を偲ぶ優しい気持ちも、神を敬う敬虔な気持ちも、「霊」あってこそ。失敗の言いわけにも知ったかぶりにも使えます。「これは悪霊だから鎮めるべきだ」とか、「これは神様だから祀るべきだ」なんて、人の言うことを信じる必要はありません。人それぞれが思うような形で理解すればいいのです。

「霊」は人を生きやすくするために作られたんです。だから「霊」に利用されてはいけません。それは逆に、利用すべきものなんですね。怖いものなんかじゃありません。「目に見えないものはいる」というのは、そういう意味です。

〝妖怪〟も〝怪談〟も私たちの文化です。長い間かけて培ってきた、生きるための知恵の一つです。両極端な存在が、実は私たちを生きやすくしてくれているのです。

堅苦しく考える必要もありません。

どうしようもなく行き詰まった気持ちになった時は、それを〝妖怪〟に仮託して笑い飛ばせばいいんです。そして〝怪談〟の怖さを楽しみましょう。幽霊に関しては「いたら怖いかな」くらいが適切だと思います。本気で怖がる人がいますが、少し行き過ぎです。本当か嘘かわからないという程度の感覚でつき合っていただければ楽しいのではないかと思います。そういうつき合い方をすると、人生はより楽しくなるはずです。

お化けをあまり嫌わないでください。とはいえ好きになり過ぎると、白い目で見られることにもなりかねませんので、ご注意ください。今後も、〝妖怪〟と〝怪談〟をご愛顧《あいこ》いただくよう、お願い申し上げます。

（二〇一四年三月一七日）

中央図書館「文学講座・特別講演会」
「書物と妖怪」
講師　京極 夏彦 氏
主催　市原市教育委員会

第八談
「ことば」と「おばけ」との関係

市原市教育委員会・市原市立中央図書館
文学講座・特別講演会
「書物と妖怪」
於・市原市勤労会館　youホール

「バグ」とは強みである

私にも、子どもの頃がありました。

小学校に入る前、まだ小さい子どもの頃、私は生きるというのはずいぶん面倒くさいものだなと思っていました。まだ社会性などない時分ですから、社会的にではなく生物として大変だということですね。生きていくには、呼吸をしなければいけません。呼吸をやめると死んでしまいますから、呼吸はやめられません。それから、歩いたり、食べたりしなければいけない。生きるというのはけっこう難儀なことだなと思いつつ暮らし、そのまま小学校に入りました。

私は三月生まれです。四月生まれの子と三月生まれの子では一年近い差があります。五〇歳を越えれば一年程度では何も変わりはありませんが、子どもの頃の一年は大変な違いで、身体《からだ》がかなり小さかった私は、苦労しました。学校は好きでしたし、友だちもいました。しかし、生きていくのが面倒くさいと思っている子どもが学校に行けば、生きていくために必要なことだけでなく、それ以上のことをしなければいけないので大変です。

イヌやネコ、あるいはサル、カメ、カバ、ゾウ、何でもいいんですが、動物は生きていくための面倒くさいことをするだけで精一杯です。ところが人間は、たとえ子どもであっても、社会的な問題とか文化的な問題とか、いろいろなことが乗っかって、それに対処していかなければなりません。もちろん動物たちの間にもコミュニケーションはあるでしょうし、社会に似たようなものもあるでしょう。でも、それらは生きていく一環としてあるのであって、人間のように生きていくことの面倒さと切り離された面倒さが存在する社会など、動物の世界にはほとんどないはずです。

小さい頃の私にとっては、生きていくことと切り離され、その上に乗っかっている面倒な部分が、とにかく大変だったんです。もちろん、人間として暮らしていく部分と動物として生きていく部分のどちらかをやめれば楽だったのでしょうが、それはやっぱりできません。だから、一所懸命に生きてきました。

動物として生きる上に乗っかっている、社会的、文化的な部分、その多くは言葉でできています。

言葉は〝妖怪〟や書物と切っても切り離せないものです。

ただ「言葉」から〝妖怪〟を思い浮かべる人はいないでしょうし、「書物」と聞いて「物語」や「本」を連想することはあっても、「言葉」自体を思い浮かべる人はそれほどいないでしょうから、あまり関係がないと思われているかもしれません。でも、言葉がなければ本は書けません。そして「言葉」なくしては〝妖怪〟も存在できません。言葉と妖怪は実は非常に近いところにあるものなのです。

昨今はＡＩ――人工知能が発達し、いずれは人間を凌駕するのではないか、なんていわれますね。きっと凌駕するでしょう。将棋なんかも、今は藤井《ふじい》聡太《そうた》さんのような若い棋士が大活躍していますが、遠からずＡＩのほうが強くなっちゃう日がくるかもしれません。

ロジカルな分野では、ＡＩと同じ土俵で勝負して人間が勝てるわけはないのです。

ＡＩは小説も書き始めています。この話をすると、「ＡＩが小説を書いたって面白くないだろう」という人がいます。私は、きっと面白いと思います。面白く書くようにプログラムすることは可能だからです。文法の間違いや誤字脱字もありません。面白い上に間違いのない端正な小説をＡＩに書かれてしまったら、人間は出る幕がありません。

いま私たちが従事している仕事の多くは、ＡＩに取って代わられる可能性が高いと思います。ＡＩは酔っ払いませんし、寝坊もしません。夫婦喧嘩もしなければ、おなかも痛くならない。そもそも間違いがありませんし、同じようにプログラムして動かせば、同じ結果が必ず出るわけです。これでは、人間は絶対にかないません。しかし人間は、ＡＩには絶対に真似できないものを持っています。それは何でしょう。

それは「バグ」です。

バグは日本語に訳しにくい言葉ですが、元々は「虫食いの穴」のような意味で、要するに「壊れたところ」「失われたところ」「失敗したところ」といった意味になります。

そう、人間はいろいろなところで失敗していますね。

私たちは一人ひとり全員、顔が違います。身長も体重も、血液型も違います。健康な方もいれば、病気の方もいて、みんなバラバラです。でも、よく考えてみれば私たちの先祖はたった一人であり、その一人のＤＮＡがコピーされることで増えきたんです。本来であれば、みんな同じ顔になるはずです。ところが、同じではない。それはバグがあるからです。つまり人間は、「つくり」がそもそも失敗しているのです。

ＡＩに、バグはありません。もちろん、開発の途中には失敗もあるでしょう。ただ失敗したＡＩはその時点ではじかれてしまい、結果的に失敗のないものができます。

ＡＩには個体による違いがありません。同機種のＡＩはすべて同じものです。同じ刺激に対しては必ず同じ反応をします。タイムラグもありません。

これに対して、人間は一人ひとりが全部違います。何か問いかけたとしても、同じ答えをする人は一人もいないでしょう。同じ答えであっても、答え方は千差万別です。迷う人も多くいるでしょう。

バグがあるからです。バグだらけです。有史以来、いまだかつて一人として同じ人間はいないのですから、私たちは失敗に次ぐ失敗を重ねてここまで増えてきたバグのかたまりなわけです。人間だけでなく、他の動物もみな同じです。生物には必ずバグによる個体差があります。そして、それこそがすなわち個性というものです。

このバグは失敗であって、つまりダメな部分ですから、ＡＩのようなものを作ろうとするなら本来的にあってはならないものです。でも、人間がＡＩと勝負して、もし勝てるとしたら、その勝利はこのバグによってもたらされるものに違いありません。精密に設計されたプログラムに膨大なビッグデータと学習能力まで備えたＡＩであっても、人間の無限に発生するいい加減なバグすべてを見通すことは不可能でしょう。

つまり「バグ」は強みになり得るんです。そしてそのダメな部分こそが、私たちを私たちたらしめているんですね。そのことに気がつくべきです。

私は京極だが、京極は私ではない

私は人間ですが、人間は私ではありません。私は京極ですが、京極は私ではありません。イコールで結ばれたものがイコールではないこの状況は、不思議です。何故このような状況が生まれたのでしょう。

私たちは一人ひとりが違います。ですが、私たちはみんな人間ですから、その違いを違いと認識することが嫌な時もあります。そこで「私たちは人間です」と表現すれば、その違いは一挙に消えてなくなるわけです。「人間」という言葉は、一人ひとりの間にある差異も、バグも、あっという間になくしてしまいます。これ、すごいことですね。

言葉とは本来、意思を伝達するために生まれたと考えられています。たしかに私たちの先祖がまだサルに近く、言葉がうまく喋れなかった頃から、仲間に食べ物のありかや危険を知らせるために、何らかの手段で情報を伝達し合っていたはずです。

チンパンジーやゴリラといった類人猿、あるいはイルカなども同じように意思伝達ができるようです。しかしそれはあくまで情報を伝達するだけで、言葉とは呼べません。

そうしてみると、言葉は、単に意思を「伝達」するためだけに発達してきたわけではないのではないかと想像できます。

先ほども言いましたが「人間」という言葉は一様に人間全体を指します。「人間」と言っただけでそれぞれの違いや個性を消し、自分たちを概念としての母集団でとらえることができます。これはすごいことで、人間以外にはできません。動物にも家族のように一緒に暮らしていくユニットはあるでしょうが、それを表す概念は存在しません。「人間」ではあまりにも広過ぎるとなれば、住んでいる地域など属性に応じて小分けもできます。生活を一にする集団として「国家」や「社会」という概念が形成されます。私たちが生きている社会は、言葉が生まれなければ現在のような姿にはならなかったかもしれません。

私たちは言葉のおかげで、動物よりも少し賢いものになることができました。でも、そのおかげで、抱え込んでしまったものもいろいろとあります。私が小学校の時に「生きにくいな」と思った理由の多くも、言葉によってもたらされています。

先ほど「私は京極ですが、京極は私ではありません」と言いました。私以外にも京極という人はいっぱいいますし、京極と名のつくものもいっぱいあるからです。

京都には、いつもにぎやかな新京極商店街があります。蝦夷《えぞ》富士と呼ばれる北海道の羊《よう》蹄山《ていざん》の麓には京極町という町があります。『鬼平犯科帳《おにへいはんかちょう》』の火付盗賊改方《ひつけとうぞくあらためかた》長官、長谷川平《はせがわへい》蔵《ぞう》の上司も京極備前守《びぜんのかみ》ですし、眉村卓《まゆむらたく》さんの小説『ねらわれた学園』で未来から来たのも京極少年。京極はたくさんいるんです。

ただ、新京極商店街も京極備前守も、私とはまったく関係がありません。それらも間違いなく京極ですが、それらの京極は私ではない。でも私はやっぱり京極です。

実に不思議ですが、考えてみれば当たり前のことです。この、目の前にあるコップを指さして「これはコップです」は成立しますが、この状況で「コップとはこれです」は成り立ちません。言葉はそれが指すもの自体とは直接的にリンクしていません。つまり、現実の私たちが生きている世界と言葉は、まったく関係がないんです。

関係ないからこそ、言葉で差異を消したり作ったりすることもできるんです。「いや、世の中には一つしか存在しないものもある。それは言葉と直接リンクしているだろう」という反論もあるでしょう。たとえば、空に浮かぶ月は一つしかありません。しかし、天体としての月は一つですが、一月、二月、月極駐車場なんかの月もあるので、「月」という言葉が表すものは必ずしも天体の月だけではないですね。「つき」というたった二つの音、あるいは「月」という漢字一文字が表すものは、実に多様です。たった一文字で、それだけさまざまなものを全部表すことができてしまいます。

馬の肉を桜肉といいます。「桜肉を食べた」と聞いて「桜の木を食べたのか」と思う人はいません。馬と桜は何の関係もないですが、「桜」という言葉の上では同じです。言葉は直接的には関係のないものを関係づけてしまうんです。これ、ハイパーリンクです。

言葉にはそういう力があります。だからこそ一人ひとり個性が違う集団であっても「人間」なり「家族」なり「国」なりと、一つにまとめてしまうこともできるわけです。

いま、インターネットを使えば莫大な情報が手に入るようになりました。ブラジルでおばあさんが転んだとして、現場にいた誰かがそれをスマートフォンで撮影し、ツイッターに公開すれば、地球の反対側にいる私もタイムラグなく知ることができます。ひと昔前はこんな状況は考えられませんでした。速度云々をいう前に知ることができなかったでしょう。ネットを通じて、私たちはどんどんと世界を広げています。距離や地域の違いを飛び越して広がる状況は、まるで「人間」という言葉ができた時と同じようなものです。

ところが、広過ぎるというのは、やりづらいもんなんです。いま、SNSは自分たちと意見の合う人としか交流しないスタイルになっていますよね。ツイッターやフェイスブックでも、「いいね」をくれる人たちだけで交流し、文句を言ってくる人はブロックする。こうなると、同じ意見の人だけで社会が構成されてしまいます。そういう社会は居心地はいいですが、長続きはしません。何もかも同意見という人はいませんから、批判が許されない社会は結果的に分裂します。社会はどんどんと分割され、狭くなっていきます。インターネットの世界は、現実世界よりもさらに速いピッチで小分けが進んでいます。

これは、言葉のもつ良いところと悪いところの両方が影響しているように思います。

言葉は、関係のないものを結びつけたり、違うものを一つにする力と、細かな違いや個性をすべて一挙に消し去る力を持っています。一方で現実と言葉との間には何の関係もありません。関係があると私たちが思っているだけの話です。

私たちは自分と関連づけることのみによって言葉を理解し、それでコミュニケーションが取れていると思い込んでいます。実際にコミュニケーションが取れているかどうかは確認できないわけですが、取れていると考えておかなければ社会が立ち行かないので、意思の疎通ができていると「思い込む」ことで日々を何とかやり過ごしています。

人間は本当に大変だと思いますね。

だから隣の人と話している時、その話がすべて通じていると思ったら大間違いです。実はまったく通じていないかもしれません。それは親子だろうが夫婦だろうが事情はみんな一緒で、お互いに暗黙の諒解でコミュニケーションが取れていると「思い込んで」いるだけなのです。本当はまるっきり勘違いされているかもしれないですね。おおむね通じていると感じられる時でも、あくまで「おおむね」であって、正確には絶対に通じてません。

何故なら、言葉は足りないからです。目の前にあるコップ一つとっても、どれだけ言葉を重ねても完璧に説明しつくすことはできません。足りないところは聞いた人が自分で補うしかないんです。そうすることで、私たちは何とかやっているわけです。

記録を記憶で補完する

さて、書物は言葉でできています。「画集も写真集も書物だ」といわれると困っちゃいますが、小説であろうがノンフィクションであろうが、おおむね書物には言葉が書かれています。

小説なんか文字の羅列ですね。大変な量の文が書かれています。ただ、どれほど多くの文章が書かれていても、言葉自体はいま言ったようにものごとをほとんど正確に伝えられない性質のものですから、本来であればそんなものを読んでも面白くはないはずです。

ところが、人には想像力があります。読む人が想像力で言葉の隙間《すきま》を埋めることができるからこそ、小説は面白く読めるんです。

とはいえ、何もないところからは想像も生まれてきません。想像力は全部、その人の個人的な体験に基づく記憶によって作られます。記憶を超えた想像力をもち得る人類など存在しません。つまり、自分がこれまで体験したこと、学習したことをいかに使うか、応用するか、それが想像力のスキルだということです。

本を読んでも面白くないのなら、本に書かれている文章の隙間を埋められないということです。では、隙間を埋められない人は、想像力が乏《とぼ》しいのでしょうか。

そんなことはないですね。考えてみれば、どんな人であっても人生でさまざまな経験をしてきたはずです。ということは、隙間を埋められないからといって想像力がないわけではなく、単に想像力の使い方を知らないだけ、経験してきたことや学んできたことで文章の隙間を埋める方法がわからないだけなんだ——と私は思います。それさえできれば、どんな本でも面白く読めるはずです。

私は本好きなんだろうと思いますが、読んでいて面白くない本もたしかにあります。しかしそういう場合は「この本は面白くない」とは思いません。「この本の面白さを私がわからないんだ」と思うようにしています。だから、面白くない本は面白くなるまで読むようにしています。途中から最初に戻って読み直すこともしばしばあります。そして、どんな本でも読み続けていると、ある時突然面白くなるんです。

誰にでもその人なりの経験値があります。ですから、後はそれをどう組み合わせるかというだけの話です。先ほど馬と桜肉の話をしましたが、「馬」という漢字を見た時「馬刺しを食べたい」と思う人もいれば、「昨日のレースが外れて悔しい」と思う人もいるかもしれません。ただ、競馬をやったことのない人はレースのことなど考えつかないでしょう。ともかく漢字一文字を目にしただけでも、自分の記憶や経験によって、思い浮かぶことはずいぶんと変わるわけです。

言葉は、多義的なものなんです。そこに何を当てはめるかといえば、自分の記憶を当てはめるしかないんですね。

あらゆる物事は、記憶と記録によって残されています。

世間には無数の記録があります。それらの記録を正しく読み取るには記憶が必要です。

先日、母校の小学校の廃校式に行ってきました。記録を見ますと、九十何年にわたる歴史がつらつらと書いてありました。自分たちが在学していない時の記録なんかは、いくら詳しく書いてあってもさっぱり実感がわかないのですが、自分がそこにいた時の記録を読むと、たった一行の文章からでも実に多くのことを思い出せました。

記録に関する記憶を持った人は、その記録を正確に読み取ることができるんです。

それはつまり、自分の体験、記憶と言葉、文章をすり寄せることによって、文字や行間を埋めているということですね。

小説というのはフィクション――要するに嘘です。誰の体験を描いたものでもありません。私は小説を書いていますが、私自身は人殺しの現場にいたことも、お化けに会ったこともありません。それでも書いているのですから、小説というのは全部嘘なんです。

だから、小説に書かれているできごとについて記憶を持っている人など、世の中には一人もいません。いたとしたら――いや、それはかなりマズい感じの方ですね。

にもかかわらず、小説は読むと面白いですね。私の小説はどうかわかりませんが、私は小説を面白く読みます。これは何故かというと、自分の記憶を、その誰の記憶にもない記録に当てはめて読んでいるからです。そして、紡《つむ》がれた言葉を読み進めることで、体験していない体験——物語が、読む人の中に生み出されるからですね。小説はそういう仕組みになっているんです。もちろん小説以外の記録、たとえば保険の約款を読んで感動できる人もいるのでしょうが、小説のような仕組みで書かれたものではないので、なかなか難しいスキルが要求されると思います。

物語は与えられるものではなく、読む人の中にわき出すものなんです。ですから作者が出てきて「私の小説はこう読むべきであーる」などと言うべきではありませんし、書評家などが「君の読み方は間違っとるよ！」などというのもおかしな話なんです。

読者の人生は全部違うんですから、読み方は、一〇〇人いたら一〇〇通り、一〇〇〇人いたら一〇〇〇通り。小説に正解はありません。どんな読み方をしてもいいのです。

ただ——面白がろうとして読まなければ面白くはなりません。どんな本でも、面白がろうとすることが大事なんです。読書というのは能動的なものです。面白がろうと思う力で文字と文字の間、文章と文章の隙間が埋まっていくんです。そうすると、そこに自分だけの物語が立ち上がるんです。それこそが小説の醍醐《だいご み》味です。

〝妖怪〟は数字の一と同じである

くり返しますが、言葉はものごとのある一側面しか表しておらず、なおかつそのもの自体ではありません。つまり、言葉の連なりである小説などは、恐ろしく大きなバグを持っているということです。その大きな穴を、読む側、聞く側、受け取る側が、自分の人生そのもので埋めていく。それこそがバグを埋める行為ですし、人間が、私たちが持っているバグそのものを認める行為でもあると思います。

さて、ちっともお化けの話が出てきませんが、実はお化けというのは言葉なんです。

おやおや、どういうことでしょうか。おかしくなったわけではありません。

お化けとは、概念です。言葉と同じように、お化けも実際にこの世には存在しません。

〝妖怪〟には、さまざまな名前がついていますね。漫画『ゲゲゲの鬼太郎』には「子泣き爺」や「砂かけ婆」「ぬりかべ」などいろいろと出てきます。あれこそが〝妖怪〟だと思っている人も多いことでしょう。たしかに、砂かけ婆は漫画のキャラクターとして存在します。しかしもちろん砂かけ婆というおばあさんが現実にいるわけではありません。あれはあくまで概念です。

〝妖怪〟は、数字の「一」のようなものです。

こういう言い方をするとさらにわかりづらくなるでしょうか。

「二」という数は、あります。「二」がなければ私たちは数えることも、計算することもできません。

では、「イチ」という「もの」はどうでしょうか。

「イチというものを思い浮かべてください」と言われた時、算用数字の「1」あるいは漢数字の「一」以外に、何を思い浮かべるでしょう。きっと、何も思い浮かべられないと思います。ですが、「イチ」という概念は確固としてあります。

「イチ」という概念はあるのに、「イチ」といわれて思い浮かべるのは「1」か「一」。

そう、これこそがまさに砂かけ婆の形です。砂かけ婆なんてものは実体としては存在しません。ですが「砂かけ婆を思い浮かべろ」と言われたら、あのキャラクターの姿になってしまうわけです。

砂かけ婆は、砂をかけるだけ――いいえ、砂がかかることが砂かけ婆なんです。奈良県のある地域では、子どもが砂をかけようが、風で舞った砂が降りかかろうが、とにかく砂をかけた犯人が不明であれば、それは砂かけ婆の仕業になります。姿なんてないんです。

〝妖怪〟とはそういうもの、つまり概念です。そして概念と言葉には密接な関係があります。実は言葉がないところには、概念もありません。

「雪」という言葉は雪が降らなければそもそも存在しません。何度も言いますが、「雪」という言葉自体は現実の雪そのものではないわけですが、にもかかわらず、現実に雪の実体がなければ、言葉も生まれていません。

ただ、この世には実体がないものもあります。たとえば——心です。

心は、誰にでもあります。心ない人にもあります。あるけれど、どんな形をしているのかと聞かれても困ってしまいますよね。バレンタインのハートチョコのような形を思い浮かべる人も多いでしょうが、おそらくそんなはずはありません。ハート形は心臓を象《かたど》ったものともいわれますが、そもそも心臓と心もそんなに関係ありませんね。心には実体がありませんが、心はあるんです。

〝妖怪〟も同じです。〝妖怪〟とは、そういうものです。決して血まみれのオヤジが乗っかって苦しいとか、写真に兵隊さんが映っていたとか、そういうたぐいのものではありません。それはいわゆる怖い話。〝妖怪〟とオカルトは一緒にしないでほしいと思います。

〝妖怪〟は、元は実体のない概念です。「悲しい」とか「悔しい」とか「虚しい」とか、そういったものに近いんです。「山の中で赤ん坊の泣き声が聞こえるのは変だ」「誰もいないところでほっぺたを舐められてビックリ」などの場合、その「変だ」「ビックリ」が〝妖怪〟です。それにシチュエーション別、エリアごとに名前がつけられるんですね。

私たちの人生にはいろいろなできごとがあります。奇妙なこともあるでしょう。不思議とは、「理由がわからないものに的外れな理由を当てはめて間違った解釈をする」ことです。正しい答えが導き出せないので、不思議に思うわけです。わからないことは、わからないのですから「わからない」と表明すればいいだけです。ところが、人間というのは見栄っ張りなもので、わかったような顔をするから変なことになるんですね。不思議を作り出してしまう。そうでなくても、たとえば誰かに相談してみたとして、誰に聞いてもわからないものなら、わからないままにしておくしかないんです。でも、それだと不安になるんでしょうね。

家の中に誰かいるみたいだ――と感じた時、そのままにしておくのは怖いですね。泥棒かもしれません。でも、捜しても誰もいない。おかしいなあ、ということになります。お化けかなと思うと余計に怖くなったりします。錯覚だと断定できれば、とりあえず安心はできます。ただ自分一人で断定しても、それは単なる思い込みですね。多少、不安は残ります。だって何も解決はしてないんですから。

でも共同体の中で、何人かの人たちに「それは座敷わらしだ。害はない」と断定されればどうでしょう。「村のじいさんがそう言ってた」「いや、俺の家でもある」「あるある、それは座敷わらしだ」と、太鼓判《たいこばん》を押されれば、まあ安心できます。

共同体の合意形成によって特殊な例が一般化されちゃうんですね。共同体としても構成員が納得できるような何かを用意しなくちゃならなくなるわけです。実際には何もなかったとしても、何かあることにしなくちゃ納得できないですよね。だから、名前をつけるんです。それは特定の集団内でのみ通用する名前です。当然、対応する「もの」はありません。もちろん傍《はた》から見れば迷信みたいなものですが、内部の人たちにとっては、生活の中で有効に機能する「言葉」となるのです。

対応する「もの」が存在しないんですから、形の部分は「バグ」なんですね。そういう話を耳にしたとしても、後は聞いた人の経験や記憶を元に想像して、穴や隙間、つまり「バグ」を埋めていかなければいけないわけです。

そう考えてみると、お化けも小説も同じようなものだということがわかりますね。そもそも、両方実体はない。現実には存在しない。言葉しかない。足りないところは想像で補うしかない。補わないとわからないし、面白くない。

ところが、お化けの穴は、埋められちゃったんです。たとえば、水木しげるさんなんかの手で。それが、漫画やアニメを通じて広められ、ローカルな「言葉」であったはずのものが全国区の「言葉」になっちゃうんですね。それこそが砂かけ婆や子泣き爺やぬりかべなんです。あのキャラクターの姿形は数字の「一」やハート型と同じものですね。

ぬりかべも歩いている途中何らかの理由で先に進めなくなった村人が、不思議に思って他の村人に聞いてみたところ、「それはぬりかべだ」と言われて納得したという——それだけのことだったんです。最初から巨大なはんぺんのようなものが、「ぬーりーかーべー」といって出てきたわけじゃないんです。あれはアイコンなんです。他にも穴を埋めた人はいるわけですが、水木さんの造形力の威力が強かったんでしょうね。「ぬりかべ」と聞けば誰もがあのはんぺんを思い浮かべるようになっちゃったわけです。

小説の場合は、たとえばコミカライズされると同じようなことが起きます。

小説は文字ばかりですから、どんなキャラクターが登場しても、すべて読者が頭の中で想像するしかありませんね。ところが漫画になると絵がつきますから、「こいつ、こんな顔だったのか」「私の考えていたのとはちょっと違うな」「イメージ通り!」といった反応が生まれます。さらにアニメになると小説や漫画にはなかった声や動きまでがつき、「え、このキャラこんな声?」となりますね。実写映画になっても同じことです。

あれは、漫画家さんや作画監督さん、キャスティングする人が、それぞれの想像力で穴を埋めた結果ですね。埋めた部分が気に入っちゃう人もいれば、気に入らない人もいることでしょう。みなさんは、小説や漫画を読む時に、すでに一人ひとりの頭の中でそうした穴を全部埋めちゃっているんです。そうやって、受け入れているんですね。

〝妖怪〟もそうだったんです。実体はないんですから。開いた穴に何を見るか――それは見る人自身の人生なんです。その人の人生が反映されるんですね。

幽霊にたとえてみます。〝妖怪〟の親戚みたいなものですね。

幽霊が出たと仮定します。それが愉快な幽霊なのか、楽しい幽霊なのか、悲しい幽霊なのか、怖い幽霊なのかは、見る人次第なんですね。可愛がってくれたお祖母ちゃんが「久しぶりだね」と言って出てくるハートウォーミングな幽霊であってもいいし、自分が殺して埋めた女が恨みを晴らすために出てきたんだと思うなら、それは怖いことでしょう。いいですか、「幽霊怖い」と怖がる人は、ホントは悪い人だけなんです。怖い目に遭う覚えがないなら、怖がる必要などないはずですもんね。たしかに昨今の幽霊には無差別テロのようなやつもいますが、あれもあくまでお話の中だけなので、怖がる必要はありません。

幽霊は、それを見る主体となる人の考え方や生き方、文化的な環境などに大きく左右されるんです。何が見えるかは見た人次第。まさしく「幽霊の正体見たり枯れ尾花」そのものだといえます。それは同時に、「枯れ尾花は正体を見るまでは幽霊だ」と言い換えることもできるわけですが。

小説もおんなじです。いいえ、言葉というのは、あまねくそういうものなのですね。

答えは自分が知っている

最近、〝妖怪〟モノのアニメやゲームが流行っています。小説も〝妖怪〟が出てくるものが多く書かれているようです。これらの作品を見てみると、抗争劇だったり人情話だったり、あるいは恋愛ものだったりと、〝妖怪〟が登場しなくてもストーリーが成り立つと思われるものが多いように感じます。江戸の頃から化け物キャラは同じように利用されてきましたが、当時は主に諷刺や諧謔のために用いられていました。価値観が人間と正反対な化け物を使うことによって、人間世界を反転させ、批評するんですね。いまはそうではなくて、キャラクターを〝妖怪〟に置き換えるだけです。超能力を持った異能、というだけですね。もちろんそれはそれで面白いからいいですし、現在は〝妖怪〟がキャラクター化してしまっていることも事実なので、否定はしません。ただ何も〝妖怪〟なんか使わなくても十分面白いんじゃないかと思うことは、ないではありませんが。

ひとつ懸念があるとするなら、そうしたものに登場する〝妖怪〟の一定数が、すでにアイコンになっているということです。すでにビジュアルのイメージが埋まっているんですね。漫画やゲームの場合はいいんです。新しい姿を与えることもできますし。でも、小説の場合はメリットとおなじくらいデメリットもあるかもしれません、できれば小説は、先行するイメージに左右されることなく、素の状態で読んでいただきたいと思うんですね。そのほうが、自分の人生や考え方が作品の面白さに直接繋がってきますし、一所懸命読むことができるのではないでしょうか。

よく小説の登場人物の言動に目くじらを立てて怒る人がいます。そういう人はおそらく一所懸命読んでいらっしゃるんだろうと思います。もしかしたら現実と勘違いしてしまったのかもしれませんが——いずれにしても、ものすごく面白く読まれたのではないでしょうか。そうでなければ、そこまで本気になって怒らないでしょうから。

書き手の立場で言いますと、そういう文句を言う人は、褒めてくれる人と同じくらい「いい読者」なんです。いや、読んだことをすぐ忘れるような読者もいい読者ですけど。「筋書きはまったくわからなかったけど読んでいる間はすごく面白い気がしました」というのでも、十分です。図書館で借りても本屋さんで買っていただいても——まあ買っていただいた方が私は助かるんですが、どっちでもいいです。買うだけで読まれなくっても、満足です。積ん読というんですか。本を積むのは危険なので感心しませんが、未読という点に関しては何の問題もありません。途中で読むのをやめた方も、店頭で題名だけちらっと読んでいただいた方も、ありがたい読者です。

それでも、書かれた言葉以上の何かは感じられているはずだからです。

小説なんてそんなもの、そしてお化けもそんなものです。

動物とは違う社会の目に見えない概念が、私たちの生活を楽にしたり、苦しくしたりしています。そして概念は、言葉によって表されます。その言葉で作られたものが書物であり、言葉と同じ仕組みを持ったものが〝妖怪〟です。生きにくい、つらいと思った時、小説を読んでみる、あるいは、生きにくい、つらいことを〝妖怪〟に託してみる。そうやって私たちは、長い月日を暮らしてきました。

いまの世の中、いろいろと大変な問題が山積しています。小学校の頃の私のように、生きるのがつらい、面倒くさいと感じている人も少なくないはずです。でも、私がそうだったように、書物や〝妖怪〟が必ず助けてくれるはずです。答えは必ずあるはずです。答えはみなさんそれぞれの中にあるんですね。書物やお化けは、それを導き出すための、道具なんです。

（二〇一八年二月二一日）

平成29年度 文字・活字文化の日記念講演会
日本語と妖怪

第九談

日本語と〝妖怪〟のおはなし

文字・活字文化の日
記念講演会
「日本語と妖怪」
於・成城ホール

「日本語」はやわらかい

だらだらとお化けのお話をいたします。

それから言葉——というより、もっと狭くて、日本語のお話ですね。

まるで関係がなさそうな二題話ですが、実は驚くほど響きあっているんです。

「雨が降ってきた」と聞いたら、たいていの日本人はその意味が理解できます。

しかし偏屈者《へんくつもの》ならこう言いそうです。「降ってくるのは水滴だ。水滴が降ってくるから雨になるんであって、せめて雨粒が降ってきたと言うべきだ」とか。

何を言ってるんだという感じですね。

まあ。いわゆる屁理屈ですから「そんなことをとやかく言うやつはウザい」と白い目で見られるだけなんでしょうが、たしかに改めて考えてみると、これちょっとヘンな言葉ではあります。雨は天気の状態を指す言葉ですから、降ってくるはずがありません。でも言葉としては通じます。「雨」というのは、状態も、降ってくる水滴も、両方指し示す言葉なんですね。このように日本語はさまざまな事象やものごとをクルッと包んで、穏《おだ》やかに伝えることができる言語です。

「食べれる」とか「見れる」とかの「ら抜き言葉」、これを細かくチェックする人がいます。「食べられる」「見られる」と言うべきだ、「最近の日本語は乱れておる！」とお怒りになるわけです。これ、私は日常でもほとんど使いません。ただ、使わないのは正しくないからではなく、ただの習慣です。たしかに話し言葉ならともかく、文章にするとかなり間抜けに感じられることは間違いないですし。しかし、調べてみるとら抜き言葉は明治時代から使われてるようなんですね。最近の嘆かわしい風潮ではないのです。

明治までは話し言葉と書き言葉は別ものでした。それは不便だと、書き言葉を話し言葉に近づけようとする言文一致運動が、二葉亭四迷《ふたばていしめい》や山田美妙《やまだびみょう》などの小説家を中心に起こりました。いまの形になるまでは、かなりの紆余曲折《うよきょくせつ》があったんです。その頃は、ら抜き言葉に文句を言う以前に文法自体が整理されていなかったんです。

このところ、やたらと「日本の伝統は――」「そもそも日本人は――」という主張をよく耳にしますが、声高に言う人ほど意外とその伝統を知りません。「神社で挙げる神前結婚式こそ日本人の守るべき伝統だ」などと言う人もいますが、これは明治三三年の大正天皇のご成婚を機に広まったと言われているのものなので、たった一二〇年前のことです。意外と歴史の浅い「伝統」も多いのです。

言葉も同様で、標準語ができ上がったのも、これと同じ時期です。お祖父さんやひいお祖父さんの時代までは、みんなその土地土地の言葉を喋っていました。「フランス語かなと思ったら津軽弁だった」なんて話を聞きますが、よそ者は何を話しているのかわからないのが普通だったのです。

かつては士農工商などの身分や性別によっても話し言葉が違っていました。お互いに通じにくい言葉を使っていたのです。そのうえ、話し言葉と書き言葉がある。これほど複雑な言語体系を持つ国も珍しいでしょう。

どこの国もそうなんでしょうが、日本にも大昔は文字がありませんでした。しかし、国家が形成されるにしたがって、公式の記録を残したり、文書で伝達したりする必要が出てきました。中国や朝鮮半島と交流するにも文字がないと困ります。日本人はせっせと中国語を学び、日本に取り入れました。

漢文というのは、まあ中国語です。中国語なんですから音読したって中国語ですね。漢字を学べば文章は理解できるでしょうが、音で聞いてもわかりません。

これ、普通は翻訳しますよね。でも文字がないんです。そこで無理矢理日本語として読もうとしたんですね。漢文に記号をくっつけて——学校で習いましたよね。漢文にレ点やら一二三と書き込んで、単語を日本語の順番にして、そのまま日本語として読めるように改造しちゃったんですね。これって、頭がいいのか、ズルいのか、手抜きなのか、手間がかかってるのか、わかりませんね。

そのうち、だんだん面倒くさくなったのでしょう、漢字を使って日本語を表記できるように工夫したんですね。ひらがなとカタカナの誕生です。私たちは当たり前に漢字、ひらがな、カタカナを混ぜて文章を書きます。ひらがながベースと思っている人も多いでしょうが、実は漢字が先ですね。で、漢文ベースに送り仮名やなんかを加えた書き言葉の基本ができ上がります。一方で、それまであった「やまとことば」を表音文字であるひらがなをベースにして書き表すこともできるようになったんですね。漢文ベースのほうは、名詞などの単語はおおむね中国語のままです。日本語に中国語の単語を取り込む、ということになるわけです。漢字に音読みと訓読みがあるのはそのせいですね。訓読みというのは語意を翻訳した上で送り仮名などをつけて当て読みしている形ですね。

欧米の言語表記とは成り立ちがちょっと違いますね。

文字というのは、どんな文字も元は絵ですから、表意文字です。でも意味を捨ててしまえば表音文字になります。要するに、音としての言葉を表記するために特化した文字ですね。発音に対応する記号の羅列ですから、これは数が少なくていいんです。母音と子音を分解して組み合わせる形にすれば、うんと減ります。英語、フランス語、ドイツ語などは基本的にアルファベット二六字で言葉を表せますね。でも、日本語は五十音、実際には四六文字。それに漢字は、常用漢字だけで二〇〇〇字以上あります。

しかも漢字一つが一つの意味を表すとは限りません。読み方もたくさんあります。たとえば「馬」という字は中国ではもちろん「うま」とは読みませんね。音読みだと、「バ」とか「マ」。「メ」とも読みます。本来の発音は「マー」ですかね。

しかも漢字は表意文字ですから、たとえば「馬鹿」のような当て字であっても、「馬」という一文字によって、「馬の目ってかわいい」とか「馬刺し喰いてえ」とか「今度のレースで一発逆転」とか「馬場さんにお金返さなきゃ」など、人によっていろんな想いがわくんですね。それだけ、漢字は使い道が広いということです。

その漢字を組み合わせた熟語は、もっと使い道が広くなりますよね。そこにひらがなとカタカナが入り込むんですね。視覚的な意味喚起能力は抜群ですね。

日本語はさらに、とても柔軟な構造を持っています。逆にいえばいい加減な言葉です。外来語に対しても対応は臨機応変で、たとえば「ソーイング・マシン」のマシンを取って「ミシン」にしてしまったりするんですね。マシンは機械という意味ですから、そこだけ取ったのでは何を指すのかよくわからないはずですが、もうミシンは日本語です。「ベース・ボール」は普通に訳せば「塁球」なんでしょうが、野球という造語を創ったりもします。「野」に「球」じゃ意味がわからないんですが。

最近では取り入れる外来語が増え過ぎたためか、訳さずにそのまま使うようになりました。「ツイッターのタイムラインでバズっちゃってさ」みたいに、日本語がほとんどない文章も珍しくありません。あ、ちなみに、この「バズる」というのは短期間に大量の反応があるということです。

外来語をカタカナでなく、アルファベットで書いても問題ありません。さらに、顔文字や、特定の人々しかわからない記号でもありです。日本語は何でもどんどん受け入れて新しい言葉を創り出す、実に柔軟で、いい加減な言語です。

明治時代、その日本語の柔軟さといい加減さに危機感を持つ人たちがいました。「国内で日本語を使っている分にはいいが、このまま近代国家として国際社会に出ていくと通用しないのではないか」と考えたのです。

というのも、外国にはタイプライターという便利な機械があったからです。これ、アルファベットは二六字しかないので作れたんですね。文字種が多い日本語ではタイプライターは作れません。当時の人はタイプライターに驚いただけでなく、妬《ねた》ましくも思ったようです。そこで、言語学者なども入れてあれこれ考えた上で、漢字もひらがなもやめて、全部ローマ字表記にしたほうがいいという結論を出しました。明治の初めから続いたローマ字運動です。これ、効率的ではあるんでしょうが、やはり暴論です。生産性や効率ばかりを優先すると、ロクなことにならないんですね。まあ、ローマ字表記にしたところで外国人にはちんぷんかんぷんでしょうし、いざとなったら、街中の看板までアルファベットなんてちょっとあり得ない、ということになって普及はしませんでした。

未来にワープロやパソコンが作られ、日本語を自由にタイピングできるようになるとは夢にも思わなかったんでしょう。

いまの人たちには理解しがたいでしょうけど、当時は毛筆と墨で文字を書いていたんですね。細かい字や長い文章を書くのはひと苦労でした。帳簿などに毛筆で記録するのは手間だったでしょう。しかも、字の下手な人もいますから、スラスラ読めないこともあります。文章というのは、頭の中で考えてから文字や音声で表現します。紙と筆を使った出力はとても非効率なのです。しかも一発本番です。ケシゴムじゃ消えません。

頭の中で文章を完成させてから書かないといけないんです。書いてから推敲しようとするとだいたい書き直し。字を間違っても書き直し。字がヘタでも書き直し。これは、まあさすがに効率的とは言いがたいですね。だから当時の人は、まず頭の中で情報を取捨選択して相手に伝える訓練を自然に積み重ねていたんでしょうね。パソコンで文書作成をする場合は、こうした出力前の作業はパソコン上ですることになりますね。頭の中と違って非常に明確です。日本語の多義的で多様な文字も、より効果的に使いこなせます。

さて、日本には俳句や短歌など「言葉を省略して短く表現する文芸ジャンル」がありますす。私の小説に比べると、ずいぶんコストパフォーマンスがいいわけですが、そうした短い文字数から多くの情報を読み取らせて感動を与える技巧というのも、日本語の特性を生かしたものとも考えられますね。短文の中に意味を折りたたみ、複数の受け取り方を提供するスタイルですね。それを、韻を踏んだり調子を整えたりして、しかも即興で記す。すべて頭の中で終わらせて短冊なりに一発出力するんですから、すごいものです。

ただ、形式が決まっている上に複数の意味を持つ作品は、外国語に翻訳しづらいという弱点もあります。読み手にいろいろ察してもらう作品は、背景を知らないと誤訳してしまいますからね。しかも、紙背や行間は訳せません。意訳したとしても、形式や語調はなくなってしまいます。

そういう意味で日本語は「限定した」意味を伝えるには不利なものです。解釈を一通りに絞り込まなくてはいけないからです。だから法律や約款などは、どうしても長い文章になりがちです。解釈を間違えられないよう、あれこれと注意を書き加えなければならないからです。それでも解釈には幅ができちゃうんですね。

逆に、小説のように、読者にいろいろ想像させるのには有利です。俳句はたった一七字で幅広い解釈ができます。形式もなく分量も無制限の小説は、やりたい放題ですね。日本語は小説向きといっていいでしょう。まあ、長過ぎるのはいけないと思いますが。

とはいえ、日本語はファジーゆえにいい加減な面もあるんですね。

たとえば「新しい」という言葉も、まさにいい加減さの証拠です。いまでは当たり前のように「あたらしい」と読んでいますが、元々は「あらたしい」だったようです。「新」の一文字では「あらた」と読みますから、「新しい」は「あらたしい」です。ただ、「あらたしい」は言いにくく、みんなが「あたらしい」と言い間違えているうちに、そっちのほうが一般化し、正しい読みとなったんだとか。

嫌われもののゴキブリも、元は「ゴキカブリ」という名前でした。「御器《ごき》囓《かぶ》り」と書きます。御器、つまり器をかじるという意味です。昔は「かじる」ことを「かぶる」と言いました。その御器囓りがゴキブリになったのは、言いにくかったせいではありません。

明治一七年に『生物学語彙』という本が出版されました。専門家による、生物学用語集です。そこで、ゴキカブリを意味する漢語に、誤って「ゴキブリ」と振り仮名を振ってしまったんですね。そのまま訂正されず、次に出版された別の本にもゴキブリと書かれ、そのままゴキブリになってしまったのです。単なるルビの誤記、誤植《ごしょく》です。

そんなバカなと思うような話ですが、言葉はこうしたミスも加わって、どんどん変わっていくものなんです。目くじら立てて「言葉を守れ！」と怒鳴ったところで、止められません。変わる時は自然と変わってしまうものなのです。

ただし、「オレが変えてやろう」は通用しません。これは重要なことで、言葉は自然に変わっていくものであり、誰かの意志で変えられるものではないんですね。文化というのは、民意を得られて初めて勝手にある方向へ進むものなんですね。

よく戦国時代などにタイムスリップする小説や映画がありますが、本当にそんなことが起こったとしたら、たぶん信長とは言葉が通じないでしょう。明治の人とさえうまく話せないかもしれません。五〇年単位でも言葉は変わりますから、昭和生まれの人といまの若者だって、話が通じるとは限りません。

重要なのは、言葉づかいが正しいかどうかではなく、相手に通じるかどうかなんです。通じれば、間違っていても別にいいんです。まあ、なかなか通じないんですけど。

〝妖怪〟もやわらかい

前振りがずいぶん長くて「〝妖怪〟の話はどうなっているんだ」と文句が出そうな感じなので、お化けのお話をします。

実はこれまで述べてきた「日本語」や「言葉」を「お化け」や「妖怪」に置き換えてもそんなにおかしくはないんですね。そのまま話が成立します。お化けや〝妖怪〟は日本語と同じような作りになっているんですね。

いま、ドラマや小説、漫画、アニメ、ゲームなどには〝妖怪〟が溢れています。アニメやゲームで子どもたちに人気の『妖怪ウォッチ』は、タイトルにまで〝妖怪〟がついています。〝妖怪〟を見ることのできる時計を手に入れた少年が、〝妖怪〟と友だちになったりやっつけたりしますね。海外進出もしました。『ぬらりひょんの孫』なんかも海外で人気のようです。「孫がいるってぬらりひょん結婚したんだ」と〝妖怪〟ファンを驚かせました。これも人気の『夏目《なつめ》友人帳《ゆうじんちょう》』は、普通の人には見えない「あやかし」と呼ばれるものとの交流を描いています。襲われることもありますが、寂しいお化けたちとは友だちになります。同じ〝妖怪〟でも描かれ方は千差万別です。〝妖怪〟という存在に厳格な規定はなく、現代においても変化し続けています。言葉と同じです

「見越し入道」という有名なお化けがいます。夜道などで小柄な坊さんに出くわし、見ているとどんどん大きくなるんですね。見上げてると転ぶとか、見ていると死ぬとかもいいますが、「見越した！」と言えば消えてしまうようなので、まあ、大した悪さはしてません。こいつはなかなか大物で、けっこうな歴史を持ち、全国各地に出没し、「高入道《たかにゅうどう》」「次第高《しだいだか》」「乗越《のりこし》」「伸上がり《のびあがり》」「見上げ入道」など、いろいろな名前で呼ばれています。やることも少しずつ違うんですが、だいたい同じものです。

江戸も後半になってくると人の移動が盛んになり、、地方と都市の間の情報交換が盛んに行われるようになってきます。江戸や大坂に、遠隔地からいろいろなお化けの話が集まってくるんですね。「九州のどこそこの村にはこんな化け物が出る」とか、「東北のナントカ坂の途中に恐ろしい怪物が出る」とか――そんな伝聞は誰も確かめにいきませんから、言いたい放題です。そうすると、「これとこれは名前は違うけどおんなじじゃないか？」「そうだとすると、こいつすごくメジャーだぞ」みたいなことになって、「じゃあややこしいから統一」ということになります。重なる属性は活かされ、つまらないローカル属性は切り捨てられ、いいとこ取りする形で情報が取捨選択され、洗練されて、名前も統一、絵も描かれます。そうして見越し入道というキャラクターができ上がります。地方に伝わるさまざまな伝承や怪しげな話がキャラになっていったんですね。

江戸時代のお化けは、いまの〝妖怪〟と違って同じような連中の集合体であり、全国から選抜された優良お化けなんですね。

見越し入道はその総大将とされました。ろくろ首や一つ目小僧、化猫遊女《ばけねこゆうじょ》、後述する百々爺《ももんじい》などが有名キャラです。一つ目小僧は、誰でもすぐ絵を描けますから、子ども向けの絵本やすごろくなどによく使われました。唐傘《からかさ》お化けは、民間伝承こそほとんどないんですが、形が面白いので絵に描かれたりフィギュアになったりしました。いまのアンパンマンやドラえもんなんかに近い存在でしょうかね。いずれにしてもスタートは子ども向けだったのです。

そのうちに「このキャラを大人向けに流用したら面白いじゃないか」と考える人たちが出てきて、黄表紙の主人公として登場するようになります。黄表紙は現代でいうなら、青年漫画雑誌です。ですからピカチュウとドキンちゃんの恋愛みたいな、荒唐無稽《こうとうむけい》なお話が描かれたりしたんですね。大人の間でそれが人気となってキャラとして定着し、見世物小屋でもろくろ首や唐傘お化け、一つ目小僧などが出し物になっていくのです。

やがて「豆腐小僧は見越し入道の孫だった!」というような衝撃の事実まで出てくる始末です。お化けに血縁関係があるわけないんですが、ウルトラマンに両親や兄弟が作られたのと同じです。

ちなみに私が書いた『豆腐小僧双六道中《とうふこぞうすごろくどうちゅう》ふりだし』という小説では、豆腐小僧は見越し入道の子どもです。お化けなのでいい加減なんです。「何で入道から豆腐が生まれるんだよ！」というような野暮《やぼ》な文句は言わないでください。

このお化けキャラは地方に逆輸入され、言い伝え自体が影響を受けたりもしました。見越し入道の「ミコシ」はお神輿《みこし》と同じ音ですね。熊本なんかでは神輿入道として伝えられています。神仏に祈るとお神輿に乗って逃げていくなどといわれますが、同じものでしょう。三重《みえ》県四日市《よっかいち》のお祭りには巨大で首が伸びる「大入道」という名の山車《だし》が出ますが、この首が伸びるというのは草双紙なんかの影響と考えていいと思います。文化年間に作られ始めたといいますから、そんな時代からゆるキャラ的なものでもあったんですね。

『妖怪ウォッチ』に登場する人気キャラの「ジバニャン」は、トラックにはねられて地縛《じばく》霊《れい》となった〝妖怪〟猫という設定ですが、作品が注目され出した際に〝妖怪〟好きの一部から、「地縛霊ってオカルトじゃないか！」とか、「最近作られた妖怪なんか妖怪じゃない！」というような声が上がりました。いやいや、〝妖怪〟は全部創作ですからね。昔から伝えられていると思われている〝妖怪〟も、ひょっとしたらどっかの村のオヤジさんが考え出したゆるキャラかもしれないのです。

お化けは「ゆるい」んです。だからそれでいいのだと思います。

このように伝承や伝説というのはくせ者なんですね。

江戸や大坂に集まってきたお話は、江戸時代の随筆などに書き残されたりしました。明治時代には民俗学者が地方を回って採集したりしました。

随筆なんか書くのは、一定の学問がある人です。伝承を口伝えしてきた地元の人が直接書いた記録はほとんどありません。口伝者の話を聞いた人が文字で記録し、さらにそれをネタにして文章を書くわけで、どうしてもズレが生じます。

また、口伝者のおじいさんやおばあさんが勘違いすることもあるでしょうし、嘘をつかないとも限りません。と、いうよりもみんな、面白く創ってるんです。「昔から伝わっている話だから正しい」とはいえないですし、その昔っていつなんだという話ですね。

昔話と思われているものには、海外の童話の翻案《ほんあん》もあります。たとえば東北に伝わる「大工と鬼六」なんかがそうですね。何べん架けても急流に押し流されてしまう橋の施工を頼まれた大工さんが鬼と取引きをして橋を架けてもらう——というお話ですが、古くから伝わる昔話のようで、実は北欧に伝わるお話から筋書きを取ったものといわれています。

と——いっても、これはニセモノなんかじゃないんですよ。大正時代に語られ出した昔話なんですね。語り手が嘘をついたというわけでもないですね。採集したのが昭和だったら、大正時代は間違いなく昔です。昔から伝わってます。

民俗学の父である柳田國男が記録した説話だからといっても、すべて信じられるとは限りません。いや、信じる信じないという問題ではないですね。私たちは民俗学者ではありませんから、そんなことで怒ることも困ることもない。いや、学者の方はむしろそういうところを研究されているんですから、やっぱり信じる信じないという話じゃない。

お化けは、間違っているから面白いのです。

本当ではないかもしれないし、嘘が混ざっているかもしれない。

お化けが好きな人は、そういう事例を一つひとつ解きほぐし、たどっていくのが好きなんですね。それは一見無駄なようでいて――いや、無駄です。無駄だからいいんです。

こんなことを語っていますが、私自身も〝妖怪〟なんて見たことはないし、存在を信じているわけでもありません。しかし〝妖怪〟を生み出している文化は厳然としてあるわけですし、〝妖怪〟はキャラクターよりその周辺が面白いことは間違いありません。

調べていくと、びっくりするようなことに出合えます。

たとえば、埼玉県に「袖引小僧」という可愛い感じの〝妖怪〟がいます。歩いていると袖を引っ張るというイタズラをします。それだけです。他愛もないやつかと思っていたんですが、調べてみると実体は、どうやら落ち武者でした。血だらけの落ち武者が通りがかった人に助けを求めて袖を引くんだとしたら、まるで印象が違いますね。

徳島県《とくしま》三好市《みよし》山城町《やましろ》は「子泣き爺」のふるさと、発祥の地といわれる場所です。水木しげるさんが会長を務めた世界妖怪協会が二〇〇八年に「怪遺産」として認定しました。かくいう私も協会関係者の一人です。

子泣き爺は、『ゲゲゲの鬼太郎』に出演し、鬼太郎の仲間としてすっかり有名になりました。あのデコボコした頭のお爺さんキャラを思い浮かべる人も多いはずです。現地に建てられている石像も、あのキャラの形です。

でも、山城町の子泣き爺は実在の人物だったようです。大正時代か、昭和の初めくらいでしょうか。赤ん坊の泣き真似が上手なお爺さんがいたんですね。ただ、村の人ではないんです。山から来るんですね。どうやら高知県《こうち》側から山を越えてやってくる民間宗教者の一人だったようです。民間宗教者といっても、家々の戸口に立ってちょっとした祝詞などをあげ、金品をせびる人たちですね。しかし山の中でオギャーオギャーと泣くお爺さんがいたら、相当怖いですよね。だから、イタズラなんかをした子どもに「悪いことをすると子泣き爺が来るぞ!」と言って脅かすようになったんですね。「早く寝ねぇと子泣き爺が来るぞ!」と、しつけに利用されちゃった。郷土史家がその話を民俗事例として収集し、柳田國男が採用し、水木しげるがキャラにした——ということです。これは、私の知り合いの郷土研究家、多喜田昌裕《たきたまさひろ》さんが、こつこつ足で歩いてつきとめたんです。

水木さんは柳田國男の「妖怪名彙《ようかいめいい》」という〝妖怪〟リストを読んであのキャラを創造したんですね。その柳田に子泣き爺を報告したのは武田明《たけだあきら》さんという郷土史家で、その武田さんが訪ね歩いた場所を丹念に回ってつきとめたんですね、その人は。そして「うちに調査にきた。子どもの頃脅かされた」という人にいき当たった。執念ですね。

ところが、この子泣き爺のふるさとの山城町からちょっと離れた木屋平《こやだいら》というところにも子泣き爺が伝わっていたということもわかってるんですね。こちらは兵庫《ひょうご》県立歴史博物館の香川雅信《かがわまさのぶ》さんが、柳田自作のネタ本を調査してみつけたものです。そこには笠井高三郎《かさいこうざぶろう》さんという郷土史家の報告が載っていて、そちらのほうがより古い形態のようです。

「じゃあ発祥の地じゃないじゃん」というのは、ちょっと早計です。

そのあたりには「ヤマチチ」や「ヤマヂヂ」と呼ばれるお化けも古くから伝わっています。「山父」「山爺」と漢字を当てることもあります。この山父は背丈が大きくかなり凶暴で、山から下りてきて人をガリガリとかじったりする。大変に怖い存在です。山父の墓と伝承されるものもあり、茶畑の真ん中に石が積んでありました。その墓の前に住むお婆さんに聞くと、「うん、たぶん外人さんの墓だと思うよ」と話していましたが。

で、これも現地でご老人から聞いた話ですが、「子どもの頃に山父の子どもと遊んだ」というんですね。山父、山爺の「チチ」「ヂヂ」は、父や爺ではないのかもしれません。

つまり子泣き爺の「爺」も、お爺さんという意味ではない可能性があります。それに木屋平のコナキヂヂは、どうもおじいさんではなく、ただの赤ん坊なんです。名前以外おじいさん要素はない。抱き上げるとだんだん重くなるんですが——もしかするとヤマヂヂの赤ん坊なのかもしれません。そのあたりにはまた、「オンギャナキ」「ゴギャナキ」というお化けも伝えられていました。これは、赤ん坊の声を発するお化けです。泣きながら歩くと地震が起きるんだそうです。柳田は、これも同じもののように紹介しています。

まざってます。

もともと赤ん坊の泣き声を出すお化けが伝わっていて、ヤマヂヂなんかとまじってコナキヂヂという「おんぶお化け」のようなものができ上がり、そこに泣き声を真似する年寄りの民間宗教者が現れて、子どものしつけに利用された——というあたりが真相ではないでしょうか。つまり、山城町はいまキャラとして流通している子泣き爺が「誕生」した場所ではあるんです。

柳田は少なくとも複数回報告を受けているんです。でも、混乱したんでしょうね。こういうものはたいていシンプルなほうが原型です。初めは「山の中で赤ん坊の泣き声が聞こえる」というだけだったんでしょう。でも、重くなるとか地震が起きるとかじいさんだとか、どうも錯綜しています。話がまじっているからです。

柳田は、子泣き爺の説明に「こしらえ話」らしい、と書いています。シンプルな伝承ではないと思ったんでしょうね。でも、それが〝妖怪〟なんですね。その時々で都合のいいように変わっちゃう。民意が得られればどんなに変でも残っちゃう。ある意味、面白ければ良いという、適当なものです。実際、先ほどくまなく現地を歩き回った執念の人、多喜田さんは木屋平でコナキヂヂの伝承を聞くことはできませんでした。言い伝えが絶えていたんですね。でも、鬼太郎の友だちの子泣き爺は、みんな知っていたようですが。忘れられてしまった上に、同じ名前だったから消えてしまったんでしょう。

柳田國男は情報を整理する時にカードに一件ずつ書き留めて、検索できるようにしていました。それを組み合わせながら分類していったわけです。カードにまとめる以上、そこには内容を表す「名前」が必要です。柳田は国語学者でもありましたから、言葉に興味を持ち、全国の言葉や方言を集めていました。その中に〝妖怪〟やお化けも含まれていたのです。そのため、〝妖怪〟が「名前」で分類されることになりました。そのせいで「見越し入道」のように異名がいくつもあるものは、名前が違うと「別もの」として扱われることになります。江戸時代のお化けは属性が同じなら名前が違っても「同じもの」とされましたが、あくまで地域性優先の民俗学では、名前が違えば「別のもの」と考えるのは当然のことだったんですね。

こうして、〝妖怪〟の数が増えていくことになったのです。まあ、同じ名前で別なものもいるわけですが、学問上は別のものとされても、一般的にはまざりますね。江戸時代とは別な基準での統廃合が起きちゃったんですね。

日本語も、ちゃんとした日本語があるのに、同じものを指す外来語なんかもどんどん取り入れてしまいます。通じるようになれば誰も文句は言いません。元の日本語の意味が変わっちゃったりもします。言い間違いや書き間違いも、通りが良ければ残ります。『ゲゲゲの鬼太郎』にも登場する、「おどろおどろ」という〝妖怪〟がいます。髪の毛だらけのおそろしげな〝妖怪〟です。

これはもともと「おどろし」でした。昔、同じ音をくり返す時は「く」の字を長くしたようなくり返し記号を使いました。「おどろし」の「し」をくり返し記号と勘違いして「おどろおどろ」になったものと思われます。毛筆ですから、にょろっとしてわかりにくいんですね。同様に「ん」と間違えて「おどろん」という名前もあります。みんなまったく同じ形です。毛だらけなので毛一杯なんて名前になってたりもします。

ちなみに、どんなお化けだったのかはわかりません。「無信心者が神社に参ると鳥居の上から落ちてくる」なんて説明がされますが、絵を見た人の創作ですね。

先に述べた「百々爺」というお化けは、ただのお爺さんです。別に悪さはしません。

江戸時代、お化けキャラとしてけっこう人気でした。この百々爺は「ももんがあ」というお化けが老いたものだという説もあります。

ももんがあといえば、あのムササビの仲間みたいなかわいいモモンガを思い出す方も多いでしょうが、合っています。ムササビみたいなものが飛んできて、人の顔に覆い被さって血を吸う——ともいいますから、本当なら怖いお化けです。

これは「モミ」とか「ママミ」とも呼ばれます。マミは「猯」ですから、つまりムジナのこと——ムジナとタヌキには明確な生物学的違いはないので、タヌキのことです。

結局、何が何だかわかりませんね。すでに江戸時代からして大混乱状態なのです。江戸時代に書かれた『繪本百物語』通称『桃山人夜話』という本がありまして、その中に「野鉄砲《のでっぽう》」というお化けが描かれています。こいつは口からコウモリを吹き出して人の顔をふさぐんですね。これもマミが老いたものとされます。もうぐちゃぐちゃですね。ちなみに、大正時代にはタヌキの禁猟区でムジナを獲って逮捕されちゃった人がいます。また、ムササビの禁猟区で「モマ」を獲って捕まった人もいます。モマとは、まあムササビのことです。タヌキとムジナは「違うものだと思っていた」から、無罪。モマはムササビの方言なので、同じものと認識していただろうから有罪、だったそうです。

もう、ホントにごちゃごちゃです。

元々、「ももんが」は子どもの遊びのようなものなんですね。こう、袖を広げて「ももんがあ！」と叫んで脅かすんです。たしかに、ムササビやモモンガに似てますね。もっと遡れば、「モウ！」と「ガー！」ですかね。これが合体したという説もあります。一方で、元は「かもうぞ」で、それが分離したという説もあります。「食べちゃうぞ」、という意味ですね。「ガゴジ」や「ガゴゼ」になると、奈良の元興寺《がんごうじ》に出たという鬼のことですし、「モウ」を蒙古《もうこ》とする説もあり、話は広がり放題ですね。

柳田は「おばけの聲《こえ》」という文章の中で、お化けは「オーバーケー」と鳴くと書いていますが、鳴いているわけではなく、「お化け」だと名乗っているのでしょう。そうだとすれば、「ももんがあ！」も同じように名乗りなのかもしれません。つまりももんがあとは、お化けのことなんです。

何もしない百々爺がだんだんすごい〝妖怪〟に思えてきましたが、これ、単に「ももんじい」と「ももんがあ」の言葉の響きが似ているというだけなんですね。お化けキャラの百々爺は毛深く描かれるんですが、これはけものを表現しています。当時、獣肉を料理して出すことは表向き禁じられていましたが、まあお店はありました。そういうお店は「ももんじ屋」と呼ばれました。百々爺も「けもの」になっちゃったんですね。まあけもの料理なんですが。で、正体不明のものを食わせるという意味でしょう。

「江戸時代の本に書いてあるから正しい」「この妖怪はホンモノだ」というのは、だからまあ、あんまりアテにならないんです。ただの思いつき、言葉遊びや語呂合わせで、簡単に性質まで変わっちゃうんですから。

ももんがあは「衾《ふすま》」あるいは「野衾《のぶすま》」とも呼ばれます。衾とは、布などを長方形に仕立てた掛け布団のことです。たしかに衾や野衾はももんがあ同様顔に被さってきます。ところがふすまはふすまでも「襖《ふすま》」となると、和室用の仕切り建具ですね。目の前をふさいで人の行く手をはばむという意味では同じです。で、建具の襖のほうのお化けもいます。たとえば「衝立狸《ついたてたぬき》」。夜ふけに通ると道の真ん中に大きな衝立があって前に進めない。それでも力を込めて突き進むと難なく通れるという現象のことで、その実体はまたもやタヌキというわけです。

目の前にドーンと立ちふさがるといえば、『ゲゲゲの鬼太郎』でも有名な「ぬりかべ」というのもいますね。この「塗壁《ぬりかべ》」という言葉は本来、お化けの名前ではありません。歩いていて何かに突き当たって歩けなくなる「現象」を塗壁と呼ぶのです。「塗壁が出る」わけではなくて、「塗壁が起きる」だったんですね。それがキャラ化して壁のような〝妖怪〟になってしまいました。これも、柳田の「妖怪名彙」を読んだ水木さんが絵画化したことに端を発しています。

このように妖怪はいい加減で、誰かの思いつきで生まれたり、どんどん変わったりしていきます。しかし、これだけ変化するものであっても、「オレが変えてやる」「オレが考えた妖怪だ」は通用しないんです。「それでいい」「そっちのほうが面白い」「このほうが理にかなっている」と、大多数の人が納得したものでないと、〝妖怪〟は変わることができません。ちゃんとした民意が必要で、誰かひとりの都合では変えられないんです。

それは、多数決ではありません。民主主義と多数決主義が違うように、数が多ければ勝つのではなく、反対する人がいなくなって初めて認められるのです。断固反対の人がいそうなものですが、お化けは目くじら立てて反対するほどの価値はないものなので、「別にいいんじゃない」という人がほとんどです。結局、民意を得たということになるんですね。〝妖怪〟は民主主義的なんです。

そのへんは日本語もまったく同じです。言葉は少数の人の都合では変えられないし、流行語なんてものはすぐに廃れていきます。でも民意を得れば生き残ります。だから、『広辞苑』など辞書の編集者や書き手は、新しい言葉がいつまで残るかを考えながら言葉を選んでいるのです。いま使われている言葉を知ること、そして過去に使われてきた言葉を知ることは、私たちが生きてきた歴史を知るのと同じです。普段、ぼーっと使っている言葉ですが、大事なものだと思いますね。

やわらかく生きる

何度かお話ししましたが、江戸時代のお化けキャラと、現代の〃妖怪〃キャラは作られ方が違います。簡単にいえば、江戸期は収斂《しゅうれん》し、現代は拡散していくという違いがあるんですね。しかし、どちらも材料は同じです。まあ、お化けですね。

共同体では、誰か個人がいわゆる心霊体験のような体験をしたとしても、それ自体はいわゆるお化けにはなりません。複数の個人的な体験があって、それに対する解釈が民俗共同体の中で共通認識として成立したものがお化けですね。

そのお化けの進化形が〃妖怪〃です。

かつて柳田國男がお化けや奇妙な現象の名前を集め、その後水木しげるが登場して、それらに次々姿を与えました。これが〃妖怪〃の生成のスタイルとして定着しました。柳田には〃妖怪〃に分類するだけの理由があったはずですし、水木さんにも〃妖怪〃の形を作るための独自のセオリーや努力があったはずです。でも、まあそこは失われました、作り方だけが残ったんですね。最近では、過去の文献の中の、たった一行の記述からでも〃妖怪〃は生成されます。それっぽい記述があれば、そしてそこに名前があれば、後は姿形を与えればいい——ということですね。だからどんどん増えます。

いま、アニメや漫画で大活躍している〝妖怪〟キャラたちは、好き勝手な設定の中で自由に振る舞っています。しかし、この「名前と姿」からだけは逃れることができません。名前と姿があるから、お化け以上に〝妖怪〟は親しまれているのです。

世界各地に〝妖怪〟的な存在は伝わっています。北欧などには妖精と呼ばれるものがいますね。妖精はいろいろなことをします。イタズラもすれば恐ろしいこともします。人のために靴を作ってくれたりもします。ところが日本の〝妖怪〟はいろいろしません。ひとり一芸です。砂かけ婆は砂をかけるだけ。ぬりかべもドカーンと立っているだけ。「せっかく出てきて、それしかやらないのかよ」という感じですね。そういう〝妖怪〟は、海外ではあまりないようです。たいがい、そうした霊的な存在はいろんなことをするものです。

それ、柳田が名前で分類してしまったからですね。そのひとつひとつに水木さんが別々の形を与えちゃったんですね。だから一怪一芸になっちゃったんです。

くっついたり離れたり、まざったり分裂したり、変質したり、間違ったり、もう何でもありなんですが、〝妖怪〟も日本語も、ともに私たちの気持ちによりそって、その暮らし振りに応じて変化し、進化し続けてきたことは間違いないでしょう。押しつけられたものでもないし、効率的に作られたものでもないんですね。臨機応変に、つまり、時にいい加減に、やわらかくでき上がったものなんです。

それは今後もどんどん変わっていくでしょう。でも、いずれにしても、先人の柔軟な想像力が土台となっていることは間違いありません。

いま、歩いていて前に進めなくなったら、普通は体調不良や病気を疑うでしょう。「見えない壁が」などとは思わないですよ。川で水死した人が出たら、「ああ、河童に尻子玉を抜かれよったのう」という爺さんもいません。実に寂しいことですが。逆に、いわゆる心霊体験や都市伝説の〝妖怪〟化は加速しています。ちょっと「外来語が多過ぎる文章」みたいな感じで、私のような年寄りにはやや違和感もあるんですが、まあそういうご時世なんでしょうね。もっと柔軟に、やわらかく生きなければいけないですね。

ちなみに、怪談と〝妖怪〟も違います。怪談はたいてい怖いですね。でも〝妖怪〟は怪談の「墓場」みたいなものなんです。落ち武者に袖を引かれたら怖いですが、袖引小僧になったらかわいいですからね。

そんなわけで、丁度、お時間になりました。日本語とお化けのお話は、ここで終わらせていただきます。

（二〇一七年一一月一八日）

著者略歴

一九六三年　北海道小樽市生まれ
一九九四年　『姑獲鳥の夏』でデビュー
一九九六年　『魍魎の匣』で第49回日本推理作家協会賞長編部門を受賞
一九九七年　『嗤う伊右衛門』で第25回泉鏡花文学賞を受賞
二〇〇〇年　第8回桑沢賞を受賞
二〇〇三年　『覘き小平次』で第16回山本周五郎賞を受賞
二〇〇四年　『後巷説百物語』で第130回直木三十五賞を受賞
二〇一一年　『西巷説百物語』で第24回柴田錬三郎賞を受賞
二〇一六年　遠野文化賞を受賞
二〇一九年　第62回埼玉文化賞を受賞
　　　　　　日本推理作家協会代表理事に就任

京極夏彦《きょうごくなつひこ》講演集《こうえんしゅう》
「おばけ」と「ことば」のあやしいはなし

二〇二一年八月三十日　第一刷発行

著　者　京極夏彦《きょうごくなつひこ》
発行者　島田　真
発行所　株式会社　文藝春秋
〒一〇二-八〇〇八
東京都千代田区紀尾井町三-二三
☎〇三-三二六五-一二一一
印刷所　凸版印刷
組　版　紺野慎一
製本所　大口製本

ISBN 978-4-16-391342-1